하얀 코 여자

GOJITSU NO HANASHI by KONO Taeko
Copyright ⓒ 1999 KONO Akira
All rights reserved.
Original Japanese edition published by Bungeishunju Ltd., in 1999
Korean translation rights in Korea reserved by TOMCAT,
under the license granted by KONO Akira,
arranged with Bungeishunju Ltd., Japan
through BC Agency, Korea.

이 책의 한국어판 저작권은 BC 에이전시를 통한
저작권사와의 독점 계약으로 톰캣에 있습니다.
저작권법에 의해 한국 내에서 보호를 받는 저작물이므로
무단 전재와 복제를 금합니다.

Commentary by Hiromi Kawakami
Copyright ⓒ 2015 Hiromi Kawakami
Korean translation rights arranged through the Sakai Agency, Inc., Tokyo, Japan

KONO TAEKO
하얀 코 여자

고노 다에코 지음
부윤아 옮김

차례

제1부
소문
009

제2부
상처
125

제3부
불꽃
227

해설 294
옮긴이의 말 302

17세기 이탈리아, 토스카나 지방의

어느 소도시 국가에서

생각지도 못한 일로 처형받게 된 남자가 있었다.

그는 마지막 이별 자리에서 결혼한 지

겨우 2년 된 아내의 코를 물어뜯었다.

이것은 그 후 사람들의 입에 오르내리며 살아간

한 여인에 대한 이야기다.

제1부

소문

세간 사람들은 나르디 상회의 막내딸을 언급할 때 종종 '양초 가게 엘레나'라고 했다. 엘레나가 대여섯 살이 될 무렵부터 이미 그랬던 것 같다.

실제로 엘레나는 양초 가게 딸이었다. 해안 길에 있는 광장 중 하나에서 거리 안쪽으로 꽤 들어가면 오른쪽에 4층짜리 나르디 상회의 건물이 있었는데, 2층부터는 나르디 일가가 주거 공간으로 사용했다. 출입구 위쪽에는 테두리에 투조 기법으로 포도덩굴을 새긴 청동 간판이 걸려 있었는데, 그 양면에는 양각으로 새긴 불이 붙은 양초 세 개가 산봉우리 모양으로 세워져 있었다. 그리고 촛대의 세 줄래가 하나로 합쳐지는 부분에 밤톨 크기 정도의 날개를 펼친 꿀벌 모양도 붙어 있었다.

나르디 상회에서는 밀랍을 사용한 품질 좋은 양초만을 취급했다. 밀랍 양초를 주로 납품하는 곳은 성당과 귀족 같은 부자들의 저택이었다. 넓은 홀처럼 공개된 장소에서는 한 번 불을 끈 양초를 다시 사용하지 않는 저택이 대부분이었다. 이곳에서 겨우 20킬로미터 정도 떨어져 있는 도시인 피사는 말할 것도 없고, 거의 100킬로미터 떨어져 있는 피렌체 같은 곳까지도 폭넓게 단골손님이 있었다.

가게로 직접 와서 사는 사람은 적은 양을 구입하는 손님들뿐이었다. 거리의 잡화점 중에는 수지 같은 것을 사용한 싸구려 양초 외에도 구색을 갖추기 위해 고급 제품을 두는 곳도 있어서 그런 가게에서도 사러 왔다. 봉헌용이나 선물용으로 사러 오는 사람도 있었다. 무언가 특별한 날에 밀랍 제품 하나 정도는 같이 태워야지 하는 생각으로 부드럽고 아름다운 불꽃을 안쪽 성단이나 식탁에 둘 것을 기대하며 찾아오는 사람들도 있었다. 소매 이윤은 뻔했지만 그런 영세한 손님을 대할 때도 정중해야만 한다고 주인인 주세페 나르디 씨는 가게에서 일하는 사람들에게 엄하게 주의를 줬다.

하지만 바로 그 나르디 씨도 딸 엘레나가 사람들에게 주는 인상은 신경 쓰지 않는 듯했다. 어렸을 무렵 엘레나는 말수가 적었다. 가까운 어른들을 대할 때는 더더욱 그랬다. 하지만 어린아이들이 흔히 그렇듯 부끄러워하는 것으로 보이지는 않았다. 말을 걸면 입을 꾹 다물고 커다랗고 검은 눈으로 당당하게 상대를 바라봤다. 게다가 꾹 다물었던 입이 드물게 풀어질 때면 흘러나오는 말이 또 어른들을 당황하게 하는 것이었다.

좋은 계절에 날씨도 화창한 날이면 해안의 큰길을 마차로 오가는 것이 부유한 사람들의 즐거움 중 하나였다. 반대쪽에서 스쳐 지나가던 마차가 멈춰서더니 친분 있는 아주머니가 엘레나에게 웃으며 말을 걸었다.

"아버지랑 외출해서 좋겠구나."

그러면 엘레나는 잠깐 틈을 두고는 이렇게 말하는 것이었다.

"그건 그렇지만요……."

그 뒤에 "아버지는 이제 그만 돌아가자고 하셔요"라는 말이라도 이어지면 모르겠지만, 엘레나는 그 말만 하고는 입을 다물고는 상대를 빤히 바라봤다. 그 시선은 어쩐지 '그런 시시한 얘기를 왜 하는 거지?'라고 얕보는 것처럼 보이기도 했다.

입고 있는 작은 드레스가 예쁘다고 말했더니 역시나 "그건 그렇지만요……"라는 말을 들은 다른 아주머니도 있었다. 그 아주머니는 잠시 후에 물었다.

"엘레나, '그렇지만'이라는 건 무슨 말이니?"

엘레나는 가만히 생각한 후에 "있잖아요"라고 입을 열었다. 그리고는 또 가만있다가 다시 "있잖아요"라고 했다. 그렇게 말을 끝낼 것만 같았다. 그런데 엘레나는 갑자기 이렇게 말하는 것이었다.

"기다리기 힘들죠?"

어머니 프란체스카가 누군가를 만나 인사를 하고는 서서 이야기를 나눈 날이었다. 이야기가 마무리되는 듯싶을 때마다 아주머니가 또 말을 이었다. 긴 시간 서서 이야기하는 사이 조용히 우뚝 서 있던 엘레나가 "아주머니"라고 올려다보며 불렀다. 그리고는 물었다.

"……아주머니, 화내본 적 있어요?"

"화낸 일? 있고 말고, 지긋지긋할 정도로 있지. 음, 오늘 아침만 해도 그이가 일어나자마자……."

아주머니는 도중에 다시 프란체스카를 바라보며 아침에 있었던 부부 싸움 이야기를 하기 시작했다. 이야기가 길어지자 엘레나는 마음이 초조해졌는지 이번에는 크게 혼잣말을 내뱉었다.

"이 사람, 정말로 화내본 적 있는 건가?"

한번은 나르디 씨를 찾아온 아저씨가 엘레나를 발견하고는 다가와 인사했다.

"이야, 엘레나. 잘 지냈어? 오늘도 여전히 입을 다물고 있을 거니? ……오늘은 말을 좀 해주려나? ……어떠려나?"

아저씨가 계속 말하며 엘레나의 작은 턱 아래를 손가락으로 문질렀다. 가만 아저씨를 눈여겨보던 엘레나가 눈을 아래로 깔고는 어쩐지 기분 좋은 듯 턱을 내맡기고는 한다는 말이 이러했다.

"조금만 더 이렇게 있어 주면 좋겠는데."

묘한 태도로 입을 다물어버리는 엘레나가 가끔 느닷없이 상대를 당혹스럽게 만드는 부적절한 말을 내뱉을 때, 나르디 씨는 그 자리에 있어도 혼내거나 놀라지 않았다. "하하하"라고 기쁜 듯이 웃거나 아이의 어깨에 한 손을 올리고 사뭇 사랑스러운 듯이 얼굴을 들여다봤다. 프란체스카 쪽은 그나마 조금 나아서 "어머, 얘도 참" 같은 말을 하기는 했다. 하지만 미안해하는 기색도 보이지 않았고, "정말로 아가 좀처럼 말을 안 들어요……"라는 한마디조차도 없으니 남편과 다를 게 없었다. 대신에 세간 사람들이 양초 가게 엘레나에 대해 이런저런 염려의 말을 하는 것이었다.

마을 아주머니들은 만나면 서로 엘레나에 대해 이런 말을 주고받았다.

"얼마 전에 양초 가게 엘레나가 여길 지나갔어."

"누구랑?"

"언니랑. 하녀를 데리고 가더라고."

"그래서, 말 걸었어?"

"부모가 같이 있는 것도 아닌데 그런 애한테 인사치레할 일 있겠어?"

"그래? 나는 부모님이 함께 있지 않을 때가 오히려 무슨 말을 걸고 싶어져. 그 애와 마주하고 서로 실컷 노려보는 것도 재밌고, 오늘은 무슨 말을 할까, 어떤 엉뚱한 말을 할까 싶어서 말을 시켜보고 싶기도 하고 말이야……."

"그러지 마. 그러는 사람이 있으니까 점점 거만해지는 거 아니겠어?"

"그런가."

양초 가게 엘레나, 이 말에는 바로 그 엘레나라는 의미가 들어 있었다. 어른들이 아이를 대할 때 당연하게 생각하는 아이의 모습 범주에는 들어가지 않는, 특이하고 부적절한 바로 그 엘레나라는 의미였다. 같은 나르디 상회의 아이라고 해도 다른 형제자매들을 그런 식으로 부르는 사람은 없었다.

주세페 나르디 씨는 타르티니 가문의 프란체스카와 결혼했을 때 새로운 가정을 위해 진홍색 가죽 장정으로 된 커다란 성경책을 준비했다. 그는 성경의 앞쪽 간지에 결혼한 날을 쓰고, 두 사람의 이름, 생년월일, 세례받은 날을 써넣었다. 결혼 3년째 되던 해에 남자아이가 태어났다. 이름은 마르코였다. 이후 아이가 태어날 때마다 그 이름과 생일, 세례받은 날을 기록했다. 2년 후에 둘째 아들 루도비코가 태어났다. 그다음 해에 태어난 셋째 아들과 다시 2년 후에 태어난 넷째 아들은 일찍 죽어서 두 아이의 이름에는 줄이 그어져 있고, 사망 날짜가 적혀 있었다. 넷째 아들이 태어난 다음 해에 첫째 딸 아디나가 태어났다. 그리고 또 연년생으로 태어난 막내 엘레나의 이름이 적혀 있었다.

엘레나는 16××년 4월 1일생으로 세례받은 날은 이틀 후였다. 엘레나도 다른 가족들과 마찬가지로 나르디 씨의 강한 필적으로 그 정보가 기록되었다.

*

 엘레나의 키가 자라자 양초 가게 엘레나라고 말하며 그녀에 대해 이야기하는 사람들의 부류도 변해갔다. 엘레나가 어렸을 적에 가장 말이 많았던 아주머니들은 엘레나에 대해 별로 언급하지 않게 되었다. 그 대신 젊은 남자들 사이에서 양초 가게 엘레나의 이야기가 자주 등장하게 되었다. 자연스럽게 바로 그 엘레나의 암묵적인 의미도 변했다.

 그들은 혼자 있을 때나 여럿이 있을 때나, 부모와 함께 있는 엘레나는 모른 척했다. 그러면서도 눈길이 맞으면 한쪽 눈을 찡긋해 보이거나 휘파람을 부는 정도의 일은 때때로 있었다. 엘레나는 슬쩍 웃고는 아무 일도 없었다는 표정을 지었다. 부모에게는 아무래도 그 모습이 아직 어린아이처럼 보일지도 몰랐지만, 엘레나는 전부 꿰뚫어 보고 있는 듯했다. 아드나가 함께 있을 때조차도 그들은 언니 쪽은 보지 않았다. 남자들의 눈짓이나 휘파람의 상대는 바로 자신이라고 믿는 것처럼 엘레나는 그런 자리에서 슬쩍 혼자 웃었다. 실제로 그렇다고 굳게 믿어도 상관없을 것이다.

 자매가 둘이서 외출한 것을 보고 한 남자가 외쳤다.

 "아아, 아아, 아아. 엘레나 만나서 기뻐. 아드나가 함께 있지 않왔더라면 더 좋았을 텐데."

엘레나는 묵묵히 상대를 바라보며 지나쳤다.

"언니, 미안해."

엘레나가 언니에게 속삭였다.

"아니, 괜찮아."

또 자매가 함께 외출했던 날, 앞쪽에서 젊은 남자 둘이 걸어왔다. 양쪽의 거리가 가까워지자 한쪽의 남자가 같이 있던 남자의 옆구리를 찔렀다. 그러자마자 그 남자는 옆길로 달려가 버렸다.

"정말이지!"

남겨진 남자는 혀를 차고는 자매에게 인사했다.

"안녕. 엘레나, 저 녀석 알지?"

엘레나는 입을 다물고 있었고 옆에서 아디나가 대신 대답했다.

"응, 아는 사람이야."

달아난 남자는 자매의 오빠들을 학습 지도한 신부님의 조카로, 그의 숙모가 한때 자매들을 가르치러 온 적도 있었다.

"엘레나, 있잖아, 다음에 저 녀석이랑 마주치면 네가 무슨 말이라도 해주지 않을래?"

"어떤 말을 하라고 네가 가르쳐주기라도 할 거야?"

남자의 말에 엘레나가 물었다.

남자는 쓴웃음을 지으며 대답했다.

"'널 좋아해.' 이 말이 제일 좋아."

"그렇게 말하면 된다는 거지?"

"그렇지."

엘레나는 고개를 끄덕이고는 갑자기 싱긋 웃고는 이렇게 말하는 것이었다.

"이 사람, 좋아해.'

그는 차매와는 소꿉친구로 이름은 페데리코 모스키니였다.

*

바다 위에는 비슷한 형태와 크기의 수많은 범선이 떠 있었다. 부두에는 배가 몇 척이나 정박해 있고, 비스듬히 걸쳐놓은 사다리에는 짐을 어깨에 지고 가는 사람과 배에서 내리는 사람들의 행렬이 이어졌다. 너울 사이에는 물론이고 육지에도 오래전 시대의 영향이 남아 있는 그다지 높지 않은 탑이 점점이 흩어져 있었다. 부두를 연장하기 위해 돌을 쌓는 공사가 진행되는 구역도 있었다. 조금 떨어진 구역에서는 돌을 쌓아 올린 벽이며 운하를 확장하는 부분이 있고, 땅딸막한 보루가 지어지고 있는 곳도 있어서 거기에도 석재를 들고 다니는 사람들이 무리 지어 있었다. 도면을 펼쳐놓은 작업대를 들러싸고 있는 사람들도 있고, 칼을 뒤에 찬 사람들을 거느린 채 평평하고 붉은 커다란 양산 아래에서 깃털 장식이 달린 모자를 쓰고 의자에 앉아 있는 사람도 있었다. 큰길을 마차로든 도보로든 왕래하는 사람들에게는 모두 익숙한 광경이었다. 먼 옛날 이 부근은 한산한 어촌이었는데, 죄인들의 유배지 중 한 곳으로 사용되기도 했다. 범죄자가 육로로 도망쳐 들어오는 일도 있었고, 그중에는 해외의 다른 나라에서 도망쳐온 사람도 있었다.

왠지 모르게 자유로운 분위기가 느껴지는 고장이었을 것이다. 얼마 안 있어 이민족과 유대인 같은 사람들도 들어와 살기 시작했다.

교황이 유대인 배척 의향을 명시하며 토스카나 지방도 그리스도교가 통치하게 되었다. 하지만 그 후에도 엘레나의 조부모가 결혼했을 무렵까지는 아직은 성당을 거치지 않더라도 공증인이 입회하면 충분할 정도로 융통성이 있는 상태였다고 했다. 그런데도 교황청의 의향이 분명하게 드러나기 훨씬 전부터 몇몇 도시 국가는 유대인에게 황색 옷을 입도록 강제하거나 특정 지역 이외의 거주를 금지했다. 그에 비하면 이 도시는 특별했다. 여기에도 유대인이 모여 사는 지역은 있었지만 자연스럽게 형성되었을 뿐이었다.

이 도시는 무역항으로, 또 상업 도시이자 공업 도시로 발달해왔다. 외국과의 교류가 왕성했기 때문에 영국, 네덜란드, 프랑스, 스페인, 독일 등 여러 나라에서 온 사람들이 제각각 생활 공동체를 형성하고 있었고 영사관도 있었다. 영사관은 시의 행정에도 협력했다.

다만 시의 행정이라고는 해도 이 도시는 피렌체의 종속적인 도시 국가였다. 말하자면 분지 도시 피렌체의 번영을 위해 베네치아가 필요해서, 그 임해 지대에 지원하고 발전시켜 온 도시였다. 실리에 더해 마음이 개료되어 이 지역에 별장을 소유하는 피렌체의 특권층도 있었기에 그들의 부인들도 찾아왔다.

이 도시와 피렌체는 서로 번영하면서 이어져 있었기 때문에 피렌체의 의향은 이쪽에 있어 그럭저럭 괜찮은 조건이 많았다.

또한 피렌체는 같은 민족이든 아니든 그 종속적 도시에 장인과 노동자가 유입되는 것을 반겼다. 교황이 유대인 배척 의향을 명시했을 때 피렌체는 거기에 반대하며 유대인을 우대하는 자세를 취했다. 모든 것이 오래전부터 이 도시의 실태에 꼭 맞아서, 유대인은 친밀감을 느끼게 되었는지 이곳에서는 반대로 그들 중 그리스도교로 개종하는 사람이 늘었을 정도였다.

이 도시 국가 역시 피렌체와 같은 목적을 가지고 상업을 더욱 번영시키기 위해 상인 유치에 힘썼다. 이주 상인은 주로 이탈리아 토스카나주 중투 지역인 피사, 루카, 시에나 등의 출신이었다. 나르디 상회도 원래는 피렌체 상인이었다. 이 도시에 일찍 지점을 뒀는데, 나중에 피렌체 쪽을 지점으로 하고 이쪽을 본점으로 변경했다. 피렌체 지점은 지금은 더 이상 운영하지 않는다

엘레나의 증조할아버지 시대에 납세 제도가 '상인에 대한 납세 면제, 단 이 도시에서만 일할 것을 한정으로……'라고 정해졌다.

피렌체 지점이 있으면 양쪽에서 사업을 하는 것이 되었다. 따라서 피렌체 지점은 폐점하고, 건물은 피렌체 지역 상품 창고와 출장 가는 사람의 숙박 장소로 사용되었다. 이 도시 국가의 세금 수입은 토지, 건물, 선박에 대한 재산세와 무역을 목적으로 하는 선박의 출입항 세금으로 충분했다.

현재 사용 중인 나르디 상회의 건물은 그다지 오래되지 않았다. 건물도 엘레나의 증조할아버지가 노년에 장소를 이주하면서 새로 지은 것이었다.

*

엘레나는 키가 점점 자라서 이젠 더 자라지 않을 만큼 되었다.

어느 날 가족들이 함께 아침 식사를 한 후 하나씩 식탁에서 일어나기 시작했을 때 어머니 프란체스카가 식탁 끝자리에서 일어나 나가려는 엘레나를 불러 세웠다.

"응접실에 가 있거라."

뭔가 할 말이 있는 모양이었다. 엘레나는 응접실에 들어가 문을 그대로 열어뒀다. 얼마 지나지 않아 프란체스카가 나타나 문을 닫으면서 "그런 곳에 앉아 있지 마……"라고 주의를 주고는 나란히 이어져 있는 창가로 향했다. 창가에 있던 가벼운 탁자를 끌어당겨 앞으로 내놓고 소리를 내며 의자를 마주 보게 놓았다. 어쩐지 화가 나 있는 것 같았지만 엘레나가 가까이 다가가자 온화하게 말했다.

"어제 파피니 가문에서 연 모임에는 몇 명이나 왔니?"

"생각했던 것보다 적었어요."

"몇 명 정도?"

"열두세 명…… 과니니가의 사람들을 빼면요."

"그 정도면 많은 것 아니니?"

"많은 편도 아니에요. 하지만 저는 그 정도가 좋아요."

"왜 그렇게 생각하니?"

"여러 가지로, 이야기를 나눌 수 있으니까요."

"넌 어렸을 땐 정말 말이 없는 아이였는데."

프란체스카는 작게 한숨을 내쉬면서도 목소리는 어디까지나 온화했다.

"산드로는 그쪽으로 돌아간다고?"

"그런 모양이에요."

"게다가 이번에 돌아가면 공증인 공부를 하고 싶다고 했다던데……. 그래서 산드로의 아버지가 곤란해하고 있으시다고 그의 어머니에게 들었는데, 산드로는 그런 얘기를 하던?"

"했어요. 공증인이 되기로 했다고요."

"그러면 또 아내를 맞이하는 게 늦어지겠구나."

"그쪽에 연인이 있는지도 모르잖아요."

엘레나의 느긋한 태도에 어머니는 발끈했다.

나르디 가문과 파피니 가문은 교류한 지 상당히 오래된 사이였다. 프란체스카가 시집온 후 나르디 가문의 선조에 관한 이야기를 들은 것과 비슷한 정도로 그쪽 집안의 선대 사람들에 관한 이야기도 남편이나 어른들로부터 종종 들었기 때문에 한 가족처럼 잘 알았다.

프란체스카는 또 파피니 가문의 장남 산드로가 몇 살인지 자연스럽게 기억했다. 나르디가의 장남 마르코보다도 두 살이 많았는데, 산드로가 태어날 때 강한 인상이 남아 있기 때문이었다.

곧 출산이라는 말을 들었을 무렵이었다. 8월의 태양이 막 떠올라 내리쬐는 이른 아침이었다. '부인이 난산으로 지난밤부터 상당히 고생하고 있습니다'라고 적힌 편지 한 장을 말을 타고 달려온 하인이 건넸다.

성당에서 쓰고 남은 초들 중에 교황의 축복을 받은 것들은 성스럽게 여겨졌다. 특히 농촌 지역에서는 강한 태풍이 오거나 소가 출산할 때 그 초에 불을 붙여 기도하면 신의 가호가 있다고 믿었다. 나르디 상회는 로마와는 연이 없었고 애써 구하려 했던 것도 아니지만, 오랫동안 장사를 해온 덕에 여러 차례 그런 초를 입수할 수 있었다. 희귀한 촛대가 있다며 보여주러 오는 골동품상이 비싼 상품에 덤으로 준 적도 있었다. 아무튼 그 초들을 전부 제단 아래에 보관해 두었다. 이쪽이 그런 이야기를 한 적이 있었는지,

아니면 저쪽에서 그저 짐작한 건지 교황이 사용하고 남은 성스러운 초로 아내를 구하고 싶으니 있다면 보내주지 않겠느냐고 파피니 씨가 편지를 써 보낸 것이었다.

나르디 씨는 난처했다. 성스러운 초를 큰 태풍이나 소의 출산 때 켜면 가호가 있다는 이야기를 듣기는 했지만, 사람이 출산할 때는 과연 어떨까. 들어본 적이 없었던 것 같았지만 아무튼 서둘러 몇 개를 포장해서 하인에게 들려 보냈다.

파피니가의 시코나 부인이 산드로를 무사히 출산한 것은 산실에 그 촛불을 켜고 얼마 지나지 않아서였다. 감사 인사와 함께 그 이야기를 들은 나르디 씨는 시간이 흐른 뒤에도 찜찜한 기분이 들어 화제를 돌리곤 했다. 시모나 부인은 산드로의 여동생 두 명 외에도 태어난 지 얼마 지나지 않아 세상을 떠난 아이까지 두세 번 출산을 더 했는데, 이후에 특별히 난산이었던 적은 없었다고 했다.

나르디 가문에서 장남 마르코가 태어나자 산호를 판매하는 파피니 가문으로부터 하얀 산호로 만든 공갈 젖꼭지와 붉은 산호 피리 같은 것을 선물로 보내왔다. 차남 루도키코가 태어났을 때는 하얀 산호 공갈 젖꼭지만 선물로 보내왔다. 이후에도 아이가 태어날 때마다 남자아이에게는 하얀 산호, 여자아이에게는 붉은 산호로 만든 공갈 젖꼭지를 선물해 왔다.

프란체스카는 자신의 2남 2녀 자녀 중에 한 명 정도는 파피니 가문의 1남 2녀 중 한 명과 결혼하면 좋겠다고 오래전부터 생각해 왔다. 서로의 집안을 새삼스럽게 조사할 필요가 없는 사이기도 했고, 시모나 부인도 그렇게 생각하는 것 같은 느낌을 받았기 때문이었다. 하지만 마르코나 루도비코는 저쪽의 자매와 나이 차가 적고, 또 그것을 무시할 수 있을 정도의 용모도 아닌 듯해서 진척이 있을 것 같지는 않았다. 물론 프란체스카는 산드로가 아디나나 엘레나를 아내로 맞아주는 것도 괜찮겠다고 생각했지만, 그는 상사에서 해외 거래 사무를 배우기 위해 2년 전부터 피렌체에 가서는 지금껏 겨우 두 번만 집에 돌아왔다. 그런 그가 얼마 전 새해에 피렌체로 돌아간 지 4개월도 지나지 않았는데 다시 이곳에 돌아와 느긋하게 지내는 모습이었다. 드디어 안정을 찾아 가업에 전념할 모양이라고 프란체스카는 기뻐했다. 그런 생각을 한 지 얼마 되지 않았는데 공증인이 되고 싶다며 다시 피렌체에 가려고 한다는 말을 시모나 부인에게 듣고 얼마나 낙심했는지 모른다.

그런 상황에 엘레나는 당사자가 분명히 공증인이 되기로 했다고 말했는데도 부모의 마음을 모르는 건지 알고도 모르는 척하는 건지 그쪽에 연인이 있을지도 모른다는 둥 딴전을 부리고 있었다. 엘레나를 부른 목적이 있던 프란체스카는 그 말에 자극받아 괜히 더 발끈 화가 났다.

"어제 그 정도 사람이 모이는 것이 이야기 나누기 좋다고 했지? 그래서 넌 어떤 얘길 했니?"

엘레나의 남매는 네 명 모두 초대받았다. 남자 손님으로는 파피니 상회의 동료였다는 사람 등 엘레나를 모르는 사람도 섞여 있었다. 여자 손님으로 처음 만나는 아가씨는 한 명뿐이었다. 파피니 부부는 만찬이 열릴 때까지 모습을 보이지 않았다.

"그때까지 세 시간 정도 모두 함께 놀았어요. 그런 걸 물어보셔도 하나하나 다 기억나지 않아요."

"엘레나 나르디! 엘레나 나르디! 엘레나 나르디!"

프란체스카는 손가지를 쑥 내밀어 격하게 흔들며 소리쳤다.

"……넌 러브레터와 관련해서 완전히 바보 같은 말을 했어."

엘레나는 어렴풋이 짐작이 갔다. 대체 남매 중 누가 이야기한 걸까. 하지만 지금 그런 것을 물어본다면 어머니는 또 성까지 붙인 엘레나의 이름을 반복해서 외칠 것이다. 평소에는 너그러운 어머니가 드물게 저런 식으로 이름을 부르면서 엄하게 꾸짖을 때는 상대하기가 어렵다는 것을 자식들은 모두 알고 있었다.

"러브레터에 대해서라면, 뭔가 말을 하긴 했는데요……."

일단 엘레나는 중얼거렸다.

"솔직히 털어놔, 자세하게 전부 말해."

떠들썩한 자리에서 산드로는 자기 친구에게 한 이야기를 꺼냈다. 서로 받은 러브레터를 교환해서 본 어느 남매에 대한 것이었다. 오빠는 여동생에게 온 러브레터를, 여동생은 오빠에게 온 러브레터를 참고해서 제각각 자신의 상대와 러브레터를 주고받았다고 했다. 그런데 여동생이 상대를 차버려서 오빠가 참고할 편지가 끊겨버렸다는 것이다.

그 말에 모두가 웃었다.

"난처해했어."

산드로가 덧붙였다.

"여동생에게 초안을 써달라고 했으면 됐을 텐데."

한 여자의 이 말에 다른 한 남자가 대꾸했다.

"여자가 남자인 것처럼 여자에게 러브레터를 쓴다는 거야? ……어떤 글이 나올까?"

남자들은 웃음을 터트렸다.

"그 반대라면 그런대로 괜찮겠지만."

또 다른 남자의 말에 "맞아, 맞아", "정말 그래" 같은 말을 하며 남자 두셋이 끄덕였다.

"처음 만난 사람이었는데, 그 여자가 어쩐지 안 됐단 생각이 들었어요. 그래서 '어느 쪽이든 비슷할 거야'라고 말해줬어요."

"그 말만 했다면 괜찮았을 것을 그다음에 뭐라고 말했지?"

"'그보다 러브레터 따위는 소란 피울 정도의 것도 아니잖아'라고요."

"그다음은?"

"시시해 라고…….'

"왜 시시한지 얘기한 모양이던데?"

엘레나는 고개를 들어 가만히 어머니를 마주 봤다.

"……전부 알고 있어. 네가 스스로 한 말을 분명하게 떠올리라고 네 입으로 직접 말하라는 거야. 빨리 말해봐."

엘레나는 어쩔 수 없이 중얼거리기 시작했다.

"러브레터 따위 하나같이 장황하고 허풍스럽고 자신에게 취해 있어서. 지극히 시시한 사람이라고 해도 러브레터랑 비교하면 훨씬 나아. 멋진 러브레터는 딱 한 번밖에 보지 못했어. 커다란 글씨로 '이쪽으로 와요'라고만 적혀 있었는데 그 사람은 얄궂게도 러브레터 쪽이 훨씬 나았어."

"아아, 아아, 아아."

프란체스카는 소리를 내어 한숨을 쉬었다.

"우쭐해져서는 잘도 그런 경솔한 말을 했구나. ……러브레터를 받는 건 상관없어. 괜찮은 일이야. 하지만 그런 말을 하면 러브레터에 잔뜩 빠져있는 여자처럼, 그렇고 그런 여자처럼 여겨질 거야."

프란체스카는 구석으로 시선을 돌리고는 중얼거렸다.

"지금쯤이면 벌써 여기저기에 소문이 났겠지."

아마도 정말 그럴 것이다. 프란체스카는 딸이 이미 '양초 가게 엘레나'라고 불리고 있는지는 몰랐겠지만 말이다.

*

　언제부터인지는 모르겠고, 이 도시 국가만 그런 건지도 모르겠지만, 남자나 여자나 결혼을 일찍 하지 않았다. 결혼 적령기인 사람은 남자보다도 여자가 많다고 하는데, 그렇다고 해서 결혼 적령기가 된 남자들이 차례차례 결혼하는 것도 아니었다. 이십 대 중반을 넘기기도 하고 서른 살을 앞두고도 부모 집에 얹혀사는 아들도 적지 않았다.

　같이 놀 여자, 여종업원, 집에서 고용한 여자 하인 등 남자들이 희롱할 상대는 넘쳤고, 남자들끼리만 노는 것도 유쾌했다. 그리고 마음만 먹으면 결혼 상대를 찾는 것은 아주 쉽다고들 생각했다. 누구와 몇 번이나 사귄다는 소문이 돌아도 여전히 결혼하지 않는 사람, 상대를 향해 적당히 충성과 성실만 보여주며 약혼한 지 6, 7년이 되는 사람도 그렇게 드물지 않았다.

　여자 쪽도 십 대에 결혼하는 일은 극히 일부이고 스무 살이 지나도 대체로 별로 서두르지 않았다. 그보다도 홀아비와 과부는 오히려 쉽게 결혼했다. 때로는 남겨진 불안 때문에 다른 나라의 외국인과 재혼하는 여자도 있었다.

　하지만 대체로 늦은 결혼 풍조는 늦어도 괜찮다는 풍조로도 보이는지, 반대로 여자들까지 태평하고 자기 마음대로 지내게 만드는 듯했다. 그러면서도 대부분은 스무 살이 지날 무렵부터 스물네

다섯 살이 되는 사이에 대여섯 살 차이가 나면서도 적당히 맞는 남자와 결혼하여 안착하니 신기할 따름이었다.

물론 부모 입장에서는 딸이든 아들이든 다 큰 자식이 집에 들어앉아 있으면 몹시 신경 쓰였다.

"애들 중 하나라도 낌새가 보였으면 좋겠는데 말이에요."

프란체스카는 남편에게 마음을 털어놓았다.

"하지만 우리 집은 그나마 나아. 아들딸이 둘씩이라 숫자가 맞으니까."

"우리 집 애들끼리 결혼할 수 있는 거라면 세상 편하겠죠. ……여보, 차라리 아들들부터 정리해 버리는 편이 좋지 않을까요?"

"가능할 것 같아?"

"그런 건 아니지만요. 엘레나는 보다시피 골칫거리고 또 아디나는……."

"아직 그 남자에게서 편지 한 통 안 오는 거야?"

"필리포 토스티 말이죠? 마르토가 얘길 듣고 왔는데요. 염탐해 보니 우리 집 딸이라는 것을 알고 있는 건 확실한 모양이에요. 아디나에 대해 알고 싶어 한다더라고요. 하지만 아디나는 아직 아무것도 모르는 상태니까요. 소문일 뿐일까요?"

"게다가 트스티 군, 선박 도구상 아들답지 않게 기가 약한 사내일지도 몰라."

"어째서 선박 도구상 같지 않다는 거예요?"

"그다지 품위 있는 장사는 아니잖아."

"어머! 그러고 보니 우리 집 단골 고객은 모두 품위 있으셔."

프란체스카가 웃으며 덧붙였다.

"……하지만 만약 필리포와 아디나의 관계가 순조로울 것 같으면 그런 걸로 반대하지는 마세요."

"한 명 정리한다고 생각하면 충분하지."

"엘레나도 봄이면 스무 살이 되잖아요. 이십 대인 자식이 넷이나 있으니."

프란체스카는 남편에게 거듭 주의를 주었다.

*

소문의 낌새도 없었던 양초 가게 엘레나와 밀짚모자 상회 카탈라니 가문의 장남 자코모가 결혼식 인사를 시작했을 때 사람들은 깜짝 놀랐다. 그들은 관습대로 아몬드의 뾰족한 부분이 살짝 나오게 하얀 설탕을 입힌 콘페티 5개를 넣은 귀여운 과자 봉투를 친척을 비롯한 친구와 지인에게 돌렸다. 작은 봉투 안에는 두 사람의 이름과 결혼식 일시, 그리고 관례에 따라 신부 집안의 소속 성당이 장소로 적힌 카드가 들어 있었다. 실제로 엘레나도 2개월 전까지는 자신마저도 생각지 못했던 갑작스러운 결혼에 스스로도 놀랍게 느낄 정도였다.

피렌체의 큰 무역상이 주로 수출하는 품목 중 하나가 풍요로운 산지를 갖춘 밀이었는데, 그 밀짚의 품질 또한 상당히 좋았다. 풍족한 소재에 피렌체 문화의 영향이 더해져 세련된 밀짚모자가 만들어졌다. 다른 지방의 각 도시 국가뿐만 아니라 유럽 일대에서도 이 도시 국가의 이름을 단 ××××제라고 불리며 명성이 높았고, 인기 있는 밀짚모자의 대부분은 이 도시와 피사의 상인이 취급했다. 물론 이 지역 안에서도 많이 팔렸다. 지방과 해외의 여러 나라로 출하하는 업자가 운영하는 상회와 가게 전문 업자의 상회가 있었다. 카탈라니 모자 상회는 전자였다. 마을에는 밀짚모자 가게가 여섯 개 있었다. 대부분의 여인들과 부인들은 그 여섯 곳을 전부 알고 있었다. 자주 사는 가게가 있어도 다른 가게에 구경하러 가기도 하고 평소에 여러 가게를 돌며 구경하는 것을 좋아했다.

그날 나르디 자매는 괜찮은 물건이 들어오지 않았는지 밀짚모자 가게를 구경하러 외출했다. 두 번째로 들어간 카탈라니 가게에 엘레나의 마음에 드는 모자가 있었다. 네 번째 가게에서 아디나도 괜찮은 물건을 발견했다.

가족실에 들어온 딸들이 둘 다 모자 상자를 안고 있는 것을 보고 프란체스카가 물었다.

'어떤 걸 샀니?'

두 딸은 바닥에 앉아 제각각 상자의 끈을 풀고 뚜껑을 열어 옆에 내려놓았다. 눈처럼 하얗고 얇은 종이를 사락사락 소리를 내며 걷어내자 자못 새뜻한 밀짚모자가 모습을 드러냈다. 아디나가 모자를 한쪽 손에 올려본 뒤에 머리에 썼다.

"멋지구나. 거기 작은 조화로 된 꽃다발…… 장식이 아주 조화롭구나. 내가 좋아하는 스타일이야."

프란체스카가 자세히 들여다보며 감탄했다.

엘레나는 한쪽 손에 얹어보지는 않고 바로 머리에 쓰던 참이었다. 모자를 꺼내자마자 아래에 하얀 봉투가 보였다. 모자를 잠시 내려놓고 얇은 종이 아래를 들춰보니 봉투에 물빛 봉랍이 붙어 있었다. 엘레나는 재빨리 얇은 종이를 덮어두고 모자를 쓰고 프란체스카에게 보여줬다.

"잘 어울리는구나. 어디에서 샀니?"

"카탈라니 가게요."

프란체스카의 물음에 대답은 아디나가 했다. 그러고는 아디나는 자기 것은 네 번째 가게에서 겨우 찾았다는 이야기에서부터 시작해서 어머니가 물어보는 말에 두 모자의 가격을 대답하기도 하면서 얇은 종이를 활짝 펼쳐 모자를 상자에 넣기 시작했다. 엘레나는 얇은 종이가 삐져나오게 대충 뚜껑을 닫고는 상자를 가지고 일어났다.

"어머나. 계속 쓰고 있게? 무척 마음에 든 모양이구나."

엘레나의 등 뒤로 프란체스카의 목소리가 들렸다.

친애하는 엘레나 나르디 아가씨께, 자코모 카탈라니 배상

　물빛 봉랍으로 봉인한 하얀 봉투 안에는 제일 먼저 이렇게 적혀 있었다. 카탈라니 가문에 아들이 둘 있다는 것을 엘레나는 알고 있었다. 잘은 모르지만 여자 형제도 있다는 것 같았다.

　카탈라니 가게에는 두 벽에 높고 낮게 높이를 달리하여 다양한 밀짚모자를 걸어뒀다. 모자의 차양만 해도 파도치는 듯이 넓은 것에서부터 가느다랗게 좁은 것까지 다양한 종류가 있었다. 머리 뒷부분에 동그랗게 구멍을 뚫은 것도 두세 개 있었다. 벽 쪽은 물론이고 중앙에 놓인 진열대에도 수많은 모자가 나란히 혹은 겹쳐서 놓여 있었다. 두세 곳에 짧은 홀더가 놓여 있는데 거기에는 앞에 넓은 차양이 달리고 리본을 턱 밑에 매게 되어 있는 보닛 모자가 걸려 있었다. 아래위로 각도를 조정할 수 있는 둥근 거울도 여기저기에 세워져 있었다. 조금 더 큰 거울 두 개가 벽에 걸려 있었고, 그보다 더 큰 전신 거울도 한쪽 바닥에 세워져 있었다. 여러 개의 거울이 여러 방향을 비춰서 가게 안은 실제보다 더 넓고 화려한 느낌이었다. 특별한 가공을 하지 않은 것, 물들인 밀짚을 사용한 것, 모자를 만든 후에 복숭아빛이나 노란빛이나 칠흑빛으로 칠한 것, 조화로 장식을 한 것도 있고 폭이 좁은 리본만 깔끔하게 묶은 것도 있었다. 계산대 옆에 놓인 테이블 위의 화병에는 몇 종류의 꽃이 꽂혀 있었다. 고른 모자에 생화를 살짝 장식하고 싶을 땐 점원에게 말하면 원하는 꽃을 잘라줬다. 무료 서비스였다.

엘레나가 아디나와 함께 가게에 들어갔을 때 카탈라니 가게에는 먼저 온 손님 대여섯 명과 점원 두세 명이 있었다. 모두가 가게 안을 돌아다니다 종종 멈춰서서 모자를 들어봤다 내려놨다 하며 재잘거렸다. 엘레나도 곧 언니와 함께 다른 손님들처럼 구경하기 시작했다. 모자 고르기에 열중했지만, 가끔 가게에 나와 있기도 하는 카탈라니 가문의 아들이 그날은 장남이었던 것 정도는 기억했다. 모자 상자를 양손으로 들고 마차까지 배웅해 준 사람은 점원이었지만……. 그 사람, 이름이 자코모라고 하는구나, 하고 엘레나는 생각했다.

이전에 당신이 좀 전까지 가게에 있었다는 말을 점원에게 전해 듣고 안타까웠던 적이 몇 번이나 있었습니다. 모처럼 저희 가게에 오신 당신의 모습을 눈에 담으면서도 좀처럼 용기가 나지 않았던 적도 두 번 있었습니다.

'모자 가게 주인이 모자 상자에 러브레터를 숨겨서 전하다니 너무나 안이한 방법이야. 게다가 이 진부한 표현 좀 봐……. 흠.' 엘레나는 이런 생각이 들었다. '이런 수법으로 이런 편지를 몇 명에게나 보냈을까?' 엘레나는 마음속으로 큰소리쳤지만, 다음 줄로 눈길을 옮기자 갑자기 목이 메었다. 엘레나는 쓰고 있던 모자도 벗어버렸다.

저는 아버지의 명령으로 한 달 정도 상업상 멀리 다녀오게 되었습니다. 하인으로는 제각각 현지에서 여행객을 상대하는 사람을 따로 고용할 예정이므로 모레 새벽 당신이 아직 편안하게 잠들었을 무렵에 혼자 출발합니다. 프랑스를 비롯해 몇몇 나라를 돌아보고 4월 20일 무렵에 돌아옵니다. 이 편지는 당신이 가게에서 나가기 전에 급하게 쓰고 있습니다.

여행 중에 당신을 계속 생각하지 않을 수 없을 겁니다. 부디 저의 사탕을 받아주십시오. 이 편지에 대한 퇴짜는 제가 귀국한 후에 주십시오. 제가 낙담할 편지도 그때까지는 기다려 주십시오. 그리고, 아아, 제가 미칠 듯이 기뻐할 편지라면 귀국할 때까지 더욱 보내지 말고 남겨두시길 바랍니다.

건강하시길.

자코모

*

자코모의 러브레터는 엘레나의 가슴 깊은 곳에 박혔다. 그가 출발한다는 새벽, 엘레나는 잠에서 깨어 침대에 누워 있었다. 혹시나 아래 길에서 말발굽 소리가 가까워지지는 않을까 싶어 몸에 잔뜩 힘을 넣고 귀를 기울였다. 어느샌가 엘레나는 자신을 두고 멀리 떠난 그 사람을 원망하며, 남겨진 자신이 너무나도 불쌍해서 눈물을 흘렸다. 그러다 갑자기 어떤 생각이 나서 침대에서 내려왔다. 어둠 속에서 바닥에 무릎을 꿇고 그의 여행길이 무사하길 기도했다.

엘레나는 자코모의 모습을 떠올릴 때, 종종 그 집 둘째 아들 모습과 비교했다. 서로 닮기는 닮았다. 닮았으면서도 키에서부터 몸도 이목구비도 동생은 겸손한 느낌이었다. 그런 동생의 인상이 그것과는 전혀 다른 자코모의 인상을 한층 더 돋보이게 했다.

엘레나는 자코모가 보낸 러브레터를 읊조렸다. 하지만 편지지 두 장을 기세 좋게 나아가는 커다란 글씨에서 직접 전해지는 말에는 한층 더 무진한 매력이 있었다. 대체 지금까지 그 누가 이렇게 강력하게, 이렇게 생기 넘치는 러브레터를 내게 썼단 말인가! 엘레나는 누구에게랄 것도 없이 그렇게 물어보고 싶어졌다. 내게는 이 사람을 받아들일 의무와 권리가 주어졌다! 갑자기 그것을 발견했다는 생각이 스쳐 용기가 나기도 했다.

지금까지 엘레나는 아무튼 다른 사람을 기다리게 해왔었다. 기다림을 전혀 경험하지 않은 것은 아니었지만, 오래 기다리는 법은 몰랐다. 생각도 하지 못한 먼 이국을 여행하고 있는 연인을 한 달이나 기다려야만 하는 역할을 부여받아 엘레나는 자코모를 연모

할 수밖에 없었고, 기다리는 신분의 감미로운 애처로움에 잠겼다.

엘레나는 그가 육로로 가는지, 항구에서 출발하여 해상로로 가는지 어떤지조차도 몰랐다. 엘레나네 양초 가게는 해외 거래를 하지는 않지만, 엘레나는 무역이 왕성한 영사관이 있고 외국 상인도 사는 도시에서 태어나 자랐다. 외국에 대한 거부감은 없었지만, 문득 생각해 보니 아무것도 아는 것이 없었다.

자코모는 러브레터에 프랑스 외에도 몇몇 나라를 돌아본다고만 했다. 프랑스에는 육로로도 갈 수 있을 터였다. 하지만 어디에서 어떤 식으로 들어갈까. 북쪽을 향해 가면 프랑스와 스위스와 오스트리아…… 또 한 나라 정도 있었던 것 같은데, 몇 개국이 국경을 둘러 서로 닺붙어 있지 않았는가? 프랑스를 비롯한 몇 나라를 둘러본다고 했는데, 다른 나라에 들렀다가 프랑스로 들어가는 걸까? 한편 엘레나는 항구를 출발한 배가 똑바로 서쪽으로 가다 보면 육지에 다다르고, 그 육지에 있다는 마르세유가 바다를 통해 프랑스로 들어가는 입구라는 것을 알고 있었다. 하지만 엘레나에게는 자신들의 도시에서 육로로 프랑스에 들어가는 것과 마르세유까지 해상로로 가는 것, 어느 쪽이 빠른지 비교해 볼 단서가 전혀 없었다.

어느 쪽이 되었든 자코모가 프랑스에 육지와 바다 중 어느 쪽으로 들어가는지 알 방도는 없었다. 하지만 엘레나는 어쩐지 자코모가 바다로 갔다고 생각하고 싶었다.

"저희가 거래하는 곳이 아닌 꽃집에서 전할 물건을 가지고 왔어요. 제가 대신 받으면 안 된다고 하네요. 꼭 마님이 직접 받으셔야 한다고……."

하녀가 와서 무슨 말인지 잘 이해되지 않는 말을 해서 프란체스카는 부엌에서 나왔다. 두 팔로 바구니를 안은 중년 남자가 머리를 숙였다. 그는 자신의 이름을 말하고는 "주인마님이십니까?"라고 재차 확인했다.

"어느 분이 주문하신 꽃을 전하러 왔습니다. 직접 마님께 전하라고 단단히 지시하셔서요. 밖으로 나오시게 해서 죄송합니다. 그럼 송구스럽지만 여기."

남자는 프란체스카에게 바구니를 안기고는 인사를 하고 떠났다. 그러는 사이 프란체스카는 아무 말도 하지 않았다. 상황을 살피고 있는 하녀들에게도 아무 말 하지 않고 바구니를 아무도 없는 가족실로 직접 옮겼다.

리본을 풀고 입구를 열자 두 통의 봉투가 나란히 꽂혀 있었다. 하나는 받는 사람에 '나르디 가문 부인께', 다른 하나는 '엘레나 나르디 아가씨께'라고 적혀 있었다. 보낸 사람은 둘 다 자코모 카탈라니였고, 똑같은 물빛 봉랍으로 봉인되어 있었다. 프란체스카는 자신 앞으로 온 봉투를 열어 내용물을 꺼냈다.

이 꽃과 다른 봉투의 편지를 엘레나 아가씨께 전해주신다면 대단히 기쁠 것 같습니다.

프란체스카는 바구니를 바닥에 내려놓은 채 두 개의 봉투를 가지고 일어났다.
"아래층에 꽃이 왔구나."
프란체스카는 노크와 동시에 엘레나의 방문을 열었다. 엘레나는 느긋하게 침대를 정리하던 참이었는데, 프란체스카의 말을 듣고는 자신도 모르게 "아, 벌써 돌아왔나……"라는 말이 새어 나와 당황하며 정리하던 베개로 입을 막았다. 프란체스카는 엘레나에게 다가가 베개를 받아들고 두 통의 편지를 건넸다. 그리고는 창가로 가서 밖을 내다보는 척했다. 조금 기다린 후 엘레나에게 다가가 한 손을 내밀었다. 딸이 건넨 편지에는 이렇게 쓰여 있었다.

엘레나 나르디 아가씨께,
이 꽃을 당신이 받을 때면 제 여행의 절반이 지났을 무렵일 것입니다.

자코모 배상

"이 도련님과는 대체 무슨 관계인 거니?"
프란체스카는 편지를 돌려주고는 침대 끝에 앉아 물었다. 엘레나는 대답은 하지 않고 서랍에서 이 전에 받은 러브레터를 봉투째로 가지고 와서 내밀었다.

"그 카탈라니 모자 가게의……"

그리고 프란체스카와 조금 거리를 두고 엘레나도 침대에 앉았다. 프란체스카가 첫 장을 펼치는 기척이 느껴졌다.

"장남 쪽이요……."

엘레나는 이렇게 밝히고는 옆에 놓아두었던 좀 전의 편지를 다시 들었다. 자코모는 여행의 절반을 지났을 무렵이라고 했는데, 어디에 있는 걸까? 그 모습은 어떤 마을에서 볼 수 있는 걸까? 엘레나는 곰곰이 생각했다.

"대충 알았어."

프란체스카는 편지를 접어 봉투에 넣었다. 엘레나가 서둘러 말했다.

"아무에게도 말하지 마세요. 그 사람이 돌아올 때까지, 아무에게도……."

"아무튼 내게 맡기렴. 나의 사랑하는 딸, 엘레나."

프란체스카는 가까이 다가앉아 엘레나를 끌어안았다. 그리고 일어나서는 엘레나의 한 손을 잡아당기며 말했다.

"자, 꽃을 보러 가야지. 3일만 일찍 도착하도록 해줬다면 딱 좋았을 텐데."

"그건 그렇지만."

엘레나는 중얼거렸다.

"그건 그렇지만, 그러면 그의 여행 일정 중 딱 가운데에 맞추지 못하잖아요."

—3일 전 4월 1일에 엘레나는 스무 번째 생일을 맞이했던 것이었다.

*

한 달쯤 전에 딸이 가게에서 모자를 샀습니다. 그때 두 개를 놓고 어느 쪽을 고를지 망설였다고 하네요. 이제 와서 다른 쪽을 갖고 싶다고 합니다. 오전에 모자를 살 때 큰 도련님이 도와주셨다고 합니다. 그분이라면 어떤 모자인지 아실 겁니다. 그 모자가 아직 가게에 남아 있다면 배달을 부탁드립니다.

엘레나 나르디의 모母

"적당한 것을 찾아서 분명 직접 전달하러 올 거야."

프란체스카는 그 편지를 엘레나에게 보여주며 말했다. 간단한 전언의 형태로 했기 때문에 봉투에 넣지는 않은 채 종이를 접어 주소를 적은 후 하녀에게 들려 카탈리나 모자 가게 앞으로 보냈다. 벌써 4월 25일이었다.

긴 여행이다. 20일쯤에 귀국 예정이었지만 여행이 길어지는 일은 흔히 있는 일일 것이다. 이 전언을 귀국 예정일이 닷새 지난 후에 보내는 것도 프란체스카의 배려였다. 엘레나도 그 정도면 적절하다고 생각했다. 하지만 최선의 선택이었는지 어떤지 판단이 되지 않았다. 하녀가 밖으로 나가자 엘레나는 갑자기 그런 생각이 들었다. 이런 전언 자체가 신경 쓰이기 시작했다.

　엘레나는 자코모의 편지를 다시 읽었다. 그 편지를 돌려주는 것도, 그를 낙담하게 하는 편지를 보내는 것도, 자신이 귀국할 때까지 기다려 줬으면 한다고 했다. 기쁘게 할 편지라면 더욱……이라고 그는 부탁했었다. 엘레나는 그런 약속을 한 것도 아니고, 그가 어떤 방법으로 귀국을 알릴지도 몰랐지만, 그가 확실하게 귀국했다는 것을 알 때까지 가만히 기다려야만 했다고 생각했다. 어머니의 생각지 못한 제안을 겨우 대답 두 번으로 받아들였지만, 그런 교활한 방법으로 일찍 자신의 마음을 전달해서는 안 되는 일이었다.

　하녀가 돌아왔다. 편지를 받은 점원은 펼쳐보고 "알겠습니다"라고만 대답했다고 했다. 다음 날은 저쪽에서 아무런 반응도 없이 하루가 지나갔다. 그다음 날도 또 그다음 날도 마찬가지였다. 날마다 엘레나는 기분이 좋지 않아서 입만 열면 어머니에게 짜증을 냈다. 공격받는 프란체스카는 가볍게 흘려버리고 미소 지으며 딸을 바라봤다.

　나중에 안 일이지만, 프란체스카가 전언을 보낸 것은 자코모가 귀국하기 이틀 전이었다. 애초에 그는 매일 가게에 들르지는 않았고 나흘이나 닷새씩 모습을 보이지 않는 일도 있었다. 편지를 전해 받은 점원은 하루 빨리 전해야 하는 용무의 전언이 아니었기에, 자코고가 귀국하고 상황이 정리된 후 가게에 왔을 때 전해도 괜찮을 거라며 편지를 그대로 가지고 있었던 것이다.

  한쪽에 공간을 작게 나눠 고객용 점포를 만들어 놓은 나르디 상회의 사무소 정면에는 나르디 씨의 커다란 책상이 놓여 있지만, 본인이 그 자리에 있는 일은 드물었다. 외출 중이 아니라면 뒤쪽 문 안쪽에 들어가 있었다. 복도를 가운데 두고 서재라 불리는 전용 사무실과 계단 아래에 응접실이라고 불리며 업무상 사람을 맞이하기 위한 공간이 있어서 그중 어딘가에서 모습을 볼 수 있었다. 복도 끝에는 문은 따로 없이 정원과 접해 있는 살풍경한 커다란 방이 있었다. 그 방에서는 제조업자가 보내온 양초를 펼쳐놓고 검수하기도 하고, 마차로 물건을 가지고 온 짐꾼에게 식사 한 끼를 대접하기도 했다.

  뒤편에는 철책으로 된 문이 있었다. 그 문으로 들어오면 좌우로 나뉘어 한쪽 끝에는 마구간, 다른 한쪽에는 마차와 짐마차를 대는 으두막과 헛간이 나란히 있었다. 정원 건너편에는 앞에서 말한 큰 방이 보이는 본채가 있었다. 정면에 2층으로 올라가는 계단이 있고, 주거용 현관문은 닫혀 있었다. 1층의 왼쪽 끝에 있는 문은 상품을 넣어두는 지하실로 내려가는 문이었다. 오른쪽 끝의 문을 열면 가운데 부분만 천장이 낮은 넓고 긴 복도가 이어져 있었다. 그리고 건물 옆에는 우물이 있었다. 둘로 나뉘는 동으로 된 둥근 뚜껑이 있는 우물은 정원에도 있었다. 양쪽 우물 다 도르래가 달린 두레박이 있는데, 이쪽 우물은 지붕이 뚫려 있고 두레박을 2층까지 끌어 올릴 수 있게 되어 있어서 두레박의 밧줄이 길었다. 복도에는 중간에 계단이 두 곳 있는데, 그중 내려가는 쪽은 집안일을 위한 지하실과 이어져 있었고 계단 맞은편에는 큰 방과 사무소로 나갈 수 있는 문이 두 개 있었다. 복도 끝에는 또 하나 밖으로 나가는 작은 문이 있는데, 나르디 씨와 두 아들이 늘 사용하는 문이기도 했다. 가게 사람들이 일하는 동안에만 사용하는 청동 간판을 내놓은 정면의 출입문이 있지만 가족들이 가장 많이 사용하는 출입문은 그 작은 문이었다. 숯 가게와 밀가루 가게의 고용인, 세탁물을 가지러 오는 여인들, 부엌에 일이 있어 오는 사람도 모두 그 작은 문으로 들어왔다. 가끔 잘 모르고 사무실 문으로 들어오는 사람이 있으면 "저쪽으로 가세요. 저쪽으로, 밖으로 돌아서"라는 말을 바로 들었다.

"카탈라니 모자 가게에서 왔습니다."
정면의 문을 밀고 들어오는 자코모에게 누군가가 장부에 선을 긋던 부기봉을 휘두르며 말했다.

"저쪽으로 가세요, 저쪽."

하지만 곧 다른 한 사람이 책상 앞에서 일어나 조용히 인사를 하고는 "잠시만 기다려 주십시오"라는 말을 남기고 안쪽 문을 통해 모습을 감췄다. 또 다른 한 사람은 자코모와 눈이 마주치자 조용히 고개를 숙여 인사했다.

"오셨어요. 오셨다고요."

아버지의 서재 문을 열고 마르코가 말했다. 프란체스카가 남편과 두 아들에게 엘레나와 자코모의 일에 대해 이미 설명해 두어서 모두 알고 있었다. 나르디 씨는 저쪽의 재산과 사업, 가족 상황에 대해 거의 조사를 끝냈고 그 내용 역시 아내와 두 아들에게 알려줬다. 형제는 자코모를 만난 적은 없었지만, "카탈라니 모자 가게에서……"라고 말한 남자의 점원 같지 않은 풍모를 보고 그리고 눈치챈 것이었다.

"어떻게 할까요?"

'저쪽으로 모셔."

나르디 씨가 건너편 응접실을 가리켰다.

"……우선은, 위에 알려야겠지."

마르코는 큰 방을 돌아나와 문을 열고 계단 아래에서 소리쳤다.

"카탈라니 모자 가게 사람이 왔어. 아래 응접실에!"

그리고 기다리고 있던 자코모를 안내했다. 나르디 씨가 모습을 드러내자 마르코는 사무실로 돌아갔다.

"카탈라니 모자 가게에서 왔습니다. 부인께서 보내신 전언을 받고 답을 드리러 왔습니다."

자코모가 말했다.

"아드님이군."

나르디 씨는 고개를 끄덕였다.

"자코모 카탈라니라고 합니다."

"엘레나의 아버지 되네."

나르디 씨는 그렇게 말하며 손까지 내밀었다. 하지만 곧 조금 과했다고 생각한 모양이었다.

"수고했소. 저기에서 기다려 주시오."

가볍게 한마디만 남기고는 응접실 문을 열어둔 채로 건너편 서재로 들어가 버렸다.

그날 자코모는 모자 상자는 가지고 오지 않았다. 점원 같은 모습으로는 방문하고 싶지 않았는지도 모른다. 아니면 전언의 진짜 의미를 이해하고 이번에는 아무래도 상관없는 모자를 하나 골라 가서 괜히 돈을 쓰게 하고 싶지 않았는지도 모른다. 그것도 아니면 엘레나를 만날 기회를 또 한 번 더 확보하려고 엘레나를 가게로 오게 하려는 생각이었는지도 모른다.

잠시 후 모습을 드러낸 프란체스카 또한 자코모의 곁에 모자 상자가 없다는 것은 전혀 눈치채지 못한 듯했다.

"언제 돌아왔어요?"

프란체스카가 자크모에게 의자에 앉으라고 가리키며 자신도 의자에 앉으며 물었다.

"27일에 왔습니다."

자크모의 대답에 프란체스카는 깜짝 놀랐다.

"그런데 전언을 오늘 아침에야 봤다고요?"

자크모는 전언이 나흘 동안 전달되지 않았던 이유를 설명하고 사과했다.

엘레나가 응접실로 들어와 자리에서 일어난 자크모를 빤히 바라보다가 겨우 입을 열었다.

"잘 다녀오셨어요?"

엘레나는 자크모가 이렇게나 좋은 혈색을 가진 사람인 줄 미처 몰랐다. 자크모의 얼굴이 상기되어 그런 것일 수도 있고, 긴 여행 중에 햇볕에 타서 그렇게 보이는 건지도 몰랐다. 하지만 엘레나는 그저 아무 생각 없이 자크모의 훌륭한 혈색을 넋을 잃고 바라코 았다.

"27일에 돌아오셨다는구나."

프란체스카가 옆에서 자크모에게 들은 말을 전하고 자리를 뜨며 문을 닫았다.

"죄송해요, 용서해 주세요."

엘레나가 자크모에게 울먹이며 다가갔다.

"……당신이 귀국한 후에 답을 달라고 하셨죠. 그런데도 어떤

49

연락을 받기도 전에 그런 식으로……."

"그렇게까지 생각해 주신 줄은……."

자코모는 엘레나를 힘껏 끌어안으며 속삭였다.

"키스해도 괜찮을까요?"

엘레나는 눈을 감았다. 그런데 잠깐 머뭇하더니 자코모는 몸의 각도를 조금 바꿨다.

"아, 얼마나 아름다운지"라는 말과 함께 뜻밖에도 엘레나의 귓가에 입 맞췄다.

"오래전부터 이곳에 빠져 있었습니다. 당신의 모든 아름다움은 이 귓가에서 솟아 나오고 있어요……. 여행 중 보고 싶어서 얼마나 괴로웠는지. 이렇게나 아름다운데."

그리고는 또 다른 쪽 귓가에 입을 맞췄다. 그리고는 입술에 키스했다.

혼자 남았을 때 엘레나는 곧장 거울 앞에 섰다. 지금까지 엘레나는 눈꺼풀이나 이마나 어깨 같은 곳에는 입맞춤을 받은 적이 있었다. 귓불을 아니, 귀 전체를 뜨겁게 감싸 문 사람도 있었다. 물론 뺨에 하는 입맞춤은 가족이나 동성과의 만남 이외에도 자주 있는 일이었다. 하지만 귓가라고 자코모가 말한 부분에 입술이 닿은 적은 결코 한 번도 없었다는 사실을 엘레나는 처음 깨달았다. 마치 처음으로 그곳에 입 맞추는 사람이 자코모가 되도록 지금까지 모든 사람들의 시선으로부터 지켜왔던 것처럼 느껴졌다.

엘레나는 손거울을 들었다. 엘레나 자신조차도 그 부분에 마음을 둔 적이 없었다. 손거울을 통해 눈앞의 거울 안에 비치는 자신의 귓가를 보고 엘레나는 그 신선함에 놀랐다. 손거울을 다른 손에 들고 또 다른 쪽 귓가를 뚫어져라 관찰했다. 꼼꼼하게 빗어 올린 검은 머리카락이 자라난 부분 언저리에 있는 그대로 드러난 귓가는 여린 빛을 띠고 있었지만, 동시에 하얀 빛이 강해서 무척 뽀얗게 빛났다. '아름다워.' 엘레나는 생각했다.

*

그로부터 한 달 후, 엘레나는 자코모와 나르디 가문 교구의 성당에서 결혼식을 올렸다. 나르디 씨는 커다란 성경의 바로 그 간지를 펼쳐 엘레나의 세례 날짜 뒤에 '16××년 5월 28일 자코모 카탈라니(1월 11일생, 24세)와 결혼'이라고 몇 글자를 작게 써넣었다.

결혼이 정해졌을 때, 엘레나는 막내인 자신이 제일 먼저 결혼하게 되어서 언니와 오빠들, 특히 한 살 위인 언니 아디나에게 마음이 쓰였다.

"미안해."

엘레나는 아디나에게 사과했고, 아디나는 동생의 결혼을 축복했다.

"아니, 괜찮아. 행복하게 살아야 해."

그 혼약에 있어 카탈라니 가문 쪽에서도 상대인 나르디 가문과 그 딸에 대해 일단은 조사를 했을 것으로 보인다. 이전까지는 엘레나에 대해 아무것도 몰랐더라도 조사하는 사이에 장남이 결혼하고 싶다는 상대가 '그 엘레나'라고 불리는 아가씨라는 것을 들었을지도 모른다. 하지만 적어도 표면적으로는 아무 일 없이 엘레나는 카탈라니 가문에 받아들여졌다.

카탈라니 가문의 여자 형제는 세 명으로 한결같이 아름다웠다. 장녀는 자코모보다 한 살 많고, 자코모 아래로 여동생이 둘 있었다. 차남은 엘레나보다 한 살 적었다. 이름은 니노였다.

자코모의 모친 이름은 레나타였다. 시칠리아에 있는 프란체스카의 조모, 즉 엘레나의 증조모의 이름과 같았다. 엘레나는 이야기만 들었는데, 그분은 커다란 올리브나무 세 그루에서 나는 열매로 얻은 수입으로 이미 노인이 된 아들과 함께 느긋하게 지내고 있다고 했다.

레나타 부인은 조금 독특한 사람일지도 몰랐다. 엘레나를 집에 초대하여 처음 부인과 만났을 때였다.

"호오, 이런 분이셨군요."

이런 분이란 어떤 의미일까. 엘레나는 긴장했지만 특별한 의미는 없는 듯했다.

"자코모가 별로 얘길 안 해줘서 말이지."

그리고 이런저런 이야기에 더해 조언도 했다.

"자코모는 무척 착한 아이야."

"부부 싸움은 배가 고플 때는 해서는 안 돼. 배가 든든하면 싸움은 가볍게 끝나. 이걸 잘 기억해 두면 좋을 거야."

결혼식에는 누구나 참석할 수 있었다. 두 사람의 결혼식에 성당은 사람들로 가득 넘쳤다. 성당 문밖에도 사람이 많았다. 신랑 신부가 모습을 드러내자 이쪽에서도 저쪽에서도 소리를 내며 쌀을 뿌렸다. 모여든 아이들에게는 하얀 콘페티를 멀리 있는 아이나 가까이 있는 아이나 모두 받을 수 있도록 골고루 던져줬다.

신혼부부를 위해서는 카탈라니 가문의 마차를 사용하기 편하도록 카탈라니의 본가에서 그다지 멀지 않은 곳에 살 집을 빌렸다. 주거용 건물에 문이 4개 있었는데, 각각의 문마다 지하실에서 지붕 아래 다락방이 붙어 있는 3층까지가 한 집으로 되어 있는 곳으로 그중 한 집이었다. 집에는 하녀 둘을 두었다.

하지만 그 집에서 자코모와 신혼 생활을 시작한 엘레나 부인은 세간에서는 여전히 양초 가게 엘레나라고 불렸다. 실제로 엘레나가 자코모를 동반하거나 혹은 혼자서 자주 친정을 방문했기 때문이기도 했지만, 사람들 사이에 쉽게 통하는 그 명칭이 편했기 때문일지도 몰랐다. 그렇다고는 하지만 시간이 흐른 후에 생각해 보면 결혼 생활 겨우 2년 만에 두 가지 무서운 일이 겹쳐 미망인으로 나르디 집에 돌아올 엘레나의 운명의 전조로 보이기도 하는 것이었다.

*

엘레나는 순결했다. 첫날밤 잠들었던 엘레나가 몇 시간 후 눈을 뜨자 불이 켜져 있었다.

"지금 바로 성당에 가야겠어."

옷을 입으며 준비를 하던 자코모가 성큼성큼 침대 곁으로 왔다.

"성당에는 무슨 일로 가세요?"

엘레나가 침대 위에서 물었다. 자코모는 침대에 걸터앉아 입을 맞췄다.

"순결한 사람. 감사 기도를 드리고 싶은 마음을 견딜 수 없군."

"저는 어떡하죠?"

"같이 가준다면 좋겠는데……."

"가겠어요."

엘레나는 몸을 일으켰다.

"양초를 가지고 가고 싶어."

자코모가 다시 옷을 입으러 가며 말했다.

나르디 씨는 엘레나의 신혼 물품과 함께 신혼집에 양초를 보냈다. 2개씩 종이로 감싼 것을 네 묶음씩 나란히 3단으로 쌓아 포장한 꾸러미가 6개. 자물쇠가 달린 나무 상자에 12다스가 들어 있었다. 이제 갓 포장을 뜯은 것이었다.

"100개는 가지고 가고 싶은데."

자코모의 말에 엘레나는 하녀들을 깨우러 갔다.

양초는 2개씩 심이 연결되어 있었다. 2개를 가지런히 두고 심의 볼록 나온 부분을 잡아 아래를 잘라야 했다.

"좀 더 빨리 할 수 없어?"

하녀 둘이 심을 자르는 곁에서 자코모가 재촉했다. 한 꾸러미를 다 자르고 나면 초를 싸고 있던 큰 종이로 포장하여 바닥에 펼쳐놓은 자신의 망토 위에 올렸다. 양초 100개가 준비되자 자코모는 보자기를 대신한 망토를 양손으로 잡아 한쪽 어깨에 짊어졌다. 밖은 아직 형태를 알아볼 수 없을 정도의 어둠이 깔려 있었다.

성당의 문은 손쉽게 열렸다. 제단 가까이 기다란 촛대에 촛불이 켜져 있는 것 외에는 저쪽에 하나 이쪽에 하나 심야 기도를 위해 켜둔 거의 다 타가는 양초가 어둠 속에서 희미한 빛을 내고 있을 뿐이었다. 엘레나가 느끼기에 어제 결혼식을 올린 장소와 같은 곳이라고 생각하기 어려울 정도였다. 달카닥달카닥 자코모가 든 양초가 부딪치는 소리가 울렸다. 두 사람은 몇 개의 헌등 촛대에 불을 옮겨 붙이고는 돌아다니며 양초를 세웠다. 조금씩 반짝거리는 빛이 늘어갔다. 중간에 잠이 깬 신부님이 나와 그들을 도왔다.

자코모가 아무도 없는 신자석 가운데로 들어갔다. 엘레나는 뒤를 따라갔는데, 자리에 앉은 자코모의 숨이 너무나도 거칠어서 살짝 틈을 두고 앉았다. 자코모는 건너편 높은 곳에 걸려 있는 성화聖畫를 향해 시선을 똑바로 향하고는 가슴에 성호를 그었다. 그대로 숨을 고르는 듯 하더니 곧 무릎을 꿇고 양손을 모으고는 고개를 떨궜다가 천천히 고개를 들어 올렸다. 양손을 모은 채로 조금만 더 숨을 고르는 모양이었다.

"주여!"

갑자기 간이 떨어질 것 같은 큰 소리 외침이 울렸다. 멀고 먼 곳에서 그 외침을 받아들이고 그에 대한 대답이 들려오는 것처럼 '주여'라고 메아리가 돌아왔다.

"……이 순결한 사람을……."

자코모가 다시 큰 소리로 외치다 말이 막혔다.

'사람을…….' 메아리가 다음 말을 재촉하듯 돌아왔다. 무릎을 꿇고 고개를 숙이고 있던 엘레나가 슬쩍 고개를 들어 자코모의 모습을 살폈다. 고개를 젖힌 자코모의 눈에는 눈물이 가득 맺혀 있었다.

"제게 주셨습니다. 귀하신 주께 감사드립니다."

떨리는 목소리로 겨우 말을 끝맺었다.

성당을 나왔을 때는 아직 해가 뜨기 전이었다. 이른 새벽의 공기가 차가웠다. 여름이지만 기온이 점차 떨어지는 시기일지도 몰랐다. 엘레나는 머리 위로 숄을 뒤집어쓰고 있었다. 자코모가 보자기 대신 사용했던 자신의 남색 망토를 펼쳐 엘레나 뒤에 서더니 묵직한 망토를 양쪽 어깨에 걸쳐줬다. '부드러운 벨벳인데도 남자용은 이렇게나 무겁구나'라고 엘레나는 생각했다.

집으로 돌아가는 도중에 두 남자가 스쳐 지나가다 뒤를 돌아봤다. 두 사람은 외박을 하고 돌아가는 길인 것 같았는데, 그중 한 남자는 작은오빠 루도비코였다.

"여어, 자네들. 이제 겨우 첫날밤을 지냈을 텐데 상당히 일찍 나왔군."

루도비코가 걸음을 멈췄다.

"성당에 다녀왔습니다. 양초 100개에 불을 붙이고 감사 기도를 드리고 오는 참입니다."

자코모가 한 걸음 앞으로 나갔다.

"형님, 엘레나는 순결했습니다."

자코모는 이렇게 말하며 루도비코의 손을 붙잡았다.

"잘됐군."

루도비코의 말에 조금 뒤에 있던 일행이 웃음을 터트렸다.

2, 3일이 지난 후 루도비코가 아버지께 말했다.

"아버지, 엘레나 쪽에서 양초를 다 쓰면 또 보내실 겁니까?"

"응? 뭐, 상황을 봐서."

나르디 씨가 대답했다.

"이미 상당히 써버린 것 같습니다."

그리고 루도비코는 자신에게 불리한 이야기는 슬쩍 빼고 이야기했다.

"길에서 두 사람을 만났어요. 자코모가 성당에 감사 기도를 드리러 가서 양초를 100개나 켰다고 하더군요. 엘레나도 함께 있었습니다. 자코모는 상당히 감격한 것처럼 보였고, 내 손을 잡고는 '형님, 엘레나는 순결했습니다'라더군요……."

곁에서 프란체스카가 "그래"라며 표정을 풀었다.

"자코모는 엘레나가 설마……."

프란체스카도 걱정했던 부분이기는 했지만 루도비코가 무슨 말을 하려 하자 프란체스카가 바로 끊었다.

"무슨 말이니? 엘레나는 경솔한 부분은 있지만, 누가 뭐래도 바로 내 딸이야."

프란체스카가 가슴을 두드렸다. 루도비코는 쓴웃음을 지으며 한쪽 뺨을 긁었다.

"음, 감격을 잘하는 사람 중에 나쁜 남자는 없는 법이지."

나르디 씨는 이렇게 말하고는 덧붙였다.

"엘레나에게는 모든 것이 아주 잘된 일 아닌가."

*

자코모는 점심을 먹은 후 낮잠 시간에 집을 비우거나, 낮잠 시간에만 집에 돌아올 때도 있었다. 저녁 식사를 밖에서 해결하고 그대로 한밤중까지 돌아오지 않을 때도 있었다.

하지만 나르디 씨도 마르코도 루도비코도 마찬가지였다. 그리고 프란체스카는 그런 일로 그들에게 이러쿵저러쿵 잔소리하지는 않았다. 나르디 집안만 그런 것이 아니었다. 어느 집이나 남자들은 누구나 그랬고, 여자들은 남자들이 밖에서 무엇을 하는지 말해주지 않아도 아무렇지 않게 지내는 것처럼 보였다.

나르디가와는 다르게 자코모의 집은 가게와 주거 공간이 같은 건물에 있지 않았기 때문에 자코모가 집을 비우는 시간은 더욱 많았다. 하지만 엘레나는 세간의 다른 여자들과 마찬가지로 집을 비운 남편에 대해서는 거의 생각하지 않았다. 엘레나는 자코모가 나갈 때는 기분 좋게 배웅하고 돌아오면 뛰어나가 맞이했다. 하지만 밤에 돌아오지 않을 때는 먼저 잠이 들어서 아침까지 모르고 잘 때도 있었다. 자코모는 집에 들어와도 엘레나를 깨우지 않고 자게 뒀다.

"잘 자라는 인사까지 미리 해둘까?"

이렇게 말하며 자코모는 외출할 때 엘리나를 한 번 더 안아 주는 때도 있었다.

엘레나는 남편이 자신을 방치하는 느낌은 조금도 느껴지지 않았다. 실제로 자코모는 좋은 남편이었다. 결혼식으로부터 한 달도 지나지 않은 6월 24일은 피렌체의 수호성인 세례자 산 조반니 축일이었다. 엘레나는 피렌체를 아직 잘 몰랐다. 자코모는 그곳에 사는 친척에게 엘레나를 데리고 가 축일의 성대한 축제를 시작으로 5일 동안 피렌체를 즐길 수 있게 해줬다. 가을에는 피사에 데리고 갔다. 엘레나는 이미 세 번 방문한 적이 있었지만, 가을에는 가보지 못했기에 가을 피사의 풍경은 몰랐다. 자코모는 마을과 근교의 축제나 장터에 엘레나와 훌쩍 나갔다 오는 것을 좋아했다. 그리고 엘레나가 친정에 혼자 가고 싶어 할 때도, 같이 가주었으면 할 때도 바로 "좋아"라고 승낙했다. 이웃 부인들의 수다를 들어보면 그런 남편은 드물고, 엘레나가 원하는 대부분의 그런 일들에 대해 탐탁지 않은 표정을 짓는 것이 남편이라는 존재라는 모양이었다.

자코모는 음식에 대해서도 잔소리를 하지 않는 사람이었다. 엘레나는 그럴듯한 요리를 만들 정도의 솜씨는 없었지만 어머니 프란체스카가 여러 비법을 알았기 때문에 옆에서 눈동냥으로 배운 것이 조금은 도움이 되는 구석이 있었다.

자른 후에 색이 금세 변하는 과일인 마르멜로는 껍질을 벗기거나 자를 때 통에 물을 담아 물속에서 자르면 쓴맛이 빠진다. 한 번더 깨끗하게 씻어 바로 끓는 물에 넣어 설탕 절임을 만든다. 새고기 요리, 특히 오리 요리에 오렌지를 사용할 때 그것을 곁들인다. 혹은 절임 종류에 따라 몇 종류의 향신료 외에 그것을 조금 넣는다.

신선한 숭어 알집을 구하면 공들여 소금에 절여 말린다. 절대로 씻어서는 안 된다. 식칼에 닿아서도 안 된다. 알집에 통째로 소금을 뿌려 12시간 뒀다가 물기를 닦아내고 새로 소금을 듬뿍 뿌린다. 가장자리에도 꼼꼼하게 뿌린다. 크기가 충분한 여유가 있는 유리 두 장 사이에 끼운다. 끈으로 묶고 유리 사이에 작은 쐐기를 넣어 한 번 더 묶어, 앞뒤로 뒤집어가며 며칠이고 햇볕에 건조 시켜야 한다. 열흘은 걸리는데 해가 나는 정도에 따라 달라지기 때문에 완성되었는지는 유리를 통해 보면서 판단할 수밖에 없다. 요리에 익숙한 프란체스카가 드물게 조금 덜 말랐을 때 유리를 떼어낸 적이 있었다. 그게 의외로 맛있어서 호평을 받았다. 자코모는 그쪽을 좀 더 좋아했다.

보통은 그릇이 남기는 가자미 포 양쪽의 얇은 부분까지도 프란체스카는 맛있게 만들었다. 양념은 살이 많은 부분보다도 약간 적게, 하지만 꼼꼼하게 바르고 무화과 겉껍질을 딱 붙여서 굽는다. 구워진 껍질을 벗기면 타지도 않고 살짝 고급스러운 요리처럼 맛있게 완성된다.

"자코모가 같이에요, 한쪽을 줄 테니까 제 그릇에 있는 다른 한쪽이랑 교환하자는 거 있죠."

엘레나가 프란체스카에게 말했다. 엘레나는 어머니와 둘만 있을 때면 자코모와 있었던 일을 이야기하곤 했다. 프란체스카는 행복한 표정으로 엘레나의 이야기를 들었다.

"정말로 좋은 남편이구나."

"그건 그렇지만요."

엘레나의 말에 프란체스카가 핀잔을 줬다.

"이럴 때 네 말버릇은 어렸을 때랑 어쩜 똑같니."

그런 말을 하는 딸이 수줍게 눈을 내리깔지는 않았지만, 이웃의 아저씨 아주머니께 했던 것처럼 검은 눈동자로 빤히 쳐다보던 어린 시절의 모습과는 전혀 다르다는 것을 프란체스카는 미처 눈치채지 못했다.

엘레나는 어머니께 좋은 남편으로 보일만한 자코모의 모습을 이야기하는 동안에는 정말로 좋은 남편이라고 여기지 않을 수 없었다. 하지만 어머니가 그런 말을 하면 '그건 그렇지만'이라고 갑자기 입술을 깨물고 싶은 기분이 되는 것이었다. 프란체스카는 그런 엘레나의 마음을 알아채지 못하고 물었다.

"그나저나 아기는 어쩔 거니? 자코모도 슬슬 원하지 않아?"

"그렇죠."

이런 엘레나의 대답은 거짓은 아니었지만······.

*

―결혼식 후 며칠 지나지도 않은 어느 날 이런 일이 있었다. 낮에 귀가한 자코모는 자신을 맞이하는 엘레나를 흘끗 보기만 하고 스쳐 지나갔다. 엘레나가 뒤를 쫓아가자 말도 걸 수 없을 정도로 흥분하며 빙글빙글 돌아다녔다. 엘레나는 꼼짝도 못 하고 우뚝 서

있을 수밖에 없었다.

"무슨 말이라도 해봐. 어떻게 된 거야?"

자코모는 걸음을 멈추고 엘레나를 똑바로 쳐다봤다.

"무슨 말씀인지……."

엘레나가 중얼거렸다.

"내가 말이지……."

자코모가 엘레나 쪽으로 한 걸음 다가갔다 자신의 손바닥을 주먹으로 세게 치며 목소리를 높였다.

"잘 들어, 내가 말이지, '러브레터도 쓰지 않고 엘레나를 얻어내다니 솜씨가 대단해'라는 말을 들었다고!"

"러브레터라도 주셨잖아요."

엘레나가 말했다.

"얼버무리지 마! 러브레터 같은 건 하나같이 시시하다고 잘도 독설을 뱉었으면서 말이야, 대체 뭐지!"

엘레나는 프란체스카에게 야단맞았던 일을 떠올렸다.

카탈라니 가문과 산호 판매상인 파피니 가문은 어른들은 물론 아이들까지도 서로 교류가 없었기 때문에, 자코모는 그날 모임에는 없었다. 그래서 엘레나의 독설 같은 것을 지금까지 듣지 못했던 것이다. 자신이 들은 말의 의미를 처음에는 이해하지 못했을 것이 분명했다. 양초 가게 엘레나가 순결했다는 소문은 "정말일까?" "믿을 수 없어" 같은 말과 함께 빠르게 퍼져나갔다. 또 대체적인 세간 남녀의 혼인 연령보다 두 사람 다 어느 정도 어렸기 때문에 자코모가 갑자기 양초 가게 엘레나를 얻을 수 있었던 것은 러브레터를 보내지 않았기 때문일 거라고, 엘레나가 모임에서 했던 독설과 엮어서 농담 반으로 이야기되곤 했다. 그리고 처녀였다는 의외의 사실을 역시 아무래도 얼굴을 보며 함부로 자코모에게 입을 여는 자는 없었지만, 러브레터를 보내지 않고 성공했다는 식의 농담으로 조금은 놀리고 싶어지는 자는 있었다.

"그런 말은 한 적이 있는 것 같지만, 상당히 오래전 일이에요."

엘레나가 얼른 설명했다.

"그래서, 상당히 오래전에 넌 온갖 놈들로부터 러브레터를 잔뜩 받았단 말이지."

자코모가 캐물었다.

"그렇게 많이 받지 않았어요. 하지만 남자든 여자든 자신이 직접 받은 것이 아니라도 러브레터를 본 적이 없는 사람이 있나요? 형제나 친구들이 받은 러브레터를 보여주는 일도 있잖아요."

"그럼 넌 내가 보낸 러브레터도 다른 누군가에게 보여줬구나. 잔뜩 비웃고는 버렸겠군."

"아니에요."

엘레나는 자리를 뜨려고 했다.

"기다려!"

자코모가 엘레나의 소매를 붙잡았다.

"……내겐 단 한 번밖에 편지를 보내지 않았어."

"편지를 보낼 틈도 없이 순식간에 결혼했잖아요. 하지만 당신에게서 받은 편지는 태우지도 버리지도 않았어요."

엘레나는 자코모의 손을 떨쳐냈다. 귀국 후 자코모에게서 받은 두 통의 편지까지 합쳐서 네 통을 노란색 리본으로 묶어둔 것을 꺼내 와서 탁자에 내려놓았다. 자코모는 잠시 말문이 막혔지만 곧 욕설을 내뱉었다.

"다른 놈들 것은 어떻게 했어? 양초를 넣는 나무 상자에 수북하게 넣어서 자물쇠를 걸고 친정에 맡겨뒀지?"

"한 통뿐이기는 했지만, 당신은 내가 보낸 편지를 어떻게 했어요? 가지고 있으면 보여주세요. ……아니, 안 보여줘도 되니까, 대신 한 번 외워서 말해봐요. ……못하시죠? 전 당신에게서 받은 편지를 전부 외울 수 있어요. 글자 하나 문장 하나 틀리지 않고……. 진짜인지 거짓인지 한번 들어보세요. 지금부터 낭독해 볼 테니까……."

"그만 됐어!"

자코모는 밖을 나가버렸다. 침대에서는 등을 돌리고 눕고, 식사하라고 부르면 대답도 하지 않고, 엘레나에게서 더욱 등을 돌렸다.

―시청사 앞 광장에서 열리는 장터에 자코모와 엘레나가 함께 구경 나갔다. 여러 줄로 노점이 북적북적 늘어서 있고, 구경 나온

사람들로 시끌벅적했다. 아는 얼굴을 발견하면 서로 고개를 끄덕이며 알은체를 하거나 몇 마디 나누기도 하면서 두 사람은 팔짱을 끼고 다양한 가게를 둘러봤다.

물건을 살 계획은 없이 그저 구경하러 나온 것이었지만, 엘레나는 이런 장소에 오면 어쩐지 뭔가 사고 싶어졌다.

"이거 사줘요."

엘레나는 좌판 위에 놓인 다양한 종류의 치즈 더미를 잠시 둘러본 후에 삼각형으로 된 작은 치즈 하나를 골랐다.

"이것도 사줘요."

이번에는 바닥에 쭈그리고 앉아 배를 3개 골랐다. 그다음에는 손에 드는 바구니를 발견했다. 장바구니를 준비하지 않았기에 산 물건을 거기에 넣고 싶어졌다. 화려하게 원색을 섞어 칠한 얇게 깎은 나무로 만든 바구니를 보고 엘레나는 문득 어린아이처럼 마음이 들떴다. 하지만 가벼운 것만 넣을 수 있는 바구니였다. 가게 남자가 높은 곳에 걸려 있던 대나무 바구니를 휙 내렸다.

"부인, 이 바구니라면 죽을 때까지 사용할 수 있을 거요."

남자가 바구니를 뒤집어서 두툼한 손바닥으로 툭툭 두드려 보였다. 그렇다고는 해도 가격을 들어보니 노점에서 파는 물건치고는 비쌌다. 대신 덩굴로 엮어 만든 것으로 뚜껑이 달린 바구니가 있었다. 그것을 사서 곧장 치즈와 자코모가 들고 있던 배를 넣고 엘레나가 들었다.

사람이 많이 모여 있는 노점이 보였다. 가판대 위에는 작은 돌과 조개껍데기가 놓여 있었다. 엘레나는 자코모의 팔을 놓고 노점에 다가갔다. 작은 돌을 들어보기도 하고 손바닥 위에 올려서 들여다보기도 했다. 구자 같은 것, 완전한 원형에 초록색으로 빛나는 보석 같은 것, 아름다운 돌이 다양하게 있었다.

"잠깐 실례할게요."

엘레나는 옆에 있는 사람 앞을 지나 조개껍데기가 놓인 쪽으로 옮겨갔다. 작디작은 속살을 지키기 위해 이렇게나 단단한 껍데기를, 공예품처럼 아름다운 껍데기를 훌륭하게도 만들어냈다고 감탄했다. 무슨 생각으로 제각각 이렇게나 공들인 모양을 하고 있는 걸까? 안쪽에는 꽤 큼직한 것이 나란히 놓여 있었다. 끌로 겹겹이 새긴 것 같은 소라껍데기가 눕혀져 있었다. 고동색과 검은색과 눈처럼 하얀색이 절묘하게 어우러진 울퉁불퉁한 가로 줄무늬에 시선을 빼앗겼다. 남자 손바닥보다도 큰 말린 불가사리도 있었다. 하지만 막상 돌라보려고 하니 조개껍데기도 작은 돌도 사고 싶은 만큼 마음에 드는 것은 없었다. 실제로 장사가 잘되는 것처럼 보이긴 하지만 구경하는 사람들뿐이었고, 정말로 물건을 산 사람은 작은 조개껍데기 두 개를 사간 남자아이뿐이었다.

조금 떨어진 나무 그늘에서 나무통에 동그랗게 저민 레몬을 띄운 레모네이드를 팔고 있었다.

"목마르지 않아요?"

엘레나가 물었다. 벌꿀로 단맛을 더한 레모네이드를 자코모와 한잔 씩 마셨다.

시청사의 뒤쪽도 시끌벅적했다. 그쪽에는 노점은 적었다. 거리 공연을 하는 여인이 노래를 하는 곳에 사람들이 무리 지어 있었다. 팔꿈치부터 손가락 끝까지 곧게 들어 올린 양팔이며 고개를 돌리는 방향까지 노래에 맞춰 어색하게 움직였다. 여인이 올라서 있는 무대에 커다란 태엽 감는 장치 같은 것이 튀어나와 있었다.

'태엽이 다 풀리면 어느 분이든 감아주세요'라는 팻말이 세워져 있었다. 자동 인형 흉내를 내며 노래하는 것이었다. 여인의 얼굴은 속눈썹을 한껏 과장되게 두껍게 그려 역시 인형처럼 보이는 화장을 하고 있었다. 위쪽을 커다랗게 부풀린 소매에 조끼의 가슴 부분에 지그재그로 끈을 묶은 의상을 입었고, 구두 끝은 위를 향해 뾰족하게 올라간 모양을 하고 있었다. 움직임이 둔해지고 노래가 띄엄띄엄 끊기더니 고개와 두 팔을 축 늘어뜨렸다. 젊은 남자가 앞으로 나왔다. 태엽을 크게 돌리며 입으로 "끼이익, 끼이익" 소리 내며 태엽 소리를 흉내 내고는 크게 박수를 쳤다! 인형이 다시 낭랑하게 노래를 시작하자 모두가 웃었다.

안마 가게라고 부르는 곳일까? 낮은 위치에 좌우로 양쪽 무릎을 굽혀 올릴 수 있는 쿠션이 있는 침대가 있고, 사선으로 된 판자 위쪽에 가죽으로 감싼 작은 베개가 툭 튀어나와 있었다. 거기에 양손을 두고 이마를 올린다. 뚱뚱한 여인이 그런 나무 침대에 엎드려 등을 맡기고 있었다. 남자가 양손 손가락을 폈다가 오므렸다가 하면서 목에서부터 허리 부근까지 주물렀다.

"처음 봐요."

"나도 처음 보는군."

엘레나의 말에 자코모도 호응했다.

여인이 턱을 조금 들더니 "엄청 시원해"라고 누구에게랄 것도 없이 말했다. 몇 들이 웃었다.

"호객하는 아주머니야."

누군가가 일행에게 말했다.

조금 앞에 꽤 많은 사람이 무리 지어 있었다. 안경을 코끝에 걸친 남자가 연주하는 바이올린 소리에 맞춰 빼빼 마르고 키가 큰 남자가 리듬감 있게 주위를 돌며 노래를 하고 있었다. 구경꾼들이 여기저기에서 같은 종이를 손에 들고 있었다. 그것을 보며 함께 노래하는 사람도 있었다. 엘레나도 어린 시절 자주 본 적 있는 떠돌이 놀이패였다.

한 단락이 끝날 때마다 바이올린 반주가 내던지는 듯한 소리를 냈고, 그것을 받듯이 노래가 멈췄다. 동시에 "거기에서 수탉이 꼬끼오 꼬꼬"라는 대사를 하며 빼빼 마른 남자가 날개를 퍼덕이는 동작을 하며, 꼬끼오 꼬꼬라는 부분에서 양손을 위로 들어 올렸다가 마지막에 똑 떨어지게 마무리했다. 그 부분에 올 때마다 기다렸다는 듯이 구경꾼들의 웃음이 터졌다. 노래는 4절까지 있는 모양이었다. 끝까지 한 번 부르고 나면 남자는 휴식을 취했다. 바이올린을 연주하는 남자가 민요 선율을 켜기 시작했다. 암탉 머리 모양의 종이 모자를 끈으로 턱 아래에 고정한 중년 여인이 사람들 무리에 다가와 노래 가사를 새긴 물건을 팔며 돌아다녔다. 바이올린 연주가 잠깐 쉰 후에 앞으로 나와 네 번째로 '해님은 좋은 분'이라는 가사로 시작하는 노래의 전주가 시작되면 여인은 그 자리에 멈췄다가 리듬에 맞춰 돌아다니는 남자나 구경꾼과 함께 노래했다. 그리고 "거기에서 수탉이 꼬끼오 꼬꼬"라는 부분에서는 암탉 여인도 구경꾼도 침묵하고, 남자의 독무대가 되었다. "……꼬꼬"라는 소리를 끝으로 양 날개가 높이 올라갈 때마다 엘레나와 자코모는 함께 웃었다.

다시 바이올린 연주가 민요로 바뀌고, 여인이 가사를 팔기 시작했을 때였다.

"부인."

엘레나는 바로 옆에서 부르는 소리에 상대를 보고 깜짝 놀랐다.

"……당신은, 새를 싫어하신, 무척 싫어하신 분이었다고 기억합니다만……."

그리고는 남자는 "죄송합니다, 실례하겠습니다"라고 자코모에게 말하고는 곧장 멀어졌다.

"아는 사람인가?"

자코모는 멀어지는 남자의 뒷모습을 눈으로 쫓았다. 그 남자는 앞에 가던 10대로 보이는 서너 명의 소년 소녀들을 추월해서 지나갔다.

"예전에……."

엘레나가 대답했다.

"가지. 집에 가서 얘기하지."

자코모는 앞서 걷기 시작했다. 도중에 자코모와의 거리가 벌어질 것 같아 엘레나는 종종걸음으로 따라가야만 했다. 손에 든 바구니가 흔들려 안에 담긴 물건이 이리저리 굴렀다. 집까지의 길은 즐겁게 걷기에 지칠 정도는 아니었지만 상당히 거리가 있어서 집으로 돌아가는 길이 엘레나에게는 버거웠다.

"아는 사람이면서 왜 내게 소개하지 않았지? 그놈도 왜 소개해 달라고 하지 않지?"

집에 도착하자마자 자코모가 소리쳤다.

"예전에 화나게 했던 사람일 뿐이에요."

엘레나가 대답했다.

"당신이 그놈을 화나게 한 거야? 아니면 그놈이 당신을 화나게 한 거야?"

그 남자는 엘레나에게 선물을 전하려고 했었다.

"브리튼에서 온 물건입니다."

처음에는 잔뜩 들뜬 모습으로 포장을 풀기 시작했지만, 둥그렇게 뜬 작은 눈이 박힌 새 머리가 드러나자 엘레나는 "이게 뭐야, 끔찍해!"라고 소리 지르며 홱 물러났다. 엘레나는 언뜻 보기만 했을 뿐이었는데, 나중에 가족에게 전해 듣기로는 물새 한 마리를 사용해서 만든 것으로 가슴과 꼬리 깃털 아래로 좌우에 손을 넣을 수 있게 만든 방한용 머프라고 했다. 엘레나는 새고기로 만든 요리는 좋아했지만, 작은 새든 박제된 새든 부리가 있고 깃털로 덮인 새는 비정상적일 정도로 혐오해서 침착성을 잃고 당황했다.

"새는 싫어. 너무 싫어. 빨리 가지고 나가!"

엘레나는 두 손으로 얼굴을 감싸고 공포와 분노로 몸을 떨었다.

"어디서 나가라고 한 거지?"
"나르디 집의 응접실에서요."
"집에 드나들던 사람이었군?"
"아, 네."
"약혼했었어?"
"아니요."
"비버나 다른 뭔가로 만든 머프였다면 약혼했겠지. 결혼했을 거야. 그렇지?"
"겨우 그런 일로 깨졌다면, 그 일이 없었더라도 어차피 깨질 관계였겠죠."
"깨진다고? 뭐가 깨졌어!"

자코모는 한층 더 격앙되었다.

"그런 일이 있어서 진행되지 않았다면, 그런 일이 없어도 진행되지 않았겠죠."

엘레나는 제대로 잘 설명했다고 생각했다. 하지만 자코모는 점점 더 격해졌다.

"같은 말이잖아. 가령 약혼했더라도 상관없어. 하지만 확실히 끝난 거야? 그놈이 말을 거는 걸 보니 평범해 보이지 않았어."

"그렇게 말하셔도 전……."

"그러고도 어떻게 아무렇지 않을 수 있지! 나는 어떻게 돼? 나는!"

자코모는 절규했다.

―자코모는 조금씩 아기를 원하기 시작했다. 자코모가 그 말을 했을 때 엘레나는 문득 생각이 나서 파피니가에서 나르디가에 아이가 태어날 때마다 남자아이에게는 흰색 산호, 여자아이에게는 붉은색 산호로 만든 공갈 젖꼭지를 축하 선물로 줬다는 이야기를 했다.

"여자아이라면 내 것을 물려주면 되겠어요. 친정에 보관해 뒀을 거예요. 남자아이라면 파피니 산호 가게에 하얀색을 주문해요."

그리고 엘레나는 덧붙였다.

"아, 정말 기대돼요."

엘레나도 아기를 원했기 때문에 그런 마음을 이야기했을 뿐이었다.

"그 집 아들 이름이 뭐야?"

이렇게 묻는 자코모의 안색이 변한 것을 눈치채지 못하고 엘레나는 가볍게 대답했다.

"산드로라고 해요. 만나신 적 없죠?"

"직접 주문하러 가는 게 좋은 거겠지. 외출한다고 나가서는 그놈에게 잘도 부탁하겠군. 얼마나 기대가 되겠어."

자코모의 그 말에 엘레나는 깜짝 놀랐다.

"주문하러 가더라도, 산드로는 늘 피렌체에 있는걸요. 부활절에나 돌아올 텐데……."

"자세히도 알고 있군."

"저랑 산드로가 대체 무슨 관계라는 거예요!"

"산드로, 산드로, 그 이름 그만 불러!"

자코모는 분노에 찬 소리를 질렀다.

"……잘 들어. 네가 그놈에게 주문한 물건 같은 걸 우리 집 아이에게 줄 것 같아? 그런 걸 물릴 바에는 차라리 숯덩이를 물리겠어."

엘레나는 어머니가 두 딸 중 한 명이 산드로와 결혼해 주지 않을까 생각했던 것을, 그렇게 해보려고 조금 움직였던 것을 알고 있었다. 하지만 결혼한 지 얼마 되지 않아 '러브레터도 쓰지 않고 엘레나를 얻어내다니 솜씨가 대단해'라는 말을 들었던 일과 시장에서 있었던 일을 조금 물러나서 생각해 보면 쟈코모가 화내는 이유를 어느 정도 알 것 같긴 했지만, 샨드로의 경우 엘레나가 그런 말을 들을 이유는 전혀 없었다. 엘레나는 너무 억울했다. 게다가 갓난아기 입에 숯이 박혀 괴롭게 우는 모습이 떠올라 그 잔혹함이 마음을 건드려 눈물이 터졌다.

"뭐가 슬퍼서 울어. 울고 싶은 사람은 나라고. 아아, 시끄러워! 울고 싶으면 그놈에게 가서 울어. 그놈이 기뻐하겠지."

자코모는 종잡을 수 없는 말을 외치고는 나가버렸다. 엘레나가 부부 싸움을 하며 눈물을 흘린 건 이전에도 없었고, 앞으로도 없을 그 한 번뿐이었다.

이렇게 엘레나가 도무지 이해할 수 없는 일로 자코모가 화를 내는 일이 몇 건인가 있었다. 엘레나는 평소의 남편이, 특히 웃을 때 모습이 좋았다. 눈빛에는 생기가 가득하고 마치 강력한 희망과 행복이 넘쳐흐르는 듯한 웃음이었다. 그런데 자코모가 한번 그런 종류의 분노에 휩싸이면 절망 그 자체 같은 어둠에 빠져버렸다. 세간의 남편들은 아내를 자주 때린다는 모양이었다. 프란체스카도 젊었을 때는 맞았다는 모양인데, 자코모는 거의 손을 들지는 않았다. 한바탕 소동이 지나고 나면 같은 일로 문제를 삼거나 하지도 않았다. 절망적인 모습도 사흘 정도면 회복했다. 거의 말도 하지 않던 사람이 아침에 집에서 나갈 때 살짝 멋쩍은 듯이 "가끔은 친정에 가서 아니나 처형이랑 놀다 와" 같이 미리 생각해 뒀던 것 같은 말 한마디를 겨우 남기면 그때부터는 햇살이 비치기 시작하는 것이었다.

하지만 그러기 전까지 며칠 동안 엘레나는 무척이나 괴로웠다. 낮잠 시간에도 밤에도 자코모는 침대에서 등을 돌려 누웠다. 그리고 잠을 설치는지, 역시 마찬가지로 잠을 설치는 엘레나는 몇 번이고 자코모의 깊은 한숨을 들어야만 했다. 자코모는 식탁에서도 어두운 얼굴로 포도주만 마실 뿐이었다. 자코모가 손을 넓은 접시로 뻗으면 엘레나는 조금 안심했다. 하지만 자코모는 스스로 무엇을 하고 있는지도 제대로 의식하지 않는 모양인지, 음식을 접시에 계속 덜어내어 잔뜩 쌓이도록 담고도 손을 멈추지 않았다. 그리고는 그것을 눈앞에 놓아둔 채로 이번에는 조금도 손을 대지 않았다. 다시 포도주만 마시다가 겨우 음식을 조금 입에 넣고는 그걸로 끝이었다. 그럴 때면 그의 미소를 두 번 다시 볼 수 없는 건 아닌가 싶어 엘레나는 눈앞이 캄캄했다.

하루는 자코모가 집을 비웠을 때, 엘레나는 너무나도 괴로워서 가만있을 수가 없었다. 자코모가 밖에서 어떤 모습으로 지내는지 엿보고 싶어서 카탈라니 모자 가게 앞을 지나가 보려고 외출했다. 자코모가 점포에 모습을 드러내는 것은 업무의 일부분에 지나지 않는다는 사실을 알면서도 유리창 안쪽을 곁눈질하며 빠른 걸음으로 지나갔다. 자코모는 없었다. 하루는 또 외출한 적이 있었다.

"어이, 엘레나. 그렇게 서둘러 어딜 가는 거야?"

길가는 도중에 말을 건 사람이 있었다.

"장사하러."

엘레나는 아무렇게나 툭 내뱉었다. 상대는 어리둥절하여 입을 다물었다. 왜 그런 말투에다 장사 같은 말을 했는지 엘레나 스스로도 알지 못했다. 그때도 가게 유리창 너머로 자코모의 모습은 볼 수 없었다. 엘레나는 그 후에 한 번 더 외출했다. 유리창 너머로 곁에 점원이 있고, 자코모가 젊은 손님을 향해 기운차게 이야기하는 모습이 슬쩍 보였다. 순간 엘레나의 가슴이 따뜻해졌다. 엘레나는 자코모가 집으로 돌아오기만을 기다렸다. 하지만 막상 그때가 다가오자 마치 손바닥을 뒤집은 것처럼 지독히 어두운 그의 얼굴을 봐야만 했다.

"양초 가게 엘레나가 질투할 줄은 몰랐어."

"자코모에게 꽤나 미쳤나보지."

사람들은 수군거렸다.

엘레나는 자코모의 성미가 까다로운 부분은 어머니 프란체스카에게도 말하지 않았다. 다행히 괴로운 며칠이 찾아오는 간격은 길었다. 때로는 6개월 가까이 상쾌한 날들이 이어졌기 때문에 평소 엘레나는 자코모의 까다로운 성미를 잊고 지낼 정도였다.

"나도 아이를 몇 명이나 낳았지만 첫째는 늦게 임신을 했어. 마르코가 태어난 것도 결혼 3년째였거든. 넌 나를 닮은 거야."

프란체스카가 이런 말을 할 만큼 시간이 흘렀다.

결혼 후 두 번째 새해를 맞이하게 되었다. 자코모는 1월에 26살, 엘레나는 4월이면 벌써 22살이 된다.

*

부활절 이후 어느 정도 시간이 지난 무렵이면 나르디 씨는 매년 나흘에서 닷새 정도 일정으로 여행을 떠났다. 농촌에 있는 절친한 양초 제조업자와 밀랍 업자를 만나 나눈 이야기를 참고하여 매입을 결정하기 위해서였다. 가는 지역마다 꽃이 피는 상태를 비롯해 꿀벌과는 관계가 없어 보이는 밀밭의 밀이 자라는 상태나 나무의 어린잎이 성장하는 속도 같은 것도 관찰하며 다녔다. 물론 양봉장도 몇 곳이고 발길을 옮겼다.

밀랍 판매 가격은 여러 해에 걸쳐서 보면 조금씩 오르고는 있었지만, 대체적으로는 변동이 없었다. 그에 비해 사입 가격은 해에 따라 많이 오르내렸다. 제조업자가 사입하는 밀랍은 더욱 변동 폭이 컸다. 밀랍 채취량은 자연 현상에 직접적인 영향을 받는 꿀벌집의 상태에 좌우되기 때문이었다. 그런 이유로 밀랍의 시장 가격을 관계 업자가 신경 쓰지 않을 수 없었다. 나르디 씨가 매년 그 계절에 시골로 여행을 가는 것도 그런 까닭이었다. 가격이 오를 거라 판단되면 그 전에 일찍 주문을 마무리했다. 밀랍을 직접 구입해 두고 제조업자에게 맡겨서 사입 가격을 낮췄다. 양초와는 별도로 밀랍 자체로 투자 차익을 노릴 때도 있었다.

그런 나르디 씨가 날씨를 예상할 때 가장 중요하게 여기는 것이 꿀벌이 움직이는 모습이었다. 날아다니는 모습이 묘하게 힘이 넘쳐 보이거나 벌집에서 부산스럽게 움직이는 모습을 보이면 앞으로 날씨가 좋지 않을 것으로 예상했다. 그리고 매우 즐겁고 자연스럽게 힘이 있는 움직임, 이런 말로만으로는 그가 느끼는 방식을 충분히 설명하기 힘든 ―그가 느끼기에 꿀벌이 '랄라로-랄라로' 하는 박자감 있는 움직임을 보이면 앞으로 날씨가 좋고 밀랍 풍년이기 때문에― 직접 투자는 줄여야겠다고 생각했다.

하지만 그것뿐만은 아니었다. 나르디 씨는 여행에서 돌아오면 유대인 점성술사 칼 로딕을 찾아가는데, 이 또한 매년 정해진 습관이었다. 나르디 씨가 가장 중시하는 것은 어디까지나 자신의 감이었지만, 구체적인 선택을 정할 때는 로딕의 예언을 참고했다. 비록 자신의 감과 로딕의 예언이 정반대여서 긴 시간을 두고는 감이 따랐으면 좋았을 걸 후회하기도 했고, 전적으로 예언을 믿었어야 했다고 로딕의 능력을 통감하는 일도 있었지만 말이다.

집을 비우는 사이에 로딕을 만날 날짜는 미리 정해두었다. 칼 로딕은 그때까지 점의 결과를 미리 내놓을 것이 분명했다. 여행에서 돌아온 나르디 씨는 2, 3일 후인 미리 정해 놓은 그날에 로딕을 찾아갔다.

"슬슬 찾아오실 때라고 생각하고 있었습니다. 그건 그렇고 이 계절답지 않게 어제부터 너무 많이 춥군요."

로딕은 이렇게 말하며 화로의 숯불을 뒤적였다. 책상 위에는 나르디 씨의 12궁도를 새겨 받침목에 끼운 석고판이 벌써 놓여 있었다. 검게 새긴 부분은 색이 바래 오래된 티가 났다. 두 사람은 서로 마주 섰다. 로딕의 등 뒤에 있는 벽에는 커다란 올해의 천궁도가 붙어 있었다. 굳이 볼 필요가 없을 텐데도 로딕은 뒤를 돌아 천궁도를 한번 바라본 뒤에 입을 열었다.

"이번 달에는 특별한 일은 없겠지만, 5월과 6월, 특히 6월은 상당히 날씨 변화가 심할 것입니다. 안정되는 때는 7월 23일 이후가 되겠군요."

그는 주름 가득한 얼굴로 눈만 웃어 보였다. 꿀벌의 모습에서 '랄라로-랄라로' 하는 움직임이 느껴지지 않았기 때문에 나르디 씨는 깊이 고개를 끄덕였다.

칼 로딕은 책상의 작은 서랍에서 가죽으로 두른 유리판을 꺼냈다. 주홍색으로 소형 천궁도가 그려져 있었다. 나르디 씨의 12궁도 위에 두 개의 테두리 기호가 정확히 일치하도록 올렸다. 역시나 굳이 볼 필요도 없겠지만, 로딕은 겹쳐진 그 두 개의 도표를 잠시 바라봤다.

"나르디 씨, 강하게 나가는 편이 좋겠군요."

이 손님이 점성술의 기초 정도 지식 정도는 가지고 있다는 걸 아는 로딕은 상아로 만든 가는 막대로 겹친 도표의 여기저기를 가리키기도 하고 선을 따라 긋기도 하면서 자신이 말한 두 가지 의견과 관련해 그 근거를 섞어 더 자세히 이야기했다. 도중에 나르디 씨가 질문을 하면 로딕은 거기에도 충분히 대답해줬다.

"그럼 감사합니다."

얼마 지나 나르디 씨가 자리에서 일어나 손을 내밀었다. 로딕이 일어나 열어준 문을 나와 좁은 복도 벽에 걸린 모자를 집었다. 그때 출구 쪽으로 가려던 로딕이 문득 중얼거리며 멈춰 섰다.

"일단 말씀드리겠습니다만, 올해는 날붙이로 고생할 일이 생길지도 모르겠네요."

날붙이라는 말을 듣고 나르디 씨의 안색이 변했다.

"아, 나르디 씨 본인의 일은 아닙니다."

로딕이 곧장 덧붙였다. 나르디 씨는 순간 안심했지만 곧 다른 불안이 생겨났다.

"가족에게 일어날 일이란 말씀인가요?"

"그건 알 수 없습니다. 하지만 이런 말씀을 드리기는 뭐합니다만, 예를 들자면 말이지요. 댁에 수습으로 일하러 온 지 얼마 되지 않는 사람에게 무언가 일이 일어난다면 나르디 씨도 역시 깜짝 놀라겠지요. 괜한 신경을 쓰게 만든 녀석이라고 화는 나겠지만 고생이라는 기분까지는 들지 않을 겁니다. 그러니까 저는 그 이상의 관계로 고생할 일이 일어날지도 모른다고 말씀드리는 겁니다."

나르디 씨는 고개를 끄덕이는 수밖에 없었다.

"감사합니다. 주의하겠습니다."

이렇게 말하고는 모자를 쓰려고 했다.

"다만……."

로딕이 말을 이었다.

"저희 세계에서는 날붙이라고 하면 수술도 포함합니다. 몸에 메스……, 칼날이 들어가니까요."

"그렇군요, 그렇군요."

나르디 씨는 고개를 크게 끄덕였다. 간단한 수술로 끝날지도 모른다. 만일 복잡한 수술을 할 일이 생긴다 해도 대부분은 자신의 힘으로 해결할 수 있을 것이다. 재빠르게 굴러가는 실업가의 머리는 만일의 상황에 취해야 할 구체적인 수단이 한 번에 두세 개 정도가 벌써 번쩍였다. 수완이 좋은 실업가에게서 흔히 볼 수 있듯이 나르디 씨도 자신감과 낙천적인 성격은 누구에게도 뒤지지 않았다.

대기해 둔 마차를 타고 얼마 가지 않아 그는 이미 다른 생각을 하고 있었다. 올해도 그랬지만, 그는 매년 시골로 여행을 갈 때 항상 차남 루도비코를 동반하여 마차를 끌게 했다. 자신이 집을 비울 때 자신의 역할을 마르코가 대신 맡아주었으면 했기 때문이었다. 두 아들을 위해서도 내년부터는 둘의 역할을 서로 바꿔야겠다고 나르디 씨는 마음속으로 정했다. 그리고 아들들의 결혼에 대해서도 생각했다.

"아들 둘부터 정리하는 편이 좋지 않겠냐고 말한 사람이 누구였지?"

지난밤 나르디 씨는 프란체스카에게 물었다.

"놀리지 마세요."

아내 프란체스카가 말을 이었다.

"하지만 정말로 완전히 거꾸로 가게 되었네요."

작년 가을 시의 경계에 세워져 있는 벽 바깥쪽 밭 주변에서 오래된 닻이 출토되었다. 아주 오랜 옛날 그 주변은 바다였다고 했다. 그 닻과 함께 바다에 가라앉았을 선원들의 명복과 앞으로 바다로 나갈 사람들의 무사를 기원하기 위해 선박 도구상 조합의 업자들이 봉헌하여 그 닻에 미사를 드리는 제단을 세우게 되었다. 조합 외의 다른 사람들의 봉헌도 환영받았다.

닻은 일단 해안 길에 접해 있는 선박 도구상의 가게 앞에 놓였다. 판매하는 커다란 닻 몇 개에 쇠사슬로 묶어둬서 구경 가는 사람이 많았다. 6으로도 8로도 보이는 숫자 뒤에 4가 두 개 이어진 것을 읽어 낼 수 있었다. 사람들은 그 숫자가 닻이 주조된 연도라고 생각했다. 거의 완전한 VALENTIA라는 문자가 있었기 때문에 스페인 배의 닻일 것으로 예상했다. 닻이 놓여 있는 선박 도구상은 마르코가 소문으로 들었던 아디나에게 관심이 있다는 필리포 토스티의 선박 도구상과는 다른 곳이었지만, 토스티 가문도 당연히 그 제단을 세우는 데 봉헌을 했을 것이 분명했다.

"봉헌하는 사람 중에 부인이 적다는 모양인데 네가 하는 게 어때? 금액은 얼마든 상관없어. 젊은 아가씨가 봉헌을 하면 세상을 떠난 선원들도 기뻐하지 않겠어?"

마르코가 아디나에게 말했다. 아디나는 순순히 그러겠다고 대답했다. 받는 사람은 적지 않아도 되니까 네 이름과 함께 한 문장 정도 써서 보내라는 오빠의 말에 따라 '마음을 담아 봉헌합니다. 아디나 나르디'라고 아디나가 문자 그대로 한 문장만 써서 건네자 마르코는 몰래 쓴웃음을 지었다. 동생이 낸 돈에 자신의 돈을 더해서 아디나가 글을 쓴 종이와 함께 넣어 필리포 토스티에게 전달했다. 필리포는 두 배로 감격했다.

엘레나와 자코모의 경우와는 달리 느리기는 했지만 아디나와 필리포의 사이는 그 후 확실하게 가까워지고 있었다. 나르디 씨는 아직 필리포를 만나 보지는 않았지만 마르코의 친구로 집에 방문하여 아디나와 몇 번인가 만났다. 나르디 씨가 여행으로 집을 비웠을 때도 찾아왔었다고 했다.

"선박 도구상은 그다지 품위 없다고 말한 사람이 누구셨죠?"

이번에는 프란체스카가 남편을 놀리며 웃었.

여동생을 위해 두 팔 걷고 도와주려는 마르코가 나르디 씨가 보기에 흐뭇하고 기뻤다. 어쩌면 마르코는 이미 적당한 상대를 찾았는지도 몰랐다. 아디나는 순조로울 것 같았다. 나르디 씨는 이후 마르코가 이어서 루도비코도 순조롭게 가정을 꾸릴 수 있도록 도울 것 같다는 생각이 들었다.

마차에서 내려 나르디 씨는 곧장 기세 좋게 문을 밀었다. 사무소에 있던 세 사람이 일어나 그를 맞이했다.

"루도비코는?"

나르디 씨가 물었다.

"송장을 가지고 뒤쪽에 갔습니다. 어제 준비한 출하품을 확인하려고요."

마르코가 대답했다.

"불러와. 그리고 너도 같이 들어오거라."

나르디 씨는 안쪽 문을 열고 들어갔다.

곧이어 두 아들이 서재로 왔다. 나르디 씨는 책상 앞 의자에 다시 쑥 기대며 외쳤다.

"매입이다!"

※

후덥지근한 밤이었다. 엘레나는 살창만 닫아두고 유리창도 덧창도 열어둔 채로 침대 위에서 꾸벅꾸벅 졸고 있었다. 마차가 가까이 오는 소리가 들리더니 창문 아래에서 멈췄다. 이야기 소리가 들렸다. 하녀가 밖으로 나가는 모양이었다.

"카탈라니 댁 어르신 두 분이 오셨습니다."

얼마 지나지 않아 하녀가 올라와서 알렸다.

"어쩐지 서두르시는 모습이신데……. 외출 준비를 해서 나오시라고 하십니다."

엘레나는 몸단장을 하는 둥 마는 둥 하고는 응접실로 뛰어 내려갔다. 문은 열려 있었다.

"저 왔어요."

엘레나는 외치면서 안으로 들어갔다. 부부는 가까운 벽 쪽에 서 있었다.

"아, 엘레나!"

시아버지가 달려와 엘레나를 끌어안았다.

"돌아가셨어요? 아버지인가요? 어머니인가요?"

엘레나는 시어머니 쪽을 향하며 다그쳤다.

"말씀해 주세요."

시어머니는 시선을 돌려 잠깐 남편과 눈빛을 주고받더니 곁으로 다가와 엘레나의 어깨를 토닥이며 말했다.

"아무것도 묻지 말거라."

시아버지가 엘레나에게서 떨어지며 말했다.

"아무 말 말고 지금 친정에 돌아가 있거라."

그리고 시부모님은 함께 눈을 내리깔고 입을 다무셨다.

"제가 뭔가 잘못이라도 했나요?"

"아니다, 전혀……."

시어머니가 눈을 살짝 들고 말했다.

"하지만 아버지 말씀에 따라줘."

"그이는 아직 돌아오지 않았는데요……."

"그래서 대신에 우리가 말하는 거야. 마차에 니노가 기다리고 있다. 그 애가 데려다 줄 거야. 어서 가거라."

"엘레나, 정신을 단단히 붙잡고 지내야 한다"

시어머니가 엘레나를 끌어안았다.

그날 밤 밖에는 이륜마차가 서 있었다. 시동생인 니노는 마부석에 고삐를 주고 앉아 엘레나의 옆자리에는 앉지 않았다. 마차 지붕 아래에서 자리를 조금 비워두려는 엘레나에게 니노는 편안하게 앉으라고 말했다. 그리고는 접이식 간이 마부석을 세워 엘레나 앞쪽에 앉아 고삐를 당겨 아무 말 없이 출발했다.

거리는 아직 잠들 시각은 아니었다. 해안 길은 사람이나 마차가 간간이 지나다닐 것이라 생각했는지 니노는 뒷길로 질주했다. 말발굽과 마차 바퀴에서 울리는 소리가 거칠었고, 마차가 요동쳤다. 엘레나의 눈앞에 새까맣게 등을 보이고 앉은 니노는 줄곧 말이 없었다. 때때로 한쪽 손을 얼굴로 가져가는 모습이 보였다. 땀을 닦는 것인지도 몰랐다. 엘레나는 니노가 말하기를 기다리지 못하고 결국 뒤에서 말을 걸었다.

"니노 도련님. 파산한 건가요? 저희 집이, 그, 친정의······."

"아닙니다."

뒤돌아보지 않고 니노가 말했다.

드디어 친정에 도착하자 니노는 바닥으로 뛰어내려 두 마리 말의 앞다리에 고삐를 조급하게 감아 묶었다. 그러고는 작은 문 쪽 종에 달린 끈을 잡아당기고 와서 마차를 앞으로 기울여 엘레나에게 한 손을 내밀었다.

하녀가 보이자마자 니노는 엘레나의 어깨를 밀어 안으로 들어가 문을 닫고는 말했다.

"아버님은 계십니까? 긴급한 일입니다. 여기에 머물게 해달라고······."

하녀는 고개를 끄덕이고 손에 든 촛불을 벽에 걸려 있는 촛대에 꽂힌 초에 옮겨 붙이고는 들어갔다.

"자, 같이 들어가요······."

엘레나가 옆에서 재촉했다.

나르디 씨가 모습을 보였다.

"무슨 일인가?"

"아버지 심부름입니다."

니노가 이어서 말했다.

"자코모 형님이 사람을 찔렀습니다."

"엘레나의 일로?"

"그렇지는 않습니다."

"그는 지금 어디에 있나?"

"붙잡혔습니다."

"그러면 찔린 사람의 상태는?"

"죽었다는 모양입니다."

나르기 씨의 안색이 빠르게 나빠졌다. 그는 비틀거리며 니노의 양쪽 어깨를 붙잡았다. 상대가 죽었다는 것은 자코모의 죽음을 의미하기도 했다.

*

아주 오래전에 이 지방에는 범죄자가 많았다고 한다. 그런 시대에 많은 범죄자를 손쉽고 빠르게 처리하기 위해 마련한 대책이 아직도 기저에 남아 있는지도 모르겠다.

이 도시 국가에서 범죄를 다루는 방식에는 특색이 있었다. 일반 범죄는 간략하게 다뤄지고 처벌도 관대했다. 하지만 형법은 한편으로는 가혹하기도 했다. 결투와 공무에 따른 것을 제외한 상황에서 사람을 죽인 자는 어떤 사정이 있든 상관없이, 그게 설령 과실이라고 해도 참수형이 내려졌다. 통화 및 수표 위조자도 마찬가지였고, 불에 타서 죽은 사람이 나오지 않았다고 하더라도 불을 지른 방화범도 마찬가지로 참수형이 내려졌다. 이런 범죄는 큰 범죄로 불렸고, 큰 범죄 용의자는 체포되면 무죄 판결을 받아 석방되지 않는 한 가족과도 두 번 다시 만날 수 없었다.

처형은 사법청의 중앙 뜰에서 이뤄졌다. 벽돌 위에 머리를 올려놓고 집행인이 큰 도끼를 내려친다. 고개가 떨어지면 몸을 바로 눕히고 머리를 다시 목에 맞춰 두꺼운 천으로 감았다. 피가 옷의 가슴 부분을 적시고, 양쪽 어깨에도 튀었다. 바닥에 남은 상의나 무언가가 없으면 대충 있는 돛천 같은 것으로 목덜미까지 감싸 구치소의 한 감방으로 옮겨졌다. 유족은 거기에서 겨우 사형자에게 마지막 인사를 할 수 있었다. 처형의 일시가 정해지면 사형인 집안의 남자, 남자가 없으면 여자 중 가장 나이가 많은 사람 앞으로 그 통지서를 공무원이 직접 전하러 갔다. 문서에는 수신인을 필두로 가족, 즉 친부모나 배우자, 친아들에 해당하는 사람의 이름이 기재되어 있고, 위의 사람들은 고인과의 대면이 허가되니 희망자는 처형 시각 1시간 후 정시에 사법청 접수처로 출두하라고 쓰여 있었다. 그리하여 드디어 그 이별의 때가 오면 유족은 엄청난 비탄에 빠져 한 사람씩 시신의 이마에 입을 맞췄다. 대부분의 사람이 그때 한층 더 이성을 잃고 흐트러졌다. 지나치게 오래 걸릴 것처럼 보이면 담당자가 "자, 이제 그만……" 같은 말을 하는데, 아무리 그렇기는 하지만 그래도 말투는 친절하게 "다음 분"이라고 분명하게 말하며 떨어트려 놓았다. 마지막 사람의 이별 인사가 끝나고 나면 모든 사람은 밖으로 내보내진다. 시신은 사형자 묘지에 마장하기 위해 옮겨지는 것이었다.

*

밀의 주요 산지인 토스카나 지방에서는 밀짚의 질 또한 상당히 좋은 덕분에 버려지는 밀짚을 이용한 밀짚모자는 노동자 같은 이들이 일할 때 막 쓰는 용으로만 제작되었다. 이 지방의 밀의 품질이 좋은 것도 있지만 카탈라니 모자 상회 같은 곳이 취급하는 물건에는 재배에 특별히 신경을 쓴 밀짚을 사용했다. 밀은 보통 초여름에 수확하는데 이보다 훨씬 이른 시기에 맺히기 시작한 밀알을 버리고 채집한 어린 밀짚을 사용하는 것이었다. 제조업자가 데리고 있는 장인 중에는 마술처럼 느껴질 만큼 훌륭한 기술을 가진 사람도 있었다. 그들은 몇 가지 색실로 짜 넣은 직물처럼 보이는 것에서부터 작은 새의 가는 털로 엮은 것 같은 것, 혹은 마치 얇게 자른 송아를 사용한 것처럼 보이는 제품을 밀짚으로 엮어낼 수도 있었다. 그 비싼 가격을 부담스럽게 느끼지는 않지만 과하게 공들이지 않은 밀짚모자다운 분위기를 풍기는 제품을 선호하는 고객이 의외로 많았지만 말이다.

그날 자크모는 업무를 순조롭게 마쳐 오후 시간이 꽤 여유롭게 남았다. 그래서 문득 외부 업무를 처리하고 와야겠다는 생각이 들었다.

　카탈라니 모자 상회에 물건을 납품하는 곳은 전부 모자 제조업자였기 때문에 밀짚 생산자와의 거래는 없었다. 하지만 이쪽 모자용으로 가능한 좋은 밀짚을 보내도록 하기 위해서는 제조업자의 배려뿐만이 아니라 납품하는 생산자의 재량도 다소 영향을 줄 것이 분명했다. 그런 계산으로 카탈라니 모자 상회에서는 거래처인 몇 곳의 제조업자 산하에 있는 생산자들을 챙기는 것도 잊지 않았다. 주요한 생산자와는 미리 어느 정도의 친분을 쌓아 두고 자코모가 때때로 그들을 찾아갔다. 그는 하루 정도 걸리거나 당일치기로 돌아올 수 있을 정도의 거리보다 먼 곳에 있는 농가에 오히려 더 가볍게 찾아갔다. 그리 멀지 않은 농가에는 언제라도 갈 수 있을 것 같아서 자신도 모르게 갈 기회를 놓치고 말았다. 그가 그날 처리해야겠다고 생각한 용무는 그런 가까운 농가를 방문하는 일이었다.

　시가지를 나와 말을 달려가자 주변은 차츰 시골 풍경으로 변해 가더니 곧이어 온통 밀밭으로 둘러싸였다. 드문드문 보이는 밭은 밀을 베고 밑동만 시원스레 남아 있어 이미 모자용 밀짚을 수확한 흔적이 보였다. 일반적인 밭에는 밀알이 익어가고 있었다. 다음 주에도 수확이 시작될 것이다. 그러면 농부들은 바빠진다. 오늘 나오길 잘했다고 그는 생각했다.

　약 한 시간 만에 목적지에 도착했다. 다행히 주인은 집에 있었다. 아내를 저세상으로 먼저 보낸 집이었다. 며느리가 포도주를 가지고 왔다. 그 뒤에서 치즈 덩어리와 나이프를 얹은 쟁반을 든 여자아이가 들어왔다. 자코모는 마을에서 준비해 온 사탕 과자 상자와 훈제 송어 6조각을 감싼 꾸러미를 누구에게랄 것도 없이 내밀었다.

"아들놈도 곧 돌아올 겁니다. 천천히 계시다 만나고 가시지요."

주인이 포도주병의 코르크를 땄다.

특별한 일이 없는 방문이었기에 이렇다 할 이야깃거리가 있는 것도 아니라 두 남자는 잡담을 나눴다. 거의 주인 혼자서 떠들었다. 주인은 마을 농가의 한 아가씨에 대해서도 슬쩍 이야기하기 시작했다. 외모도 마음씨도 고운 아가씨로 이미 사귀는 사이라는 모양이었다. 그런데 곤란하게도 그 아가씨는 아직 28살이었다. 아들이나 이 마을로 시집온 여인들보다도 나이가 어렸다.

"아드님은 그 이야기를 알고 있습니까?"

자코모가 물어봤다.

"알고 있습니다. 다 알고 이해해주고 있지요. 정말이지 아들놈이 참 잘 자라 줬습니다. 응원해 줄 정도이니까요."

"그렇다면 아무런……."

"그런 말씀 마십시오……."

주인은 손을 흔들며 말을 끊었다.

"한번 생각해 보십시오. 아이가 태어난다면 어떻게 되겠습니까.

그 아이는 아들과 딸의 형제이지요. 손자들, 외손주도 있습니다만, 그 아이들에게는 저와 그녀 사이에서 태어난 아이는 숙부나 고모가 되는 겁니다. 그 아이가 사촌들보다 나이가 어린 거지요. 나이가 어린 숙부, 고모라니. 이건 아무래도 곤란하지 않겠습니까."

주인은 괜찮은 이야기 상대가 왔다고 생각하는 것처럼 보였다. 곤란하다고 말하면서도 점점 더 즐거워 보였다.

"그렇겠군요. 흐음, 나이가 어린 숙부나 고모……."

자코모는 상대의 말에 호응해 줬다. 그때 밖에서 발걸음 소리가 들려왔다.

"아, 돌아온 모양입니다."

모습을 드러낸 사람은 아들이 아닌 한 청년이었다.

"어, 테오냐? 언제 돌아왔어?"

"벌써 한 달 되었어요."

"한 달이나 되었는데 보기 힘들구나. 매일 뭐 하느라……."

"쓸데없는 걸 묻는군요. 묻고 싶은 사람은 접니다."

청년은 갑자기 한쪽 손을 어깨 뒤로 돌렸다.

"저기 메어 놓은 말은 대체 누구 것입니까?"

"제 말입니다. 네, 저 말이라면 제가 타고 온 것입니다."

자코모는 일어나 창가로 가서 뜰 한쪽 녹나무 그늘 아래에 자신이 묶어 놓은 말을 보며 말했다.

"그래요? 당신네 말은 지독한 놈이군요. 이것 보세요."

느닷없이 청년은 옷을 내려 한쪽 어깨를 드러내 보였다.

"……이것 봐. 이렇게 물었다니까."

청년은 턱을 당겨 어깨와 이어지는 팔 부분으로 시선을 집중시켰다. 주인도 일어나 들여다보러 다가갔다. 한두 곳에 피가 살짝 배어났고 대여섯 개 정도의 완곡한 이빨 자국이 있었다. 하지만 그렇게 심한 상처도 아니었다.

"유감스럽게 됐습니다."

자코모가 말했다.

"조심하게. 그 정도여서 다행이군."

주인도 거들었다.

"오호, 두 사람 다 사과하지 않는군요."

옷을 고쳐 입으며 청년이 빈정거렸다.

"사과할 정도는 아니지 않나?"

주인도 자코모와 같은 생각인 모양이었다.

"……대체 뭘 하러 말 가까이 간 게야? 같이 지나가기 힘들 정도로 좁은 길에 묶여 있던가? 우리 집 뜰의 저 나무 근처는 넓은데 말이지. 무엇이든 다 지나갈 수 있을 텐데?"

"자세히 보려고 했죠. 어쩐지 특이한 말인 것 같아서."

"흔히 볼 수 있는 갈색 털 아닙니까."

자코모의 말에 청년이 험악하게 쏘아봤다.

"흠. 바보 같은 사람들……."

그는 갑자기 이렇게 내뱉고는 밖으로 나갔다.

주인이 자코모에게 물었다.

"말 안장에 뭔가 올려두신 건 아니지요?"

"아니오. 전혀……."

자코모는 대답하면서 원래 있던 자리로 걸음을 옮겼다.

주인의 이야기로는 그 테오라는 청년이 태어났을 때부터 아는 사이라고 했다. 청년의 집은 건실한 농가로 부모님도 두 형도 올곧은 사람인데 테오만이 됨됨이가 좋지 못하다고 했다. 가끔 마을로 돌아오는데, 평소에는 어디에서 무엇을 하는지 모르지만 어차피 제대로 된 일은 하지 않는 것 같다고 했다.

"……오늘 일만 해도, 날이 저문 후에도 말이 그대로 있었다면 무슨 짓을 했을지 모르겠군요. 일을 벌이기 전에 먼저 살펴보다가 물렀을지도 모르겠군요. 그나저나 참 운도 나쁜 놈입니다. 때마침 오늘 밤은 그믐인데 말입니다. 하하하……."

밖은 해가 지기 시작하는 무렵이었다. 그믐이라면 일찍 출발하는 편이 좋을 것이었다. 자코모가 슬슬 출발해야겠다고 생각할 때 주인이 웃으면서 물었다.

"아, 참. 부인은 건강하십니까."

"감사합니다. 아주 잘 지내고 있습니다."

"그럼 아이는?"

이렇게 다시 잡담이 한동안 이어졌다.

밖에서 발걸음 소리가 들렸을 때, 자코모는 아들이 돌아오기 전에 자리에서 일어나지 못한 것이 슬쩍 후회되었다. 그런데 나타난 사람은 아까 그 청년이었다.

"손님, 어디까지 가시는지 모르겠지만, 저걸 타고 갈 수 있다면 대단한 사람일 거요."

이렇지 내뱉고는 몸을 돌렸다. 자코모는 뛰쳐나가 도망치는 그 청년보다도 어둑해진 하늘 아래 있던 말을, 우선 말의 다리를 순간적으로 확인하고는 시선을 그대로 둔 채 달려 나갔다. 무언가가 말의 등에서 늘어트려져 있는 것을 발견했다. 기다란 꼬리털을 잘라 걸쳐놓은 것이었다. 자코모는 바로 말의 엉덩이에서 꼬리털을 잘라낸 흔적을 봤다.

'……저걸 타고 갈 수 있다면 대단한 사람일 거요'의 의미는 이것이었다. 좌우의 탄탄한 둔부 가운데 남은 짧은 꼬리털을 뭔가 축제의 꽃술 장식처럼 달고 있어서 말은 볼품없어 보였다. 생각도 못 한 그 모습을 정면으로 마주한 그의 얼굴은 상당히 굴욕스러워 보였다. 자코모는 피가 거꾸로 솟았다. 어쩌면 타고 갈 수 없을 뿐만 아니라 폐마 해야 할 정도로 다리에 상처를 입었다고 하더라도 그는 그 정도까지 이성을 잃지 않고 그날 저녁 큰일을 저지르지는 않았을지도 모른다.

멀어져가는 테오의 뒷모습을 가리키며 자코모는 달렸다. 오른쪽 옆구리를 주머니가 툭툭 쳤다. 달리면서 자코모는 거기에 들어 있던 칼을 꺼냈다. 엘레나 나르디에게 첫 번째 러브레터를 보내고 먼 나라로 상업차 떠났을 때 프랑스에서 산 논트론에서 만든 포켓나이프였다. 형태도 무늬도 연어를 본뜬 노란색의 방추형 손잡이에 꼬리지느러미가 짧게 두 개로 뒤집혀 있었다. 잡았을 때 손에 딱 맞춘 듯한 손잡이와 원하는 대로 썰리는 칼날은 각별하게 느껴졌다. 자코모는 허물없는 자리에서는 치즈나 빵을 자를 때 그것을 즐겨 사용했다. 만듦새가 좋은 포켓나이프는 그의 한 손에 쏙 들어왔다. 달칵 소리를 내며 칼날을 세우면 20센티미터 정도의 길이가 되었다.

두 사람의 거리는 점점 좁혀졌다. 청년은 두세 번 뒤돌아보며 그때마다 속도를 높였지만 그래도 돌진하는 자코모의 속도에는 이길 재간이 없었다. 날이 어두워지고 있었다. 순간 뒤돌아본 청년이 격렬하게 흔들리는 자코모의 손에 나이프가 들려 있는 것을 눈치챘는지 어떤지 알 수 없었다. 하지만 자코모는 좌우로 빠르게 움직이는 그의 엉덩이를 뒤쫓아갔다. 드디어 그를 따라잡았다. 자코모는 오른손에 나이프를 꽉 움켜쥐고는 마지막 한 걸음을 내딛는 동시에 청년의 왼쪽 어깨로 손을 뻗었다. 칼이 살짝 스쳤지만 자코모는 허둥거렸다. 그러다 문득 청년의 목덜미가 드러나자 자코모는 탄력을 주며 칼을 그 부분에 휘둘렀다. 그런데 칼이 어깨까지 스치자 도망칠 수 없다고 생각하며 돌아선 테오의 옆구리를 찔렀다. 청년은 무슨 말인가를 외치더니 옆구리를 감싸며 쓰러졌다. 순간 자코모는 찌른 부분이 잘못되었다는 공포보다도 그렇게 노렸던 목걸미를 찌르지 못한 것이 분하게 느껴졌을 뿐이었다.

"큰일 났어. 테오가 칼에 찔렸어."

처음으로 목소리를 낸 사람은 테오에게 부탁받아 자코모의 말꼬리를 자르는 것을 반쯤 재미 삼아 도와줬던 남자였다. 남자는 일을 저지른 후 테오와 합류하기로 했던 장소에서 그를 기다리면서 일의 결과가 어떻게 되고 있는지 걸러서 지켜보고 있었다. 말의 주인이 머리를 감싸며 집으로 돌아갈 거라 생각하고 있었는데, 갑자기 격렬한 추격을 시작하더니 칼까지 꺼내는 모습에 밀밭에 몸을 숨겼다. 겉옷 팔뚝에 차고 있던 테오의 낫을 꺼내 밀의 밑동에 찔러넣었다. 쫓기는 자와 쫓는 자가 차례차례 스쳐 지나가자 그는 밀알 사이로 그들의 모습을 좇았다. 두 사람이 한 덩어리가 되는 순간 그는 자신도 모르게 머리를 내밀며 순간적으로 일어난 사건을 전부 목격했다. 그는 소리를 지르며 테오의 집을 향해 달렸다

남자 외에도 조금 더 먼 곳에서 일이 일어나기 전 두 사람의 모습을 우연히 발견하고 무슨 일인가 싶어 계속 지켜본 사람도 있었다. 그리하여 그들도 또한 순간적으로 일어난 사건을 전부 보았다. 두 사람은 일단은 현장을 향해 뛰어갔다.

자코모가 발치에서 쓰러져 움직이지 않는 테오를 빤히 내려다보고 있을 때 그 얼굴은 어슴푸레해진 곳에서도 분명하게 알아볼

수 있을 정도로 새파랗게 질려 있었다. 테오의 옆구리 아래에서 상당한 양의 피가 흘러 땅을 적셨다. 자코모는 쭈그리고 앉아 그의 맥을 짚었다. 아무리 살펴도 손끝에는 아무것도 느껴지지 않았고, 손바닥까지 이미 혈색이 돌지 않았다. 자코모는 테오의 손목을 땅에 내려놓고는 일어나려다가 엉덩방아를 찧는 듯이 주저앉았다. 그러더니 더 이상 일어나지 못했다. 자코모는 양쪽 무릎을 두 팔로 감싸 안고 그 위에 머리를 올렸다.

*

사건 후 네 번째 아침이 왔다. "매우 급한 일로 직접 만나서 이야기하고 싶습니다. 저희가 찾아뵈어야 마땅하오나 부디 와주시면 감사하겠습니다"라는 편지가 나르디 씨와 부인 앞으로 전달되었다. 부부는 카탈라니 집에서 보낸 마차를 타고 바로 출발했다.

잔뜩 초췌해진 양쪽 집안 부부 네 사람은 응접실에서 얼굴을 마주하자 우선 아무 말 없이 서로 바라만 보며 우뚝 서 있을 수밖에 없었다. 나르디 씨가 겨우 입을 열었다.

"왔습니까? ……왔나 보군요."

카탈라니 씨는 신음하는 듯한 목소리로 대답했다.

"사실은…… 말…… 말씀하신 대로…….."

"언젭니까?"

"모레 오전 11시. 1시간 후에 대면이라고 합니다."

잠시 침묵 후 나르디 씨가 물었다.

"엘레나의 이름도 있습니까?"

"물론입니다."

카탈라니 씨는 부인 레나타에게 "앉으시라고 해"라고 말하고는 장식장의 서랍에서 그 통지서를 꺼내와 펼쳤다. 나르디 씨는 양손으로 들고 훑어본 후 가만히 통지서를 바라봤다. 그러고는 아무 말 없이 프란체스카의 앞에 건넸다. 프란체스카는 그대로 접었다가 슬쩍 살펴보고는 카탈라니 씨 앞 테이블 위로 밀어 놓았다.

"저는 엘레나가 너무 불쌍해요."

레나타가 저도 모르게 속마음을 입 밖으로 내었다.

"……저희는 부모니까 어쩔 수 없지만요. 부모에게는 얼마든지 기대도 상관없어요. 다리가 떨릴 정도로 늙고 약해진 부모라고 해도, 안아주고 업어주며 커다란 몸에 눌려 찌그러져도 괜찮아요. 하지만 엘레나에게 이런 일을 겪게 하다니!"

레나타는 남편 앞에 놓인 통지서를 향해 팔을 쭉 뻗어 쾅 내리치며 말했다. 카탈라니 씨는 허둥거리며 통지서를 주워 들고 다시 서랍에 넣으러 일어났다.

"저는 자코모에게 너무 화가 나요. 흠씬 두들겨 패주고 싶을 정도로……"

곧바로 레나타의 손바닥이 허공을 한 번 가로질렀다.

101

나르디 씨는 최근 나흘 동안 제대로 잠도 자지 못하고 식사도 걸렀다. 낭패, 공포, 슬픔, 괴로움, 애처로움, 무념, 절망 등등의 감정이 연달아서 덮쳐왔다. 그중 어느 하나 할 것 없이 극한으로 뼈에 사무치도록 느껴지는 가운데 사위에 대한 분노가 한층 더 커졌다. 나르디 씨는 가족들에게 한층 더한 한탄을 떠넘기지 않으려고 노력은 했지만 이겨낼 수 없는 분노가 폭발하는 일이 있었다. 그런 사실을 모르는 사람은 엘레나뿐이었다.

"이! 나쁜 놈!"

나르디 씨는 자신의 머리카락을 양손으로 쥐고는 고함치고는 했다. 방 안에서 왔다 갔다 하다가 갑자기 멈춰서서는 이를 갈며 의자를 찬 적도 있었다.

"사실은 모레 일로 상담 드릴 일이 있습니다만……."

카탈라니 씨가 통지서를 서랍에 넣고 자리로 돌아와서 입을 열었다.

"이 일은 제가 직접 엘레나에게 알리러 가는 것이 도리겠지요. 하지만 사돈어른께서 말씀해 주시지 않겠습니까? 마음은 잘 압니다만, 엘레나에게는 역시……."

나르디 씨가 아무 말 없이 한쪽 손을 내밀자 카탈라니 씨가 그 손을 단단히 잡았다.

"그러면 그 일은 부탁드리겠습니다."

그리고는 말을 이었다.

"다음으로 그날 시간에 대해서……. 사법청으로 출발할 시간을 정하려는데요……. 엘레나가 어디에서 그 시간을 기다리게 하는 것이 그나마 나을지 생각해 보셨습니까?"

나르디 씨는 신음하며 팔짱을 꼈고, 프란체스카는 고개를 떨궜다.

"……사돈댁, 여기 저희 집, 마차, 조금 일찍 나가서 청사에서 기다리는 것까지 네 곳을 생각해 봤습니다."

틈을 두지 않고 카탈라니 씨가 말했다. 부부가 이미 의견을 나눈 모양인지 레나타도 덧붙였다.

"청사에서 기다리기는 견디기 힘들겠죠. 어디에 있든 끔찍하기는 마찬가지겠지만, 그 시간에 흔들리는 마차 안에서 있는 것도 좀……. 사돈댁에서 있는 게 낫지 않을까요?"

"마차로 가든 댁에서는 15분 정도 걸립니다만, 저희 집에서는 조금 더 시간이 걸립니다. 저희가 모시러 가겠습니다."

"아아, 안 돼요. 그건 안 돼요."

갑자기 프란체스카가 고개를 들었다.

"그렇게 하면 그 시간에 사돈 어르신이 마차 안에서……. 그럴 수는 없어요."

"아니, 저희도 마차 안에서 그 순간을 닿지는 않을 겁니다."

카탈라니 씨가 말했다.

"저희도 댁에서 같이 그 순간을 보낼 수 있게 해주십시오."

카탈라니 가문 교구의 성당에 그 시각에 맞춰 자코모를 위한 미사를 드리도록 부탁해 놓았다고 했다. 그 말을 듣자 "저희도 성당에"라고 나르디 씨가 작은 목소리로 말하고 부부는 서로를 바라보며 고개를 끄덕였다. 하지만 미사에 참가하면 카탈라니 집에서 그 순간을 맞이하는 것과 마찬가지로 출두 시각 정각까지 시간이 빠듯해졌다. 그래서 성당에 미사를 부탁드리고 별개로 집에서 엘레나와 카탈라니 부부와 엘레나의 부모님과 형제와 함께 자코모를 위해 기도하고 싶다고 했다. 그 후라면 두 번째 고난을 맞이하는 때에도 신이 내려주시는 힘을 얻을 수 있을 것 같은 생각이 들었다. ……카탈라니 부부의 그런 생각을 듣고 프란체스카가 말했다.

"신부님을 모셔 올까요?"

"아니요, 시간이 아주 조금뿐이어서……."

카탈라니 씨가 대답했다. 카탈라니 부부의 마차는 10시 45분에 도착하도록 할 생각이었다. 뒷문을 사용하게 해주시길 바란다고 했다. 그리고 11시 10분에는 청사로 향하고 싶다는 것이었다.

"……물론 다섯 명이 함께. 엘레나는 저희가 계속 함께 할 겁니다. 두 분은 마지막 자리에는 들어가지 못하시지만, 그전까지는 함께 가실 수 있습니다. 11시 반 전에는 도착하겠지요. 이후 30분은 필시 길게 느껴질 테지만, 그 정도는 곁에 있어 줘야지요. 게다가 기다릴 장소 정도는 마련해 줄 겁니다. 저희가 자주 가는 곳이

기도 하잖아요. 그렇지요, 나르디 씨."

 양가 모두 형사 사건과는 전혀 인연이 없었지만, 업무 상 민사 문제나 상법 면의 이런저런 수속 등의 용무로 사법청도 평소 자주 다니는 곳 중 한 곳이었다. 담당자에게 고개만 살짝 끄덕이면 접수처 앞을 그냥 통과할 수 있을 정도였다.

 "……그렇다면 모레 10시 45분에."

 카탈라니 씨의 말을 마지막으로 모든 이야기가 끝났다. 양가 부모님은 깊은 한숨을 쉬었다. 레나타가 비틀비틀 일어나자 프란체스카도 소파 사이를 비집고 들어왔다.

 "사부인, 용서해 주시길 부탁드려요. 많이 힘드시겠지요."

 레나타가 프란체스카의 어깨를 감쌌다.

 "……정말 얼마나 괴로우실지."

 이번에는 호소하는 목소리였다. 그리고는 체면이고 뭐고 다 내려놓고는 소리 내어 울기 시작했다.

*

 프란체스카는 남편과 함께 카탈라니 가문의 마차로 집으로 돌아오자마자 재빨리 옷을 갈아입고 딸의 상태를 살피러 갔다. 엘레나는 침대에 고개를 숙이고 엎드려 있다가 양손으로 베개를 고쳐 안았다. 프란체스카가 곁에 다가갔다.

"아침부터 지금까지 아무것도 먹지 않았지? 조금이라도 먹어두렴. 뭐가 좋을까. ……먹고 싶은 게 없으면 내가 적당히 챙겨줄까?"

그때 엘레나의 울먹이는 꽉 잠긴 목소리가 들렸다.

"아직 아무 소식이 없어요?"

프란체스카는 가슴이 철렁했다. 엘레나가 처음으로 그 이야기를 꺼냈기 때문이었다. 그 말이 지금까지 몇십 번, 몇백 번이나 목구멍까지 올라오다가 걸렸을지 짐작이 되었다. 지금 외출할 일이 없을 터인 부모님 두 분이 함께 외출했다가 오전 반나절이나 집을 비운 것을 눈치채고는 결심했을 것이다. 묻지 않고 기다릴 수 없었을 터였다. 하지만 엘레나의 말투는 간청하는 목소리는 아니었다. 사실을 밝히는 것이 괴로울 것이 분명한 부모의 마음을 이해하고 선수를 친 것일지도 몰랐다. 집으로 돌아오는 마차 안에서 나르디 부부는 딸이 괴로워할 시간을 생각하면 바로 알리기는 힘들다고 생각했다. 적어도 오늘은 그대로 두고 싶었다. 하지만 내일이 되면 소식을 바로 알리지 않은 것이 되었다. 그건 그다지 옳지 않겠다 싶어 오늘 밤 그리 늦기 전에 말하자고 정했다. 물론 프란체스카도 함께 있는 자리에서 나르디 씨가 이야기할 생각이었다. 하지만 프란체스카는 엘레나가 물어보자 전부 이야기해 주기로 했다.

"모레 오전 중에."

프란체스카는 시간을 나중에 말했다.

"시부모님이 널 데리러 오실 거야. 엄마 아빠도 함께 갈 거고."

엎드려 있던 엘레나가 오열했다. 양쪽 어깨가 떨렸다.

"……카탈라니 집안사람들과 우리 성당에서 각각 미사를 드리기로 했어."

프란체스카가 말해줄 수 있는 것은 그게 전부였다.

*

6월 9일 당일 아침, 나르디 씨는 서둘러 몸단장을 끝내고 혼자 응접실에 있었다. 다시 시계를 꺼내 보니 9시 16분이었다. 카탈라니 부부의 마차가 도착하는 10시 45분까지는 시간이 길게도 짧게도 느껴져 가슴이 조여 왔다. 시계를 볼 때마다 통증은 심해졌다.

갑자기 거칠게 문이 열렸다.

"아아, 여보."

뛰어 들어오는 프란체스카의 양쪽 뺨에 소름이 돋아 있었다. 엘레나에게 무슨 일이 있는 것이 분명했다. 자살이라도 한 건가, 싶어 나르디 씨는 몸이 떨렸다.

"잠깐 와 봐요."

프란체스카가 그의 손을 잡아당겼다.

"……엘레나 방에 가봐요. 아주 단잠이 들었어요."

엘레나 방의 삼중 창은 아직 밤에 닫아둔 그대로로 덧창과 살창 틈새로 어렴풋이 빛이 스며들고 있을 뿐이었다. 어슴푸레한 가운데 나르디 씨는 침대 위에 있는 딸 가까이 다가가 보고 말했다.

"그렇군. ……이제 슬슬 깨울까?"

그 말에 대답하지 않고 프란체스카가 속삭였다.

"기분 좋게 잠들어 있는걸요."

정말 그랬다. 양쪽 어깻죽지 근처에 손을 편히 두고, 베개 위에 머리를 살짝 올린 엘레나는 무심하게 두 눈을 감고 새근새근 잠들어 있었다.

"이런 날 아침이 되어서야 이렇게 기분 좋게 잠들다니……. 신기하군요."

이렇게 말하는 프란체스카의 양쪽 볼에는 여전히 소름이 돋아 있었지만, 나르디 씨는 이번에는 그걸 눈치채지 못했다.

"분명 자코모와 함께 하는 즐거운 꿈을 꾸는 거예요. 자코모가 찾아왔나 봐요."

프란체스카는 가슴에 성호를 긋고는 말했다.

"이렇게 행복한 얼굴이라니. 조금만 더 이대로 둬요."

시간이 한참 지난 어느 날 프란체스카가 확인해 보고 싶다고 생각하던 그때의 일을 무슨 이야기 끝에 겸사겸사 물어본 적이 있었다. 엘레나는 기억을 떠올려 보았다.

"그랬죠. 푹 잠들었던 건 기억해요."

"꿈은?"

"꿈이요?"

엘레나의 눈빛이 생각해 내려고 반짝였다.

"……꿈은 꾸지 않은 것 같은데. 잊어버렸나? 하지만 정말로 기분 좋게 잤어요, 신기할 정도로. 그것만은 기억하고 있어요. 어쩐지 진주 가루가 흩날리는 것 같은 곳에, 어디까지고 깊은 곳까지 옮겨지는 느낌. 거기에 몸을 맡기고 있는 게 기분 좋았어요."

엘레나는 이렇게 이야기했다.

카탈라니 가문의 니노가 말을 타고 달려왔을 때 나르디 씨는 다시 응접실에 돌아와 있었고 프란체스카는 엘레나를 깨우러 갔을 때였다. 나르디 씨는 니노가 왔다는 말을 듣고 순서가 바뀌었다는 걸 깨달았다. 카탈라니 부부가 이쪽으로 올 예정이었지만, 누군가가 쓰러지기라도 한 걸까. 그런데 니노가 직접 문을 열고 달려와 이렇게 외쳤다.

"자코모 형님과 형수님이 만날 수 있답니다. 서둘러 형님이 있는 곳으로 데려가 주세요. 만나게 해준다고 합니다. ……그러니까 그 전에 말이죠. 형님이 원하셨답니다. 분명 애타게 기다리고 있을 거예요."

카탈라니 부부와 정해뒀던 일정은 어떻게 되는지 물어볼 여유도 없었다. 나르디 씨는 아내와 뒷일을 부탁한다고 니노에게 말하고는 프란체스카 대신 장남인 마르코와 함께 엘레나를 데리고 가기로 했다.

지금까지 사형수가 남겨질 사람과의 마지막 인사를 허락받은 일은 두 세 번 예외가 있을 뿐이라고 했다. 그중 한 사례가 전해진다. 소작인의 아내였던 여자 사형수의 일이었다. 여자가 아기에게 젖을 물린 채 일에 지쳐 잠들어 버려 아기가 압사한 것이었다. 아기는 쌍둥이였다. 남은 한 아기에게 마지막으로 젖을 물리고 싶다는 여자의 비통한 애원이 이루어져, 남편이 데리고 온 아기를 담당관이 받아 감방에 있는 여자에게 안겨줬다. 동냥젖도 제대로 먹지 못한 아기는 울음을 터트렸다. 이웃 여자들이 아기를 동정해서 돌봐주는 사람도 있었지만, 자신의 젖을 물리는 사람은 적었다. 젖을 물린 일을 남편에게 들키면 "사형수의 아기 입에 물렸던 젖을 우리 집 아이나 내게 물릴 생각이냐"는 소리를 들으며 얻어맞는 여자가 있기도 했다. 감방 안에 있던 여자는 아기를 안고 젖을 먹이려고 했지만, 아기는 젖을 물었다가 떼고는 울어댈 뿐이었다. 지독한 일을 겪은 탓에 여자의 모유가 나오지 않게 된 것이었다. 담당관이 꿀물을 가지고 왔다. 여자는 꿀물을 입에 머금고 아기에게 먹였다. 그리고 감사의 말을 남기고는 처형되었다고 한다.

큰 범죄를 저지른 사람은 반드시 사형이 내려지는 것에 비하면 사형수는 아주 드물게 나왔다. 아무래도 법규가 엄격한 만큼 큰 범죄를 억제하는 효과가 있는 건지, 사형 범죄가 일어나는 일은

3, 4년에 한 번 정도였기 때문에 그만큼 사람들의 관심이 집중되었다. 게다가 자코도가 저지른 일은 그 자체가 무슨 일인지 아는 사람도 적은 어음 위조죄 같은 것과는 달랐다. 누구나가 아는 살인이었고, 행동 또한 지극히 단순했기 때문이다.

카탈라니 모자상의 장남이 외출했다가 어느 마을에서 사람을 죽였다는 소문은 새벽 첫닭이 울 무렵에는 이미 온 마을이 알았고, 시간이 흐를수록 상세하게 전해졌다. 변두리 마을쯤 되면 온통 그 소문뿐이었다. 으후에는 "그러고 보니 카탈라니는 오늘 아침부터 휴업이래" "그렇구나. 그러면 나르디도 휴업이려나?" 같은 말이 사람들의 입을 오갔다. 카탈라니 가게 앞을 지나가 보는 사람도 있었다. 이어지는 큰 창이 일제히 바깥쪽 덧문까지 닫혀 있는 가게 앞에서 도두들 넋이 나가 있었다. 나르디 상회의 뒤쪽 격자 철문 너머로 일하는 사람도 짐을 실은 마차도 보이지 않는 뒤뜰을 들여다보기도 하고 우물의 구리 뚜껑이 우연히 열려 있는 것을 발견하고 그 이유에 대해 캐묻는 사람도 있었다. 앞쪽 정면에는 쇠살문이 전부 닫혀 있었다. 문손잡이를 당겨보고는 주위를 돌며 온전히 멈췄다고 재미있어하며 떠들고 다니는 사람도 있었다. 하지만 양가의 주위를 사람들이 어슬렁거린 것은 잠깐이었고 곧 그쳤다.

나르디 씨가, 엘레나가, 오빠인 마르코가 조급히 마차를 타고 청사로 향했다. 아버지와 오빠 사이에 앉은 엘레나는 자코모에게 제일 먼저 할 말을 곰곰이 생각했다. 적어도 이번 봄부터 최근까지 자코모는 늘 기분이 좋았다. 그날 점심 식사 후에 잠깐 눈을 붙이고 마지막으로 집에서 나갔을 때도 다정했다. 그리고 견딜 수 없이 괴로운 최근 며칠 동안 엘레나에게는 그것만이 유일한 위로였다.

한마디로 말하면 자코모는 꽤 괜찮은 남편이었다. 하지만 한편으로는 묘하게 대하기가 어려웠다. 평소에는 엘레나가 그 사실을 잊고 있을 정도로 가끔이기는 했지만, 전혀 예상도 못한 이유로 기분이 상하면 갑자기 격앙되고, 그 후 2, 3일 동안에는 어떻게 할 도리가 없었다.

자코모가 그런 사람이 아니었다면 엘레나는 "용기를 내요"라고 그에게 말하고 싶었다. 그렇게 말하면 자신도 용기를 낼 수 있을 것 같았다. 하지만 그 자리에는 담당관도 있을 것이다. 그렇지 않아도 분하고 부끄러울 텐데 다른 사람들 앞에서 "용기를 내요" 같은 말로 아내에게 격려를 받으면 그는 바로 노여워할지도 모른다. 그리고 그는 어떤 말을 할까. 한두 가지는 상상이 되었지만, 예상도 하지 못한 말을 듣는다면 그의 기분이 상하지 않게 잘 대응할 수 있을까? 그를 분노한 채로 보내는 것이 엘레나는 두려웠다.

떨리기 시작한 엘레나를 태운 마차가 이제 광장을 향해 세워진 4층 건물의 청사 앞을 달려갔다. 정부 청사 현관 앞을 지나 조금 옆에 있는 사법청사의 현관에 도착했다.

체포 후 하루 이틀 사이에 사형이 집행되는 일은 드물었다. 하지만 자코모의 행동처럼 조사에 시간이 걸리지 않는 경우 이전의 사례를 볼 때 늦어도 열흘이 지나기 전에 행해졌다. 그리고 집행 시각은 전부 오전 중이었다. 그 관례를 많은 사람이 떠올리고, 많은 사람이 들었고, 지금은 거의 '세간의 상식'이 되어 있었다.

최근 며칠 동안 해가 높이 뜨면 광장을 어슬렁거리는 사람이 매일 늘어났다. 하지만 엘레나는 아무것도 보지 못했다. 마차의 문이 열리고 마르코의 손을 잡고 땅에 내려섰을 때 사람들이 웅성거렸다.

"야, 양초 가게 일레나다."

"그러견 오늘인가 봐."

"베일로 가리고 있어."

"어떤 표정으로 자코모의 차가운 이마에 입 맞출까?"

몇몇 사람의 목소리가 울렸지만, 엘레나에게는 아무것도 들리지 않았다. 아버지와 오빠의 팔에 매달리다시피 하여 엘레나는 청사 안을 더듬어 갔다. 도중에 짧은 계단을 내려갔을 때까지는 엘레나를 좌우에서 붙들어 준 사람이 아직 아버지와 오빠였던 것 같은데, 어느샌가 그녀를 붙잡고 있는 사람은 오른쪽도 왼쪽도 모르는 남자로 바뀌어 있었다.

한쪽 남자가 엘레나의 팔을 슬쩍 놓고 눈앞의 묵직한 나무 문을 두드렸다. 문이 밀리며 조금 열렸다.

"엘레나 부인이 도착했습니다."

남자가 안쪽을 향해 알렸다. 문이 열리고 다른 한쪽 남자도 팔을 놓자, 안에 있던 남자가 엘레나의 손을 잡았다. 엘레나는 두세 걸음 안으로 들어갔다. 문이 닫히자마자 서너 명의 남자가 엘레나에게 다가왔다. 허리에 칼을 차고 있었다. 붙잡히는 건가 싶어 엘레나는 우뚝 멈춰 섰다. 하지만 그들은 엘레나의 옆을 지나 문을 등지고 나란히 서서 그곳을 막아섰다. 방 안에는 여기저기에 몇 명의 남자가 더 서 있었다.

"어이, 엘레나. 이쪽이야."

힘찬 자코모의 그리운 목소리가 들렸다. 엘레나는 베일을 올렸다. 저쪽 서너 명의 남자들 가운데에서 일어난 그의 둥근 눈은 상당히 움푹 패어 있었는데, 엘레나가 처음 보는 모습이었다. 하지만 엘레나는 한눈에 알아보고 다가갔다. 그는 반쯤 풀린 손에 걸려 있던 밧줄을 털어내고는 엘레나를 꼭 끌어안았다.

"잘 왔어. 지금 어디에서 지내고 있지?"

"카탈라니가에서 모두 함께……."

엘레나는 거짓 대답을 했다.

"그래, 그래, 잘했어. ……모든 걸 용서해 줘."

엘레나는 아무 말 없이 확실하게 고개를 끄덕이고는 먼저 입 맞췄다.

"엘레나. 우리는 2년하고도 13일……, 2년하고도 열흘에 더해

3일 동안 부부였어. 알고 있지?"

"알고 있어요."

엘레나는 다시 한 번 거짓말을 했다. 최근 며칠 동안 그녀는 두 사람이 결혼한 날을 몇 번이고 떠올렸는지 모른다. 두 사람의 생활이 이렇게도 짧게 끝날 줄은 생각도 하지 못했다는 것이 신기해서 몇 번이고 몸을 떨었는지 모른다. 그렇지만 그녀는 그 세월이 실제로 정확히 얼마나 되는지는 전혀 떠올리지 못한 것이다. 그렇게까지 구체적으로 세었다니 그의 예리한 사랑에 엘레나는 그의 가슴에 안겨서 울기 시작했다.

"고마워요. ……자코모, 고마워요. ……사랑해요, 자코모……."

"엘레나. 정신을 바짝 차려."

자코도가 엘레나를 흔들며 말했다. 남겨두고 갈 수밖에 없는 그녀를 향한 말에, 한 남자가 눈치 있게 움직였다.

"부인, 괜찮으십니까?"

남자가 엘레나의 어깨를 두드렸다.

"앉으셔도 괜찮습니다."

이렇게 말하며 가까이 있던 나무 의자를 엘레나 쪽으로 놓았다.

"이대로 괜찮아요."

엘레나는 의자를 흘끗 보다가 갑자기 뒤돌아섰다. 의자가 있는 쪽 바닥에 몇 가닥 금색 머리카락이 있었다. 사형의 절차가 이미 진행되고 있는 것이다. 엘레나는 지금 비로소 바뀌지 않는 사실을 실제로 직면했다. 그에 비하면 지금 이 순간까지 있었던 일은 전부 가공의 일처럼 느껴졌다. 조심성 없는 남자는 황급히 그곳을 의자로 가렸다.

엘레나는 자코모의 목에 양손을 둘렀다. 머리카락이 잘려 나간 자리에 손바닥이 닿았다. 그 감촉의 공포와 자코모가 느낄 공포를 생각해 도저히 쓰다듬을 수는 없었다. 엘레나가 무엇을 보고 떨고 있는지 그런 것에는 아랑곳하지 않고 "사랑하는 엘레나"라며 자코모는 엘레나의 양손을 잡아 자신의 얼굴을 감싸게 했다.

"……사랑한다고 했지? ……모든 것을 용서한다고 했지?" 그리고는 엘레나의 양손을 되돌려 놓고는, 이번에는 자신의 양손으로 엘레나의 얼굴을 감싸고는 가만히 바라봤다.

"아아, 미망인 엘레나……."

나중에 엘레나는 그 순간 놀랐던 것을 떠올리게 된다. 남겨두고 떠날 수밖에 없는 아내를 아무리 가엽게 생각하더라도 미망인이라고 소리 내어 말한 것은 역시 평범한 일이 아니었다. 하지만 그 순간의 엘레나는 생각할 여유가 없었다. 자코모는 거칠게 입맞추더니 "안아 줄게"라고 속삭이고는 그녀를 재빨리 양팔로 안아 올렸다. "어이, 어이"라고 누군가가 말했다. 자코모는 바로 엘레나를 내려놓았지만, 더욱 거칠게 얼굴을 가까이 가져갔다. 흥분한 그의 입술이 두세 번 떠돌았다. 이가 코에 닿는 느낌과 동시에 엘레나는 얼굴을 누군가가 휘두른 쇠몽둥이에 맞아 부서진 것 같은 충격과 통증이 느껴졌다. 피를 흘리며 그녀는 코가 물어뜯긴 것도 모르고 기절했다.

자코모는 사람들에게 붙잡혀 꽁꽁 묶여 조사실로 끌려갔다. 동기를 묻자 그는 이렇게 대답했다.

"아내는 보는 것처럼 아무 말도 하지 않아도 사람의 눈길을 끌어들입니다. 제가 떠나고 나면 분명 접근하는 놈들이 있을 것입니다. 나는 아내가 영원히 나를 잊지 않기를 원합니다. 남겨두고 떠나야만 하는 이상 그렇게 하는 수밖에 없었습니다. 하지만 이럴 생각으로 마지막 만남을 원한 것은 아니었습니다. 생각지도 못하게 허락된 자리라고 깨닫고 갑자기 그런 생각이 떠올랐습니다. 그리고 막상 엘레나를 만나고 보니 도저히 그대로 돌려보낼 수 없었습니다."

―11시, 사형 시각은 변경되지 않았다.

카탈라니 부부는 대기실로 안내한 담당자에게 며느리가 왔는지, 자코모와 만날 수 있었는지를 제일 먼저 물었다.

"지금 만나는 중이니 시간이 되면 엘레나 부인을 이쪽으로 모시고 오겠습니다."

담당자는 이렇게 대답했다.

카탈라니 부부와 엘레나까지 세 사람이 그 시간에 기도를 할 예정이었다.

꽤 시간이 흘러 누군가가 문을 두드렸다. 좀 전에 왔던 담당자만 들어와 의자에 앉았다. 두 사람은 어떤 모습으로 만나고 있는지 카탈라니 씨가 물었다. 자신은 안쪽 일은 모르지만 엘레나 부인이 나오지 않았으니 두 사람은 아직 함께 있을 거라고 그는 대답을 하고 그대로 의자에 앉아 있었다.

잠시 후 문을 두드리는 소리가 들렸다. 담당자가 문을 열고는 슥 복도로 나가더니 문을 닫았다.

"엘레나 부인이 쓰러지셨답니다."

곧장 들어온 그가 알렸다.

레나타가 급히 물었다.

"자코모랑 만나는 중에요?"

그는 자리에 앉으면서 대답했다.

"아닙니다. 면회가 끝나고 이쪽으로 오는 도중에 쓰러지셨다는군요."

"그럼 지금 어떻게 하고 있죠?"

"빈혈인 모양입니다. 나르디 씨의 가족이 함께 계십니다."

카탈라니 씨가 시계를 꺼냈다. 벌써 10시 25분이었다. 그가 다시 시계를 꺼냈을 때 시곗바늘은 10분만큼도 움직이지 않았다. 하지만 이제 20여 분밖에 남지 않았다.

"가서 상태를 봐주시겠습니까? 엘레나가 괜찮을 것 같으면 바로 여기로 데려와 주십시오. 셋이 함께 기도하고 싶습니다."

담당자는 이번에도 혼자서 돌아왔다.

"힘들 것 같습니다. 정신이 들지 않는 모양입니다."

"아직도? 프란체스카 부인은 정신을 잃을 때를 대비한 약도 안 가지고 오신 건가?"

레나타의 목소리가 거칠어졌다. 카탈라니 씨는 레나타의 어깨를 토닥이고는 시계를 꺼냈다 다시 넣고 담당자에게 말했다.

"엘레나는 그대로 두지요. 그리고 여기는 저희가 기도하는 동안 둘만 있게 해주시겠습니까? 가능하다면 부탁드립니다."

담당자는 일어나며 대답했다.

"그렇게 하십시오."

담당자가 다시 돌아왔을 때 문을 살살 두드렸다. 안에서 대답이 없자 그는 문을 아주 조금만 열어 살폈다. 그 순간 좀 전에 끝났다던 부부는 아직도 기도를 하고 있었다. 그는 일단 문을 닫고 기다렸다.

"실례합니다."

잠시 후 다시 문을 열고 한 발 들어가 말했다.

"엘리나 부인은 아직 정신이 들지 않았다고 합니다만……. 나르디 씨가 데리고 가고 싶다고 하신 모양입니다. 허락해 주시길 바란다고 하는군요."

담당자는 식은땀을 닦았다. 레나타가 카탈라니 씨의 얼굴을 올려다봤다. 그 시선을 무시하고 카탈라니 씨는 담당자에게 물었다.

"어디로 데리고 간단 말입니까?"

"부탁드립니다."

담당자는 이 말만 남겼다.

그다음에는 다른 직원이 찾아왔다. 그는 문을 활짝 열고는 "나오세요"라고만 말했다.

카탈라니 부부가 청사를 나와 돌아가는 마차에 재빠르게 올라탄 것은, 자코모의 시신 앞에서 이별을 고한 지 10분도 지나지 않은 때였다. 레나타는 좌석에 기대고는 한쪽 손가락으로 베일을 만지작거리며 다른 한 손으로 두 눈을 감싸고 큰 한숨을 내쉬었다.

"견딜 수 없었어요."

시신의 목을 둘둘 만 천에 피가 작은 마름모꼴로 스며 나와 있었다. 레나타는 그것을 보자마자 바로 그곳에 입을 맞췄다. 그런 그녀가 이 말 한마디를 남기고는 집에 도착할 때까지 눈물을 멈추지 못했다. 도중에 단 한 번 남편을 불렀다.

"로베르토, 엘레나는 자코모를 안아줬겠죠. 그리고 그 애가 그렇게 된 모습을 보지 않고 끝났네요. 전 엘레나가 부러워요."

*

"좋아. 네놈 말의 꼬리털을 이발해 주마."
"당신네 말은 괜찮소?"
"그에게도 말해주는 게 좋을 거야. 꼬리털을 짧게 잘리고 싶지 않으면 말이야."

유행하기 시작했던 이런 농담은 자코모의 사형 집행 후 2, 3일이 지나자 급격히 사그라들었다. 사형 후 열흘째인 월요일 아침, 나르디 상회의 계단 아래에 있는 쇠살문은 예전처럼 다시 전부 열렸다. 그 주 금요일 아침 카탈라니 모자 가게에는 밖에서 굳게 걸어 놓았던 덧문을 빼내고 점원들이 큰 유리창을 닦기 시작했다. 하지만 휴업했을 때와는 달리 양쪽 가게의 영업이 다시 시작된 것은 거의 아무도 관심을 가지지 않았다. 사람들의 입에 오르내리는 소문은 오로지 양초 가게 엘레나에 관한 일뿐이었다.

사형 집행이 있었던 날 저녁, 사법청 현관과 정부 청사의 중앙 입구의 벽에 철망을 둘러 게시된 공고에는 자크모의 사형이 집행되었다는 사실만이 적혀 있을 뿐이었다. 하지만 그 공고가 나온 시각에는 엘레나가 감방에서 자코모와 마지막 이별을 안타까워했다는 것과 그때 자코모가 엘레나의 코를 물어뜯었다는 것은 벌써 소문이 퍼지기 시작했다. 거리에는 이미 그 이야기를 꺼내면서 "양초 가게 엘레나의 일 아세요?"라고 말하는 사람조차 없었다. 모두가 이미 다 알았기 때문이었다.

그건 그렇고 대체 자코모는 무슨 수를 써서 처형 전에 엘레나를 만나는 것을 허락받았을까? 사람들은 서로 물어보고 함께 생각했다. 두 사람의 부친 두 분, 혹은 어느 한쪽이 적당한 힘이 있는 사람에게 손을 쓴 건 아닐까. 상당한 돈도 썼겠지.

하지만 실제로 그런 일은 전혀 없었다. 오히려 허락이 떨어진 이유로 애매하고 사사롭기는 해도 상상의 단서가 될 법한 사실이 있었다. 조사를 받을 때 테오를 칼로 찌른 과정을 이야기하며 그 동기를 밝힐 때 자코모는 테오의 보복을 받은 말의 엉덩이 부분이 어떻게 변했는지 이야기했다.

"그 모습을 보고 순간 욱하는 기분이 들었습니다. 너무나도 우스꽝스러운 모습이었기 때문입니다."

그 말을 들은 조사관 두 사람은 실소를 터트렸다. 다른 한 사람은 이해한다는 듯 고개를 크게 끄덕이기까지 했다. 자코모가 감방에 돌아간 후 조사관들만 남아 잡담을 나눌 때 자코모는 조금도가 지나친 장난 정도의 보복에 과하게 반응한 것을 비웃음 사기보다도, 그의 말하는 방식 같은 것에서 '묘하게 미워할 수 없는 놈'이 되어 있었다. 그런 그가 아내와의 마지막 이별 자리를 간절히 원했다. 동정심을 핑계로, 반쯤은 충동적으로 만나게 해주자는 분위기가 생긴 사실이 전혀 없었다고는 말할 수 없을 것이다.

하지만 사람들의 소문에는 그런 예상은 전혀 떠오르지 않았다. 어쨌든 조사관들이 그 때에 관해 잡담할 때조차 "그렇구나, 부인이 그 양초 가게 엘레나라고"라고 중얼거리는 자가 있을 정도였다. 그 엘레나가 자코모와의 마지막 순간을 어떤 모습으로 애석해할까. 반쯤 미친 듯이 변할까, 아니면 다른 괜찮은 사람을 생각하면서 자코모의 목덜미를 깨물며 "사랑해요"라며 괴로워하는 척

할까. 아두튼 상당한 구경거리로 여겨졌다. 관계자의 그런 호기심이 허가도 이어진 것이었다. '뭐, 그랬겠지'라고 대체적인 결론은 그렇게 지어졌다.

게다가 사람들의 화제는 거기에서 멈추지 않았다. 겨우 그 정도의 보복을 받았다고 사람을 찔러 죽일 정도로 화를 낼까? 테오라는 농촌 마을의 그 불량배는 이쪽 거리에도 종종 어슬렁거리러 왔다고 했다. 엘레나에게 이상한 수작이라도 건 일이 있어서 자코모도 그 일을 알고 있었던 것이 아니냐는 소문이었다. 그러는 사이에 테오의 존재는 희미해져 갔다. 누가 뭐라든 이미 죽은 남자였다. 아무튼 죽음을 앞둔 남편에게 코를 물어뜯긴 전대미문의 일을 당한 것은 자코모의 질투만 작용한 것이 아니라 그 엘레나이기 때문이라고, 그녀에게도 그럴만한 일이 있었을 거라며 사람들은 다양하게 쑥덕거렸다. 자코모도 이미 코를 물어뜯은 남편이 아닌 그저 죽은 남자였다. 결국 주역은 코를 물어뜯긴 아내가 되었다.

제2부

상처

나르디 상회 건물에 들어서면 계단 아래에 있는 응접실에는 나르디 씨와 엘레나의 조부의 상반신을 그린 초상화가 나란히 걸려 있었다. 엘레나의 증조부 초상화는 원래 없었다. 영주조차도 아직 초상화를 집에 걸어두는 관습이 없는 시대의 사람이었기 때문이다. 나르디 가문에는 또 다른 초상화가 한 점 있었다. 모든 가족을 그린 커다란 그 그림은 가족실에 걸려 있었다.

카탈라니가에도 부부와 2남 3녀의 자녀들을 그린 그림이 한 점 있었다. 장녀와 장남인 자코모는 10살 전후, 막내 니노는 아직 아기라 부를 정도의 모습으로 부인의 한쪽 무릎에 짧은 갈을 동그랗게 굽히고는 기대 있었다. 애초에 한 가족의 초상화라는 것은 앞으로 아이가 더 태어나지 않을 것 같을 무렵이 되면 일찌감치 그려두는 것이었다. 하지만 나르디 가족의 초상화는 아이들이

한창 자라는 나이를 지나서야 그려졌다. 프란체스카가 빨리 그리기를 원하지 않았기 때문이었다. 나르디 가문에서는 3남과 4남이 세상을 떠나서 두 아들과 두 딸 사이에 나이 차가 좀 있었다. 한 가족의 초상화가 두 아이가 세상을 떠난 것을 떠올리게 할 것 같아서 프란체스카는 망설였던 것이다. 하지만 오랜 세월이 지나면서 성장해 가는 아이들을 보며 죽은 두 아이를 조금씩 잊을 수 있었다. 나르디 씨가 가족 초상화가 아직 없다는 사실을 떠올리며 이야기를 꺼냈을 때 프란체스카는 흥미를 보이기까지 했다.

"그렇네요. 지금 그려두지 않으면 딸들이 시집가 버리거나 며느리가 들어오겠어요."

나르디 가족의 초상화에는 한가운데 부부가 의자에 앉아 있고 왼쪽에 앉은 아버지의 뒤에 장남 마르코, 어머니 뒤에 루도비코가 서 있다. 아디나는 아버지 곁에서 아버지의 어깨를 어루만지는 듯 기대는 듯 손을 올려놓고 있고, 엘레나는 어머니의 다리 쪽에 사선으로 놓인 스툴에 앉아 있다. 그런 엘레나의 자세 때문에 그녀의 키가 어느 정도인지는 애매했지만, 초상화를 그린 후로는 거의 자라지 않았을 것이다. 이미 어엿한 아가씨로 보였다. 결혼할 무렵 그녀의 모습에 상당히 가까웠다.

엘레나가 자신의 방에서 조금씩 나오게 되기까지 그런 모습의 엘레나가 그려진 일가족의 초상화는 가족실 벽에서 내려 보관하기로 했다. 초상화를 내리는 것을 도울 남자들이 오기로 한 아침,

나르디 씨는 그 그림 앞에 혼자 서서 가만히 들여다본 후에 서재로 내려갔다.

식당 장식장 위에는 벽을 가득 채울 정도의 거울이 있었다. 물빛 바탕에 세밀하게 금빛으로 덩굴 모양을 그려 넣은 유리 그림으로 테두리를 두른 아름다운 거울이었지만 그것도 벽에서 떼어 냈다.

엘레나의 방에는 어렸을 때부터 작은 화장대가 있었는데, 그쪽 벽에는 세로로 살짝 긴 거울이 붙어 있었다.

"거울 같은 건 대체 누가 생각해 낸 걸까요."

프란체스카는 남편에게 원망의 말을 털어놓았다.

"……그 아이의 방에 있는 거울을 생각하면 가슴이 아파요."

"그렇다고 치워버리기도 그렇잖아. 그대로 둘 수밖에 없어."

나르디 씨는 일부러 쌀쌀하게 말했다.

"그렇죠, 머리도 빗어야 할 테고. 그대로 두는 대신 그 부분을……."

"뭘 어떻게 하겠다는 거야?"

"거울에 항상 모습이 비치는 건 아무래도 너무 딱하잖아요. 그래서 제가 생각했는데요."

프란체스카가 말을 이었다.

"……여닫을 수 있게 아름다운 주름이 있는 커튼 같은 것을 달아서……."

"어리석은 것!"

나르디 씨가 고함쳤다.

"……알만한 나이에 무슨 소리야. 재수 없게."

"아, 그렇군요. 잘못했어요."

프란체스카는 당황하며 성호를 그었다.

병든 사람이 약도 치료도 듣지 않게 된 집에서는 거울 개수에 맞춰 수수한 천을 준비한다. 임종이 가까워지면 신부님을 모시고 오기 전에 먼저 집 안에 있는 거울을 천으로 덮는 풍습이 있었다. 저세상의 부름을 받을 날이 가까운 사람이 거울 속에 자신이 있는 현세를 보고 저세상으로 돌아가고 싶지 않은 마음이 들지 않도록 하기 위해 거울을 덮어두는 속설이 있었다. 그런 이유로 평소 거울에 무언가를 거는 일은 꺼림칙하게 여겨졌다. 창고 같은 곳에 보관할 것이 아니면, 실수로 얇은 종이라도 걸어두는 것도 불길하다고 생각했다. 프란체스카는 불행한 딸의 기분만 생각한 나머지 자신의 착상에 취해 무심코 그 속설을 잊어버렸던 것이다.

자신의 방에서 조금씩 나오기 시작한 후에도 고개를 푹 숙이고 다니게 된 엘레나는 가족실에 걸려 있던 일가의 초상화와 식당의 거울이 사라진 것도 눈치채지 못했다. 시간이 지나 그 사실을 겨우 알아챘을 때는 그 이유는 짐작했지만 멍하니 고개를 끄덕일 뿐 큰 반응은 보이지 않았다. 초상화와 거울이 걸려 있던 각각의 벽에는 벽지를 새로 발랐는데, 엘레나는 전혀 알아채지 못했다. 갑자기 일어난 두 사건으로 받은 세상이 뒤집힐 듯한 충격에서 쉽게 회복할 수 있을 리가 없었다. 2층 복도에는 크고 작은 추를 건 가죽끈 두 줄이 길게 늘어져 있는 시계가 걸려 있었다. 그 바로 옆에는 작은 종이 있는데, 식사 시간이면 그 종을 울렸다. 엘레나는 종소리로 1시간 전이 그날 아침 자코모가 처형된 시각이었다는 것을 떠올리는 때가 있었지만, 슬픔도 괴로움도 솟아나지 않고 그저 그 사실을 떠올릴 뿐이었다. 그러다 문득 정신을 차려 보면 저녁이 되어 있고는 했다. 곁에는 점심 식사가 담긴 쟁반이 그대로 놓여 있었다. 프란체스카가 엘레나의 방에 올라와 밥 먹으러 오라고 불렀던 것이 어렴풋이 생각났다.

*

한 달이 흘렀다. 나르디 부부에게 카탈라니 씨가 보낸 편지가 도착했다. 아내와 함께 인사를 드리러 가고 싶으니 괜찮은 날짜를 알려달라는 부탁과 답장을 기다리겠다는 내용이었다. 추신에는 레나타의 이름으로 자신만이라도 엘레나와 만나게 해줄 수 있는지 적혀 있었다.

그 편지를 본 엘레나는 두 분 모두 만나겠다며 다만 밤에 봤으면 좋겠다고 대답했다. 나르디 부부가 카탈라니 씨의 편지를 보여 준 때도 밤이었는데, 한낮에는 엘레나가 여전히 거의 자신의 방에서 나오지 않았기 때문이었다. 엘레나는 차츰 저녁 식사 자리에는 함께 하게 되었고, 식사 후에는 가족과 함께 잠깐 시간을 보내기도 했다. 카탈라니가에는 그런 엘레나의 상태를 전하며 밤에 만났으면 한다고 전했다. 엘레나에게는 아직 제대로 된 상복이 없었다. 바느질집에 주문을 했더니 아무리 빨라도 사흘은 걸린다고 했다. 치수는 프란체스카가 재서 주문했다. 카탈라니 부부에게 엿새 후 밤 10시에 오시면 감사하겠다고 나르디 씨가 편지를 보냈다.

당일 카탈라니 부부가 도착한 후 30분 정도 지나 하녀가 엘레나를 부르러 갔다. 엘레나는 황갈색 비단 상복을 입고 옅은 녹색 레이스 숄의 한쪽 끝으로 얼굴의 절반을 가리고 응접실로 들어갔다. 시부모님이 일어났다. 벽에 걸린 촛대에는 촛불을 두 곳만 켰고 테이블 위 장식 촛대는 하나만 촛불을 켜두었다. 엘레나는 어둑한 위치에 벗어나지 않도록 섰다.

"이런 모습인 걸 용서해 주세요."

시부모님 쪽을 잠깐 보고는 얼굴을 가린 숄의 끝을 살짝 들고 말했다.

"이렇게 찾아와 주셔서 감사합니다."

곧 감사 인사를 덧붙였다.

"그날 이후 잘 지내셨나요? 문안 편지도 보내드리지 못하고……."

엘레나는 눈길을 아래로 둔 채 숄 사이로 우물거리는 듯한 목소리를 냈다. 카탈라니 부부는 아연한 모습이었다.

"……그때 인사도 드리지 못했네요……. 저를 먼저 생각해 주신 부모님의 배려를 정말로 감사하게 생각하고 있어요."

엘레나는 한 번 더 감사 인사를 했다.

"아니다, 부모님 곁에 있는 것이 제일 좋을 거라 생각했거든."

잠시 후 카탈라니 씨가 입을 열었다.

"……그보다도 앉으시죠. ……자, 우리도."

양쪽 부모님이 자리에 앉았다.

"엘레나는 그쪽에 앉으렴."

프란체스카가 테이블에서 조금 떨어진 곳에 놓인 스툴을 가리켰다. 하지만 엘레나는 움직이지 않고 다시 말을 이었다.

"그날 이후 이쪽에서만 머물며 제멋대로 굴었네요. ……그때 그이가 지금 어디에 있는지 물었어요. 저는 있는 그대로 말하지 못했어요. 부모님께는 지금까지 말씀드리지 못했지만, 카탈라니가에서 모두 함께 있었다고 대답했어요. 그이는 '그래, 잘했어'라고 말했어요. '그래, 잘했어'라고."

잠시 침묵이 흘렀다.

"그랬구나."

카탈라니 씨가 말했다.

"네."

한동안 양쪽 부모님 중 누구도 아무 말도 하지 않았다.

"이렇게 만나 뵈어서 기뻐요."

엘레나의 말에 레나타가 작은 목소리로 남편을 불렀다.

"로베르토······."

부부는 서로 마주 보고 고개를 끄덕였다.

"저기, 엘레나. 잠시 둘이서만 이야기를 하고 싶은데······. 괜찮을까?"

엘레나는 바로 대답했다.

"물론이죠."

"그럼 식당으로라도 가시죠."

프란체스카는 작은 테이블에 놓여 있던 촛대를 들고 일어나 불을 옮겨붙이고 앞장섰다.

"이쪽으로."

"아닙니다. 저희만 갈게요. 엘레나가 있으니 괜찮습니다. 이걸 잠시 빌릴게요."

레나타는 프란체스카가 들고 있던 촛대를 두 손으로 받았다. 그리고 식당에 들어가자 촛대를 테이블 안쪽에 놓고 돌아와 의자를 하나 당겨 놓고, 자신은 빙 돌아 건너편 비스듬한 쪽의 의자에 앉았다.

"자, 엘레나 이제 우리 둘만 남았구나. 너와 둘이서만 이야기를 하고 싶었단다."

레나타가 말했다.

"저도 어쩐지······."

엘레나가 중얼거렸다.

"그래, 엘레나. 내게 뭔가 할 말이 있지 않을까 싶었어."

엘레나는 잠시 생각해보고 문득 깨닫고는 말했다.

"제가 쓰던 물건을 보내주셔서 감사했습니다. 저희가 살던 집에까지 직접 가셔서 챙겨 주셨다고 들었어요······."

"그 일은 괜찮아. 당연히 내가 해야 할 일인걸. 그것 말고 좀 다른 일로 말할 건 없을까?"

"어떤 걸 말씀하시는지······."

"내게 들려주고 싶은 일. 우리 여자끼리만. 만약 있다면 말해줬으면 해."

"지금은 아무것도 없는 것 같은데요."

"그렇다면 있을 수도 있단 말이니?"

"그럴 수도 있을 것 같아요."

"그럼 확실히 알게 되었을 때 알려주렴. 그렇게 하자꾸나."

"네. 죄송해요."

"사과할 것 없어. ······그보다도 내게 뭔가 말하고 싶은 일이 있으면 언제라도 말해줘."

"네. 감사합니다."

"그러건 저쪽으로 갈까?"

엘레나는 마음이 놓였다. 하지만 이대로 가는 것이 갑자기 죄송하고 쓸쓸하기도 했다.

"아, 그 전에……."

엘레나가 말했다.

"역시 뭔가 할 말이 있는 거니."

"할 말이 있는 건 아니고요, 한번 보시겠어요? 흉터를……."

"어머!"

레나타는 할 말을 잃었다.

"보기 싫으신가요?"

"아니, 아니야."

"살짝만 보세요."

레나타는 의자에서 등을 세웠지만, 몸을 앞으로 내밀지는 않았다. 엘레나는 얼굴을 앞으로 내밀지 않고 조금 돌리고는 얼굴을 가리던 숄을 걷었다. 그리고 호흡을 두세 번 멈췄다가 재빨리 다시 얼굴을 가렸다.

때에 따라서는 조금 특이한 사람이 고마울 때가 있다. 어설프게 신경을 써서 서로 기분 나쁜 일을 만들기보다는 아무 일도 없었다는 듯이 레나타는 바로 한마디만 남겼다.

"고맙구나."

두 사람이 응접실로 돌아갔을 때 엘레나는 역시나 좀 전에 서 있었던 곳에서 벗어나지 않았다.

"엘레나. 네 일에 대해서는 부모님과 상담할 거야. 그때는 네 기분도 말해주렴. ……그럼 오늘 밤은 이간 인사를 드리는 걸르. 실례했습니다."

"만나줘서 고맙다."

카탈라니 씨가 일어나 엘레나에게 손을 뻗었다. 엘레나는 숄을 다른 손으로 잡고는 오른손을 내밀었다.

"감사합니다."

담장 안에서 웅얼거리는 듯한 목소리로 엘레나는 감사 인사를 했다.

*

어느 날 밤, 식사를 끝내고 엘레나가 식당에서 나가자 둘째 루도비코가 불쑥 나와 작은 목소리로 물었다.

"읽었어?"

지난밤에도 루도비코는 지금처럼 엘레나의 뒤를 따라 식당에서 나왔다.

"오늘 아침 사무소에 내려갔더니 바깥 문 아래로 밀어 넣어뒀더라며 이걸……."

주머니에서 엘레나 앞으로 온 편지를 꺼내 전했던 것이었다.

"응, 읽었어. 보낸 사람 이름은 없었어. 종이 색이 털빛인 특이한 문안 편지였어."

엘레나가 대답했다.
"……그럼 잘 자."
루도비코는 엘레나의 그 말투 그대로 마르코에게 전했다.
"엘레나의 신랄한 성격은 변하지 않은 모양이야."

엘레나 부인, 저는 당신이 어렸을 때부터 알던 청년입니다.

"아직 청년이라면 당신이 어린아이였을 무렵부터 나를 알았단 말이지."
엘레나는 편지를 쓴 사람에게 한마디하고는 편지를 읽어나갔다.

그러므로 얼마 전 당신에게 일어난 괴로운 일은 마음 깊이 동정하지 않을 수 없었습니다. 그런 이유로 오늘 밤 제 친구가 말한 이야기에도 강한 관심이 생겼습니다. 그는 예전에 누군가에게서 동상으로 잃어버린 부분은 재생되어 원래대로 된다는 이야기를 들은 적이 있다고 합니다. 알려드려야 할지 어떨지 고민하고 망설일수록 더 말씀드리고 싶은 기분이 강해졌습니다. 부디 건강하시길.

그리고 이름 없이 편지는 끝났다.
이름 없는 이가 엘레나의 '괴로운 일'을 동상 때문에 생긴 상처와 착각했을 리도 없었다. 어젯밤 엘레나는 그 편지를 다 읽었을 때 바로 그의 친구는 그런 이야기를 엘레나와 관련된 소문을 떠들다가 꺼냈을 거라고 생각했다.

소문을 무척 좋아하는 그 마을 사람들이 두 번 다시는 일어날 리 없는 일을 겪은 자신에 대해 얼마나 쑥덕거리고 있을지, 자신의 소문이 사람들에게 얼마나 매력적일지 모르지 않을 엘레나는 짐작이 됐다. 오늘 밤 이 시각에도 거리의 여기저기에서 소문의 씨앗이 되어 있을 게 분명했다. 그리고 어쩐지 엘레나는 이름 없는 이가 그 이야기를 정말로 그런 소문이 떠도는 자리에서 들은 것이 틀림없다고 생각되었다. 다시 말해 그것은 정말로 그가 다른 사람에게서 들은 이야기이고, 놀리기 위해서 지어낸 이야기가 아니라고 생각할 수도 있었다. 지어낸 이야기라면 그에게 그 이야기를 한 친구, 혹은 언젠가 그 친구에게 그 이야기를 한 또 다른 사람이 만들어낸 이야기일 것이다. 물론 그것이 지어낸 이야기라고 확신할 수도 없었다. 이름 없는 이도 그것이 확실한 이야기라고 자신할 수 없었기 때문에 알릴지 말지 망설였겠지만, 역시 완전히 거짓으로 생각되지도 않아서 알려주지 않고는 견딜 수 없었을 것이다.

어린아이였을 무렵의 엘레나를 어린아이였을 때부터 알고 있던 청년은 몇 명이나 있었다. 하지만 이름 없는 이는 엘레나가 모르는 사람일지도 몰랐다. 엘레나는 어렸을 때부터 서로 알고 있던 사람들 중에 누구일지 짐작해보고 싶은 마음도 없었다. 그보다도 그 사람은 무슨 생각으로 이 이야기를 알린 걸까, 엘레나는 그 편지를 몇 번이고 다시 읽으며 생각했다. 장난이라는 생각은 들지 않았다. 인간의 육체에는 그런 신비한 힘이 있다는 모양이니까 당신의 흉터도 언젠가 뭔가를 계기로 재생될지도 모르니 절망하지 말고 용기를 내라고 위로하며 격려하고 싶었던 걸까. 아니면 완전한 거짓 이야기로도 생각되지 않으니까 한번 시도해 보면 좋지 않겠냐는 조언일까. 어느 쪽인지 알 수 없었지만,

'알려드려야 할지 어떨지 고민하고 망설일수록 더 말씀드리고 싶은 기분이 강해졌습니다.'

이런 연유로 알려줬다니 세상에는 재미있는 사람도 있구나. 엘레나는 편지를 쓴 이에게 중얼거렸다.

"이런 일을 알려주실 줄 알았더라면 교정받지 않았을 텐데요……."

한 달 정도 전 어느 날 밤 시어머니가 살짝 봤던 엘레나의 흉터는 조금씩 아물면서 상처가 난 직후보다는 조금이지만 그나마 나아져 있었다.

그날 나르디 씨는 전날 밤 자코모가 마지막 밤을 보낸 조잡한 침대에 기절한 채로 옮겨진 엘레나에게 정신이 들게 하는 약을 사용하기를 거부했다. 지금 정신이 든다면 발광할 거라 생각했기 때문이었다. 그래서 반대로 진정제를 사용했다. 하지만 나르디 씨는 엘레나를 데리고 간다는 것을 카탈라니 씨 부부에게 알리지

말라고 하지는 않았다. 담당자가 마음대로 한 일이었다. 잠든 엘레나를 마르코와 함께 두 사람이 데리고 돌아온 것은 그보다 시간이 훨씬 지난 후였다. 카탈라니 씨 부부는 이미 자리를 뜬 후였다.

다음 날 정오가 지났을 무렵 엘레나는 조금씩 눈을 게슴츠레 뜰 수 있게 되었다. 엘레나가 흘린 피의 대부분은 코피였고, 상처로 흘린 피는 심하지는 않았지만, 얼굴은 부어있었다. 다음 날은 더 많이 부었지만 그다음 날에는 조금 가라앉았다.

이레째 되던 날 나르디 씨가 다른 사람의 소개를 받아 의뢰해 둔 피사대학 학자가 나르디 씨가 보낸 마차로 방문했다. 학자들은 연구를 위한 해부로 시신에 메스를 사용했지만, 살아 있는 사람을 치료하기 위해 그 몸에 메스를 사용하지는 않았다. 다만 교정 수술을 위해 부디 조언해달라는 나르디 씨의 부탁을 들어준 것이었다. 상처에는 앞니로 물어뜯은 흔적처럼 코끝에 연골이 살짝 떨어져 나간 부분이 드러나 있었다. 나르디 씨는 적어도 그것만이라도 어떻게 해주고 싶었다.

엘레나가 응접실에서 나가자 학자가 말했다.

"성장기의 나이가 지났으니 뼈의 성장은 멈췄지만, 살은 상처가 완치될 때까지 조금은 오를 것입니다. 튀어나온 뼈를 자르고 아래쪽을 살짝 깎아 살이 올라오면서 완치되어 감춰지게 하는 것이 좋습니다. 지혈을 하고 상처를 치료할 약만 바르면 충분합니다. 뼈를 자른 상처를 봉합하면 흉터가 심해집니다."

치료를 위해 메스를 사용하는 사람은 외과의였고, 그의 아랫사람은 이발사를 겸하며 마을에서 이발소를 운영하고 있었다.

"아무튼 아는 연줄이 있으니 기술이 아주 뛰어난 외과의가 오시도록 부탁드리겠습니다."

나르디 씨가 말했다.

"아니, 그런 사람은 안 됩니다. 높은 사람의 기분을 살피는 것만 잘하지, 메스를 드는 실력은 전혀 아니라서요……"

학자가 나르디 씨의 말에 반대하며 조언을 남겼다.

"댁에는 물론 가문을 담당하여 드나드는 담당 의사가 있으시겠죠. 늘 봐주시던 분이 가장 좋습니다."

그 후 나르디 씨는 목소리의 변화에 대해 물었다. 엘레나는 아직 무슨 말을 할 때 입속에서 중얼거리는 정도였다. 예전처럼 다시 말을 하게 되었을 때 목소리가 어떻게 변하지는 않는지 궁금했다. 학자는 대답했다.

"조금은 변할 겁니다. 하지만 떨어져 나간 부분은 코끝이고, 본인의 귀에 들리는 소리는 거의 다르지 않을 겁니다. 원래 자신에게 들리는 목소리는 밖으로 내는 소리보다도 안에서 들리는 소리가 더 강하게 전해지니까요."

귓가에서 큰 목소리로 말하지 않으면 알아듣지 못할 정도로 귀가 멀어진 노인이라도 자신도 모르게 큰 목소리로 말하게 되는 정도이지 자신의 목소리는 분명하게 들리는 것도 같은 이유라고 학자는 설명했다.

그리고 얼마 지나지 않아서 엘레나는 교정 치료를 받았다.

"얼굴에 동상이 걸려서 떨어져 나갔다고 하더라도 재생 도중에 연골이 조금 부족하다는 것을 알게 되면 당황하지 않을까요."

엘레나는 이름 없는 이를 향해 혼잣말을 했다.

다음 날 밤 편지에 대해 묻는 루도비코에게 잘 자라는 인사를 하고 방에 돌아온 엘레나는 다시 그 편지를 펼쳐봤다. 조금 생각해 본 후 엘레나는 편지를 들고 아디나의 방으로 가서 그것을 보여줬다. 아디나는 꼼꼼하게 읽은 후에 곤란한 표정으로 편지 봉투만 바라봤다.

"나중에 루도비코 오빠에게 전해줘. 나는 더 이상 필요 없어."

엘레나가 말했다.

"있지, 언니. 살이 떨어져 나갈 정도의 동상을 입으려면 상당히 추운 곳에 가지 않으면 안 되겠지. 가장 추운 곳은 어딜까?"

"그러게……."

아디나는 높은 곳으로 눈길을 돌렸다. 예전부터 엘레나는 언니의 용모가 수녀 얼굴 같다고 생각한 적이 있었다. 볼이 살짝 패인 차분한 느낌의 얼굴로 수녀 중에 흔히 볼 수 있는 얼굴 같은 느낌이 들었다. 하지만 웃을 때 입술이 좌우로 길어지며 끝이 올라가면 거기에서 묘하게 화사한 분위기가 얼굴 전체에 퍼지면서 눈동자가 빛났다. 그리고 그보다도 더 언니가 아름답게 보일 때는 지금처럼 높은 곳에 눈길을 줄 때라고 최근 들어 엘레나는 그런 사실을 발견했다. 눈을 어디 둬야 할지 곤란해졌을 때 새로 생긴 버릇인 모양이었는데, 엘레나는 한 살 위인 언니의 그 표정에 애처로운 품격을 느꼈다.

"러시아일까?"

"춥고 뭐든 다 얼어버려서 딱딱해지는 일이 자주 있다는 핀란드 이야기를 읽은 적은 있는데."

언니는 여전히 같은 표정으로 말했다.

"하지만 그렇게 먼 나라가 아니라도 겨울의 알프스 같은 곳도 굉장히 춥잖아."

"그러면 알프스에 가서 동상에 걸리면 그 부분이 떨어져 나가겠지. 그 후에 그 부분에 새살이 돋으면 어떻게 될까? 동상으로 잃어버린 부분에만 돋고 그대로 멈춰 버리면……. 이상하겠지."

아디나는 웃음을 보이다 곧 다시 높은 곳으로 눈길을 돌렸다.

"엘레나는 정말 훌륭해. 이전에도 생각했지만."

*

"엘레나, 엘레나."

동틀 무렵 건물 아래쪽 길에서 부르는 소리가 들린 적이 있었다. 그 목소리가 조금씩 능청을 더했다.

"엘레나, 다음 남편은 어떤 이가 좋겠소? 눈이 보이지 않는 사람이 좋소."

목소리에 더해 달리는 발소리가 들려왔다. 조금 지나자 똑같은 소리가 반복되었다.

술에 취한 사람 같았다.

"어이, 엘레나, 들리는가. 한참 되지 않았는가. 이제 슬슬 나오지 않겠나."

역시나 새벽녘이 거리에서 호통치는 소리가 들린 적도 있었다.

다음날 아디나가 걱정스레 물었다.

"어제도 들렸지?"

"미안해. 잠이 깼지?"

엘레나는 미안해했다.

"내게 미안해할 필요 없어. 그보다도 방을 옮기는 게 어때? 마르코 오빠 방으로라도……."

아디나가 엘레나에게 권했다. 다른 가족들 사이에서 그런 이야기가 나온 건지도 몰랐다. 가족의 방은 전부 3층에 있었다. 바깥쪽에 루도비코와 아디나와 엘레나의 방이 나란히 있었고, 마차를 두는 헛간과 마구간이 있는 정원 쪽에 부부의 방과 마르코의 방이 있었다. 4층은 다락방으로 하인들의 방과 창고로 사용했다.

"방을 바꾼다고 해도 마찬가지일 거야."

엘레나가 말했다.

"……누가 내 방이 이쪽에 있다는 것까지 아는 건 아니잖아. 내가 사는 집이니까 지나가는 길에 농담을 던지고 싶은 사람이 있는 것뿐이야. 잠들기 힘들어서 항구에 산책이라도 다녀오는 길이나 뭐 그런 때이겠지. 방을 바꿔도 소용없어. 언니와 루도비코 오빠의 방을 옮겨주고 싶지만 옮길 곳이 없잖아. 두 사람이 참아주는 수밖에. 하지만 언니, 나 생각해 봤는데, 그런 짓을 할 생각을 한다니 인간은 이상하지."

"엘레나, 보고 싶어, 보고 싶다고."
남자의 목소리가 들렸다.
"그만 좀 해."
여자의 목소리가 들렸다.
"조용히 해."
다른 여자의 목소리가 들렸다.
"나도 만나고 싶소, 엘레나 만나고 싶소."
모두가 웃는 소리가 들렸다.
"예전보다도 훨씬 더 만나고 싶어. 예전보다도 훨씬 더 만나고 싶어."
박자를 맞춰 누군가 남자의 목소리가 들렸다.
"엘레나!"

그러자 어디선가 여자의 목소리가 들렸다.

"신경 쓰지 마. 이렇게 인정 없는 남자들의 바보 같은 노래 따위……."

'그러는 당신은 인정이 있어? 당신이 더 인정 없다고.' 이렇게 말해주고 싶은 마음이 들어 엘레나는 침대에서 내려왔다.

"어디가 바보 같은 노래야? 잘만 부르잖아!"

자신도 모르게 반쯤 열어뒀던 창문을 밀고는 한마디 던지고는 문을 쾅 닫았다.

밖에서는 환성이 들려왔다.

며칠이 지났다. 그날 밤에는 두 명으로 추정되는 남자가 함께 노래 부르는 소리가 들렸다. 지난밤 그들 생각대로 되어 우쭐해진 모양일까. 한 사람은 어제와 다른 사람일지도 모르고, 전혀 다른 두 사람이 지난밤에 있었던 일을 듣고 생각해 낸 걸지도 몰랐다. 박자가 척척 맞는 것이 연습이라도 하고 온 모양이었다.

"엘레나는, 엘레나는 말이야, 콧노래를 좋아한대. 왜 그럴까, 왜 그럴까. 사랑 노래를 들려줄 수 없으니까."

며칠이 지났다. 마르코가 말했다.

"엘레나, 일단 내 방과 바꿔 보는 게 어때? ……엘레나 방은 어렸을 때부터 쭉 저쪽이었잖아. 방을 바꾸면 기분 전환도 될 거야. 정원도 보이고. 바꾸자."

"그래요. 그것도 좋을지도 모르겠네요."

엘레나는 아무렇지 않게 말했다.

"그리고 주인 바뀐 방 창문에 '여기는 엘레나의 방이 아닙니다'라고 크게 써서 걸기라도 할 건가요?"

어느 날 오후 엘레나는 프란체스카의 지나치게 가늘지 않은 코를 보면서 말했다.

"어머니, 한 번 시험해 보세요. 자신의 코가 자기 눈에 보여요?"

"자기 눈으로 자신의 코가 보이냐고?"

프란체스카는 자신의 코를 슬쩍 만지고는 잠시 생각하더니 아래로 내려다봤다. 시선을 모으고는 말했다.

"보이는구나."

이쪽저쪽 눈을 한쪽 씩 가려보면서 덧붙였다.

"이렇게 하는 편이 더 잘 보이는구나."

엘레나는 잃어버린 코끝의 흉터에 양손 손가락을 대고는 내려다봤다.

"이랬다면 분명 보였을 텐데. 한 번 정도는 봐둘 걸 그랬어요. 시도해 본 적도 없었어요. 얼굴을 볼 때면 항상 거울로 봤으니까요."

엘레나의 양쪽 손가락 사이로 목소리가 새어 나왔다.

"엘레나는 지금도 특이한 아이예요. ……넉살 좋게 그런 말을 한다니까요."

프란체스카가 나중에 남편에게 엘레나가 했던 말을 전했다.

엘레나는 한동안 이상했던 상태에서 꽤 많이 좋아지고 있었다.

자신도 좋아지고 있다는 것을 느꼈다. 가족들은 엘레나가 감탄할 만한 이야기를 하기도 하고 예전과 다르지 않은 부분이 있기도 해서 당황하면서도 일단은 괜찮다고 생각했다. 하지만 엘레나는 여전히 하루하루가 멍하기만 했다. 엘레나의 감정이 제대로 반응한 일은 지난밤 인정 없는 남자들이 아닌 여자의 말이 들려왔을 때 정도였고, 그 순간에는 어째서인지 반응했다. 하지만 평소에는 엘레나의 감정도 사고도 아직 전혀 반응하지 않았다. 감정이 일어나지 않으니 가족들이 당황할 만한 것을 아무 생각 없이 입 밖으로 내는 것이었다. 엘레나에게 닥친 두 가지 큰 사건에 대해 누가 물어볼 것 같으면 엘레나의 감정도 사고도 바로 후퇴하여 피해버렸다. 터무니없는 겁쟁이였던 것이다. 그렇게나 겁이 많은 엘레나는 그날 밤 아무것도 알려주지 않고 자신을 친정으로 돌려보내기 위해 시부모님이 달려왔을 때 "정신을 단단히 붙잡고 지내야 한다"라며 시어머니가 안아줬던 일이나, 카탈라니가에서 모두 함께 있다고 거짓말을 했을 때 자코모가 "그래, 잘했어"라고 했던 말 같은 것이 문득 작은 풍경화처럼 그 부분만 떠오를 때가 있었다. 그러면 바로 얼마 전 일인데 아주 오래전 추억에 잠긴 듯한 기분이 들었다.

엘레나가 낮잠을 자고 있을 때였다. 침대 옆에 자코모가 몸을 굽히고 앉아 엘레나의 얼굴을 바라보고 있는 느낌이 들었다.

"자코모, 무슨 일이에요?"

엘레나는 옆으로 누운 채 말했다. 자코모의 가슴 부근에 살창 틈으로 들어오는 햇살이 만든 가로 줄무늬가 그대로 비쳤다.

"돌아왔소. 내가 일을 하나 더 저지르는 바람에 그 앞의 일은 백지화된 모양이야."

'그렇구나, 아내의 얼굴에 상처를 입혔으니까.'

엘레나는 생각했다. 그 순간의 깊고 따뜻하고 한없는 안도감은 잠이 깬 후에도 잔상처럼 잠시 엘레나의 몸에 진짜로 느껴졌다. 그리고 만약 조금 전 침대에서 자코모의 목덜미에 팔을 두르고 등을 쓰다듬었다면 그의 머리카락은 짧았을까, 생각했다. 잠이 완전히 깨자 정말로 자코모가 한 일이 백지화되었을 경우를 생각했다. 자코모가 엘레나에게 상처를 입힌 것이 그의 생명을 구해 엘레나에게 남편을 되돌려주게 되었다. 상처가 남은 얼굴의 자신과 자코모와의 이후 생활을 상상해 보려고 했다. 하지만 괴로울 정도로 겁이 나서 엘레나는 생각을 급히 떨쳐버렸다.

*

시어머니께 보낼 편지를 지금 바로 쓰면 카탈라니 가문의 저녁 식사 시간 전에 전달할 수 있다. 엘레나는 곧장 자신의 방으로 돌아왔다. 해 질 녘 공기가 상쾌해서 엘레나는 마음이 상당히 안정되었다. 처음 그날이 찾아온 때는 열세 살이 되던 해로 역시 가을 저녁무렵이었다는 것을 떠올렸다.

  지난번에 방문하신 후로 벌써 삼 개월이 지났습니다. 그 사이에 어머님께서 저에 다 해 어떻게 생각하고 계셨을지 생각하면 몸이 움츠러듭니다. 그날 밤 어머님이 저와 단둘만의 자리를 마련하여 무언가 말하고 싶은 일이 있는지까지 물어봐 주셨는데, 조금도 눈치채지 못했습니다. 그것이 온 후에야 그동안 없었다는 것을 겨우 깨닫다니, 당신의 며느리는 얼마나 바보인가요. 친정어머니께는 이제 말씀드리려고 하는데, 어머니도 전혀 이쪽으로는 생각을 못 하신 것 같습니다. 한 번도 물어보신 적이 없었거든요. 우선 서둘러 연락을 드립니다.

엘레나 올림

  하인이 전달한 엘레나의 편지를 본 레나타는 답장을 써서 들려 보냈다.

  편지 읽었단다. 반쯤은 실망하고 반쯤은 안심했다. 그 정도로 몸에 많은 무리가 갔나 보구나. 그 사실을 깨닫고 많이 놀랐단다. 이런저런 생각을 하며 신경 쓰고 있었는데 그럴 수도 있다는 걸 생각하지 못했구나. 빨리 알려줘서 고맙다. 잘 알겠다.

레나타

엘레나가 임신을 했는지 어떤지 하는 문제는 나르디가에서는 아무도 미처 생각하지 못했을 정도의 일이었지만, 카탈라니가에서는 어지간히 신경 쓰이는 일이었다. 레나타가 엘레나를 만나 둘이서 이야기를 나눈 후에도 무언가 알릴 낌새가 전혀 없는 것을 보면서, 엘레나에게는 큰 상처가 되겠지만 아예 사생아가 되는 편이 사형수의 아이가 되는 것보다는 나을 거라는 등의 고민을 하고 있는 건 아닐까 하는 그런 터무니없는 추측을 했을 정도였다.

하지만 상황이 확실해지자 이야기는 간단했다. 양쪽 부친이 한번 만나 정리를 했다. 엘레나는 이대로 나르디가에서 살 것, 지참금은 엘레나의 소유로 할 것, 거기에 더해 자코모가 장래에 물려받았을 것을 대신해 지참금과 같은 금액을 엘레나에게 주기로 했다. 또 카탈라니 씨는 용돈 정도지만 3개월에 한 번씩 일정 금액을 보내주겠다고 했다.

그렇게 이야기가 정리된 후 카탈라니 씨는 자코모가 담당자에게 맡겨두었다는 아버지 앞으로 쓴 유언장을 처음으로 보여줬다.

엘레나에게, 양가 부모님께, 우리의 일곱 형제자매에게, 용서를 구할 뿐입니다. 자식은 엘레나와의 사이에서 있을지도 모를 아이 외에는 전혀 없습니다.

아이와 관련된 부분을 실업가인 카탈라니 씨는 만족하고 있는 모양이었다.

"이것만은 말씀드려야겠다고 생각했습니다, 사돈. 그 녀석도 완전 멍청하지는 않았던 모양이라……."

역시나 실업가인 나르디 씨는 그 지적의 의미를 알면서도 마음은 따라가지 못했다.

"그렇군요. 이외에는 전혀 없다고요."

그는 묘한 반응을 보일 뿐이었다.

*

나르디가에서 사는 것이 정식으로 정해지고 보니 엘레나는 이전에 마르코가 말했던 것에 따라 방을 바꿔두기를 잘했다고 생각했다. 예전과 다름없는 친정에서 다시 살게 되었다고 해도 방을 바꾸지 않았더라면 당분간 돌아온 직후의 기분에서 쉽게 빠져나오지 못했을 거라는 생각이 들었다. 방을 바꾼 덕분에 정식으로 결정된 사항에 따라 친정에서 살기 위해 새로 옮겨온 기분이 들었다.

하녀 둘까지 그대로 뒀던 자코모와 엘레나가 2년 정도 생활한 집은 정리하게 되었다. 거기에 여전히 많이 남아 있던 엘레나의 물건이 옮겨져 왔다. 엘레나는 원래 마르코가 쓰던 아직 익숙하지 않은 옷장에 계절에 맞는 옷을 걸어보기도 하고 속옷을 한 장씩 다시 개어 서랍에 넣기도 하면서 매일 천천히 정리를 했다. 신부 의상은 어머니 프란체스카에게 맡겼다.

자코모의 물건은 어떻게 할까? 전부 받을지, 아니면 직접 와서 일부를 고를 건지, 아무튼 간직하고 싶은 물건을 알려달라고 시어머니가 집을 정리하기 전에 물었을 때 엘레나는 아무것도 필요 없다고 생각했다. 하지만 그렇게 말하면 상대에 대해 정이 없는 것처럼 보일 것 같았고, 무언가 하나 받아두지 않으면 나중에 후회할지도 모른다는 생각이 들었다. 첫날밤을 지낸 새벽에 성당에 함께 갔을 때 자코모가 보자기 대용으로 초 100개를 담아 갔던 망토와 결혼 전에 그가 보낸, 원래는 엘레나의 물건인 4통의 러브레터를 받겠다고 전했다. 그 물건은 전부 신부 의상과 함께 프란체스카가 어딘가에 보관해 두었다.

물건 중 일부는 아직 계단 아래의 큰 방 한쪽에 방치된 채로 있었다. 엘레나가 잊어버린 것은 아니었는데, 갑자기 나르디 씨가 말했다.

"이제 좀 적당히 정리해."

"아, 그렇게 말씀하시니 가능한 오늘 안에 정리하죠. 뒤에 사람이 누군가 있는지 잠시 보고 올게요."

프란체스카가 말했다. 뒤에 있는 사람이란 한 명은 출퇴근하고 두 명은 이곳에 살면서 마차와 짐마차의 마부를 겸하는 고용인을 가리켰다.

얼마 지나지 않아 엘레나가 불려 와 큰 방으로 내려왔다. 쌓여 있던 짐을 전부 풀어 바닥에 하나씩 늘어놓았다. 아디나도 도와주러 내려왔다.

십자로 끈을 묶은 얇고 커다란 사각 종이 꾸러미는 두세 개를 풀어보니 접이식 자수틀이었다.

"일단 다락방에 넣어둬야겠어."

엘레나가 말하며 아무것도 없는 곳에 옮겨뒀다.

그냥 굵어 놓은 양산 3개. 구두 종이상자 7개. 두껍고 커다란 상자에는 테이블보와 냅킨 세트 4세트가 가득 들어 있었다.

"이건 어머니께 부탁드려요."

엘레나는 뚜껑을 덮고 살짝 옆으로 옮겼다. 자물쇠가 달린 양초 상자도 있었다. 프란체스카가 뚜껑을 열어보려고 하자 비스듬히 열렸다.

"열쇠는? ······아, 여기에 있구나."

프란체스카는 쇠고리에 나란히 걸린 열쇠 두 개에 달린 끈을 집어 들었다. 두 번 채워 넣었던 나무 상자 안에는 쓰다 남은 초가 담긴 펼쳐진 꾸러미 아래로 손도 대지 않은 양초 꾸러미가 가득 들어 있었다.

"이것도 어머니가 맡아줘요. 아버지께 드려야 할지도 모르겠지만, 우선 어머니께 맡길게요."

엘레나의 말에 그렇게 하기로 했다.

포도주병의 빈 상자를 사용한 8개 정도의 나무 상자는 전부 뚜껑이 열려 있었다. 나이프, 포크, 크고 작은 스푼 같은 것, 얇은 나무함, 화장품 함이 들어 있는 상자도 있었다. 종이로 싼 도자기만 들어 있는 상자. 쟁반 2개, 포트, 설탕 병 등을 담은 상자. 식탁 용품 일체는 역시나 프란체스카에게 맡겼다. 제일 위에 놓인 손에 드는 가방이 든 상자에는 자코모와 함께 갔던 그날의 시장에서 뜻밖에 생각도 못 한 인물이 나타나 즐거운 날이 슬픈 날이 되었던 그때의 시장에서 산 뚜껑이 달린 덩굴로 엮어 만든 손에 드는 바구니가 들어 있었다. 뚜껑을 열어보니 또 다른 가방 한 개와 6장 정도의 손수건이 들어 있었다.

그 외에 뜨개질 꾸러미와 재봉 바구니와 크고 작은 손궤 같은 것이 들어 있는 상자와 화장대의 물건을 모아 넣은 상자가 있었다. 그 두 개는 자신의 방으로 가지고 갈 다른 물건들과 함께 옮겨 달라고 했다.

"지난번에는 고마웠어. 이거 받아. 술은 아니야."

엘레나는 고리버들로 만든 커버로 감싼 초록색 둥근 병을 내밀었다. 아디나는 병을 받아 들고 병목에 손 글씨로 써진 종이를 봤다.

"수세미 물?"

"응. 생으로 받은 수세미 물이야."

"바르는 거구나."

"카탈라니가에서 시어머니가 애용하셨어. 농가에 주문해서 바르기도 하고 마시기도 하고……. 이전에 주셨는데, 집 안에 있더라고. 몇 년 지나도 상하지 않는대. 한번 써봐."

"너는?"

"나도 한 병 반쯤 가지고 있지."

엘레나가 대답했다.

"그래. ……귀한 걸 나눠줘서 고마워."

아디나가 대답했다. 하지만 아디나는 별로 마음에 드는 것 같지는 않았다.

"나, 곤란한 일이 생겼어."

아디나는 그 병을 옆에 있는 작은 테이블에 내려놓으며 말했다.

"……필리포 토스티 씨가 아버지 생신에 초대했어. 마르코 오빠가 가겠다는 답장을 보내라고 난리야."

엘레나는 바닥에 앉아 언니의 침대에 기댔다.

"……오늘 아침에도 그 말을 들었어. 반드시 오늘 중에 보내라고. 저녁에 나들 거래. 그러니 그전까지 써두라는 거야. ……필리포의 생일이라면 또 모르겠지만, 단 한 적도 없는 아버님의 생신이라니. 그것도 손님은 나 한 명이라는 거야. 고민되지 않겠어?"

"언제인데?"

"다음 주 화요일."

엘레나가 앞으로 어디에서 지낼지 아직 결정되지 않았을 때 일이다. 아디나가 엘레나에게 이런 말을 한 적이 있었다.

"우리 같이 살고 싶단 생각 들지 않아?"

엘레나는 과도한 동정과 유치한 슬픔을 느꼈다.

"결혼하지 않고 같이 살아 줄까?"

그런 말을 들은 것 같은 기분이 들었다. 엘레나는 "나는 내버려 둬"라는 말이 튀어나올 뻔했지만 겨우 참았다. 그래도 꽤 강한 말투로 대답했다.

"지금도 함께 생활하고 있잖아."

"그렇네."

아디나의 목소리에 슬픔이 묻어 있었다. 자신의 마음을 무시당한 것을 슬퍼하는 것처럼 느껴져서 엘레나는 후회했다. 하지만 사과하기는 귀찮아서 그냥 뒀다.

머지않아 엘레나는 그때 자신이 그런 대답을 해서는 안 되었다는 심각함을 깨달았다. 아디나는 동생의 결혼 생활이 무시무시한 결말을 맞이한 것을 보고 충격을 받았을 것이 분명했다. 동생의 상황은 이례 중의 이례라는 것을 알았지만, 결혼 생활에서 어떤 일이 일어날지는 알 수 없는 일이었다. 남편이란 언제 어디에서 무슨 생각을 할지, 무슨 일을 저지를지 전혀 알 수 없는 존재였다. 아디나는 너무나 두려워서 앞으로도 혼자 있을 것을 생각하게 되었을 거란 짐작이 들었다. 그때 아디나의 말은 언니 자신의 절실한 마음을 호소한 것이기도 했다. 엘레나는 그런 언니에게 절실히 미안한 마음이 들었다. 자신의 그 대답이 다시 후회되었다. 그뿐만 아니라 언니가 큰 충격을 받은 것에 자신의 책임이 있다는 것을 처음으로 깨달았다.

"우리 같이 살고 싶단 생각 들지 않아?"

아디나가 이렇게 말했을 때, 아마도 아디나는 가장 우울한 기분이었을 것이다.

일가가 큰 불행을 겪었기 때문에 필리포가 아디나를 찾아오는 것을 한동안 조심스럽게 여긴 것도 무리는 아니었지만, 그 상태가 계속 이어지고 있었다. 나르디 씨도 프란체스카도 엘레나의 일에 마음이 쏠려 아디나까지 신경 쓸 여유가 없었다.

사형수와 인연을 맺는 것을 환영할 사람은 없었다. 필리포는 아디나를 만난 지 얼마 되지는 않았지만, 부모님과 엘레나를 비롯해 다른 형제와도 이미 만난 적이 있었다. 하지만 아직 혼약은 하지 않은 상태였다. 그렇게 큰일이 일어난 이상 보통은 그들 사이도 거기까지였을지 모른다. 하지만 그는 혼약하지 않아서 다행이라는 생각은 하지 않은 모양이었다. 그의 부모님도 두 사람의 교제를 막을 생각은 없으신 듯했다. 거기에 더해 그가 외아들인 것은 아디나에게 행운이었다. 폐를 끼칠 형제가 있었다면 일의 진행은 훨씬 어려워졌을지도 모른다.

아디나는 그토 필리포라는 사람이 있다는 것에 감사해야만 했다. 아디나가 새로 결혼 상대를 찾으려고 한다면 이전보다 조건이 나빠졌기 때문이었다. 나르디 씨 부부에게 있어서는 자코모의 사건으로 상대에게 눈치가 보이기는 했지만 아디나에게 헤어지라는 말은 하지 않았다. 다시 말해 필리포와 아디나의 사이에는 아무런 문제가 없었다. 두 사람의 사이가 정체 상태가 된 원인은 소극적인 아디나가 자코모의 일로 주눅이 들어 필리포에 대해 더욱 소극적인 마음이 되었고, 역시나 소극적으로 보이는 필리포가 지나치게 조심스러워져서 더욱 소극적으로 행동하게 되었기 때문일 뿐이었다.

엘레나는 자세한 사정은 몰랐지만, 마르코라는 고마운 중개자가 있는데도 그 두 사람에게는 편지를 주고받는 것조차도 엄청난 일인 모양이라, 마르코는 아주 가끔 부탁을 받았을 뿐이었다. 두 사람의 사이는 그런 아주 가는 끈으로 인연을 유지하고 있는 상태였다.

필리포가 좀처럼 적극적인 자세를 취하지 않으니 아디나는 엘레나의 결혼 생활이 그런 결말이 난 것에서 받은 충격에서 좀처럼 빠져나오지 못했다. 한때는 필리포와의 관계가 이대로 멀어지는 편이 좋을 것 같다는 기분이 들어 엘레나에게 무심코 그런 말을 해보고 싶어졌던 것이다. 그리하여 두 사람이 다시 만나기까지는 5개월이나 걸렸다.

작년, 시가지에서 벗어난 곳에 아주 오래전 바다였을 것으로 추정되는 지역에 있는 밭의 바깥쪽에서 닻이 출토된 후 건설이 시작된 제단은 1년이 채 지나기 전인 초가을에 완성되었다. 완공을 축하하는 낙성식 행사에는 봉헌한 모든 사람이 초대되었다. 필리포가 아디나에게 마음을 주고 있다는 것을 알아챈 마르코가 자신과 함께 아디나도 봉헌하도록 했었기에 두 사람도 초대되었다.

제단은 닻이 출토된 밭에 세워졌기 때문에 멀었지만, 마르코는 아디나를 동반하여 마차를 타고 갔다. 필리포는 모이기 시작한 사람들 사이를 지나 아디나를 제단 안쪽 정면까지 데리고 갔다.

"이게 바로 그 닻입니다."

아디나에게 실물을 만져볼 수 있게 했다는 모양이었다. 그 닻과 함께 바다에 잠겼을 거라 추정되는 선원들의 명복과 앞으로 바다로 나갈 사람들의 무사 평안을 기도하는 미사가 거행되었다.

"무척 감동적인 미사였어."

아디나는 집으로 돌아와서 감상을 전했다.

보름 정도 지난 일요일 밤이었다. 가족 여섯 명이 모두 모인 식사가 끝날 무렵이었다.

"필리포 토스티 님이 아디나 아가씨를 모시러 왔습니다."

하녀가 들어와 알렸다. 아디나가 마르코를 봤다. 마르코는 턱으로 문 쪽을 가리켰다. 밖으로 나가는 아디나에게 마르코가 말했다.

"좀 더 따뜻하게 입고 나가."

"무슨 일이야?"

나르디 씨가 물었다. 마르코는 일어나 주먹으로 다른 쪽 손바닥에 치면서 밖으로 나갔다.

"임시 조치예요. 임시 조치."

잠시 후 돌아온 마르코가 말했다.

"두 사람이 밤이 늦어도 돌아오지 않을 만한 사람이라면 이런 뒤치다꺼리까지 하지 않아도 되겠지만……. 걱정 안 하셔도 돼요. 분명 한 시간 정도면 돌아올 거예요. ……루도비코, 나랑 내기할래?"

"내기할 것도 없어. 내 생각에도 그럴 거 같으니까."

루도비코도 호응했다.

"……아디나를 보고 있으면 아주 어이가 없어 기가 막힌다니까요. 필리포가 아주 훌륭한 동작으로 마차에 오르도록 지극히 다정하게 손을 내밀었거든요. 그런데도 아디나는 손을 잡힌 채로 내 쪽을 흘끔흘끔 돌아보면서 '타면 돼?'라는 거 있죠. '이 바보야!'라고 소리치고 싶은 걸 참고 '응, 좋은 시간 보내고 와'라고 말해 줄 수밖에."

마르코가 말한 임시 조치의 의미가 대충 이해되었다.

"그러면 너희 둘이 응접실에서 아디나가 돌아올 때까지 기다려 주렴."

프란체스카가 아들들에게 말했다.

"그리고 같이 들어오면 너희가 챙겨줘."

"뭐, 그렇게나 조심스러워하는 필리포와 눈치 없는 아디나잖아요. 문 앞에서 '안녕히 가세요'라고 인사하고 헤어질걸요?"

마르코가 말했다.

"또 그런 것이 멋있다고 생각할지도. 하지만 입맞춤이라도 하는 건 좀 걱정이 되네."

루도비코가 한술 더 떴다.

"자, 우리는 들어가요."

프란체스카는 대꾸하지 않고 일어나 팔을 크게 펼쳐 나르디 씨와 엘레나를 보면서 양손 손끝을 팔랑팔랑 저었다.

그날 밤 형제들의 예언은 확실히 적중했다. 10시 반쯤 응접실 문을 살짝 열고 아디나가 "다녀왔어요"라고 말하며 혼자 들어왔다.

"어, 그래. 어땠어? 어서 들어와."

마르코가 물었지만 아디나는 문 뒤에 숨어서 대답할 뿐이었다.

"이야기를 나눴어."

"아디나, 좀 더 자세히 얘기해봐. 이야기는 마차 안에서 나눴어? 아니면 밖에서?"

루도비코가 살짝 취한 목소리로 물었다. 아디나는 거기에는 대답하지 않고 "잘 자"라는 인사만 남기고 문을 닫고 사라졌다.

필리포와의 사이가 겨우 조금은 가까운 상태가 되었는데도 아디나는 필리포의 아버지 생신에 초대받아 당황스러운 마음이 들었다. 아디나가 토스티가를 방문하는 것은 처음이었다. 아디나가 느끼기에 필리포와의 관계가 조금씩 가까워지기 시작한 만큼 그 초대가 큰 진전을 가지고 올 계기가 될 것 같은 기분이 들었다. 그래서 거듭 결혼 생활과 남편이라는 것이 두려워져 안절부절못하고 있었다.

엘레나는 수세미 물이 담긴 둥근 병을 감싼 바구니의 끝을 만지작거리고 있는 아디나에게 일부러 이런 소리를 했다.

"가고 싶지 않다는 답장을 쓰는 편이 오히려 마음 편하겠지?"

잠시 후에 아디나가 중얼거렸다.

"……다음 주 화요일이라니."

어떤 초대인지에 따라 다르기도 하겠지만, 필리포의 편지는 아디나에게는 너무 이른 감이 있었다. 답장을 기다리겠습니다, 같은 말도 적혀 있었을 것이다. 그러니 아디나 같은 성격에 고민만 거듭하는 것이었다.

'내일 저녁 7시에 데리러 가겠습니다. 준비하고 기다리십시오. 어디에 데리고 갈지는 알려주지 않겠습니다. 자코모' 자코모가 보낸 러브레터 중 한 통의 마지막에는 이런 말이 갑작스럽게 적혀 있었다. 엘레나는 애처로운 그 추억을 몰래 떠올렸다. 그리고는 눈앞에 놓인 자신의 역할로 다시 돌아와 말했다.

"언니, 그 닻 좀 보여줘."

아디나는 서랍에서 작은 주머니를 꺼냈다. 짧은 쇠사슬 고리를 집어 들어 둥글게 썬 오징어 정도 되는 크기의 동으로 만들어진 닻을 엘레나의 손바닥 위에 올려놓았다. 제법 묵직했다. 출토된 닻의 제단 낙성식 날에 봉헌자 한 사람 한 사람에게 각각 나눠준 것으로 그것이 들어 있는 종이함을 아디나에게 준 사람은 필리포였다.

작은 닻의 완곡한 부분에 VALENTIA라는 문자가 또렷하게 솟아 있고, T자의 일부분만이 살짝 긁혀 있었다.

"실물이랑 똑같이 만든 거야."

아디나는 예전에도 했던 말을 했다.

"……부식 방지 처리를 했대. 실물도 이거랑 똑같은 강청색이었어."

뒤에는 연도로 보이는 숫자 3개가 새겨져 있었다.

"거기에 제일 처음 숫자가 6인지 8인지 알 수 없는 부분까지 실물이랑 똑같아."

아디나는 또 예전에도 했던 말을 했다.

"……다른 부분은 그 쇠사슬뿐이야. 실물에는 쇠사슬은 없어. 아마도 끊어졌겠지."

"크기는 얼마만 해?"

"이 정도 될까. ……조금 더 컸던가. ……이 정도는 됐던 거 같아."

아디나는 의자에 앉아 손등을 올려 자신의 가슴 부근에서 멈췄다. 그런 사실은 엘러 나는 처음 듣는 일이었다.

"그래. 필리포드 언니의 가슴에 확실하게 내린 거야. 그 정도 크기의 닻을. ……미사를 드렸던 바다에서 목숨을 잃은 선원들도 두 사람의 행복을 빌 거라고 생각해."

엘레나는 자신이 지금까지 다른 사람의 비위를 맞춰준 적이 없었던 것 같단 생각이 들었다. 그런데 아디나를 격려하려던 말이 아디나가 결혼에 대해 부정적인 생각을 갖게 한 책임을 느낀 탓에 비위를 맞추는 듯한 말투가 되어 버린 것 같은 기분이 들었다.

아무튼 중요한 물건이므로 조심히 돌려줬다.

"주머니도 잠깐 볼게."

엘레나의 말에 아디나는 의자에서 손을 뻗어 마로 만든 작은 주머니를 건넸다. 귀여운 닻을 넣으니 주머니의 입구 부분이 넉넉하게 남아서 접을 수 있도록 되어 있었다. 엘레나는 주머니를 접었다.

"이 색, 예쁘지."

아디나가 말했다. 작은 주머니는 푸른 빛이었다.

"바다의 색을 담았어. 이렇게 만들 생각을 하다니 멋있어."

아디나는 그 색을 사용할 생각을 한 사람이 필리포일 거라 생각하고 있는지도 몰랐다. 엘레나는 작은 주머니의 색이 바다를 표현한 것이라고는 생각도 못했는데……

'사랑은 좋은 것이구나.'

엘레나는 생각했다.

*

 12월이 되었다. 니노가 오기로 한 그날 저녁, 나르디 씨는 집에 있지 못했지만 다른 가족은 모두 모여 그를 맞이했다. 잠시 모두 함께 잡담을 나눴다.
 조금 지나 마르코가 자리에서 일어나며 자신의 컵을 들었다.
 "그럼 천천히 있다 가."
 니노는 용건이 있어서 엘레나를 만나러 왔다고 했다. 프란체스카도 루도비코도 아다나도 마르코를 따라 자리를 비켜줬다.
 마르코와 프란체스카를 중심으로 니노와 일단 인사는 나누더니 니노는 불빛에서 가까운 자리를 벗어나 기시 좋게 걸어갔다.
 "반년 만에 뵙네요."
 엘레나는 일어나 한 손을 내밀었다.
 "부모님도 건강하시죠?"
 "아버지도 어머니도 안부 전해달라고 하셨습니다."
 엘레나도 우선 인사말을 전했다.
 "……그때는 정말로 고마웠어요. 중요한 임무를 두 번이나."
 "그러고 보니 그렇네요."
 니노는 미소 지었다.
 "……그, 오늘 용무는 아버지께서 말씀하셨던 이것을 전하는 것뿐이긴 합니다. 3개월에 한 번 드리겠다던."

니노는 주머니에서 꾸러미를 꺼냈다. 종이를 펼쳐 막대 형태로 감싼 것을 보여줬다. 엘레나의 이후 처신이 정해졌을 때, 카탈라니 가문의 변호사에게서 지난 2회분이라며 똑같이 막대 모양으로 감싼 것 2개를 직접 받았다. 오늘은 3회째였다. 니노는 종이를 다시 감쌌다. 엘레나는 한 손으로 받는 건 무례할 것 같단 생각이 들었다.

"고마워요. ……저쪽에 놓아주시겠어요?"

니노가 그것을 장식장에 올려두고 와서 원래 의자에 앉으려고 했을 때 엘레나가 말했다.

"잔을 들고 조금 더 이쪽으로 오세요. 음식도 이쪽으로 가지고 오고요."

니노는 묵묵히 그 말에 따랐다. 그가 동요하지 않는 것을 보고 엘레나는 말했다.

"친절하신 분들이네요. 시아버지, 시어머니의 호의뿐만이 아니라고 생각해요. 도련님도 분명 반대하지 않았겠죠. 직접 전달하러 오실 정도니까. 도련님 마음도 좋지 않았을 텐데."

"형을 위한 일이기도 하니까요."

니노가 말을 이었다.

"……작은 것이기는 하지만 형도 분명 이렇게라도 조금은 갚고 싶었을 겁니다."

"어머! 그렇게까지 생각해 주셨어요?"

"아, 네."

"니노, 그건 아니에요. 그런 거면 도련님은 지나치게 좋은 남동생이에요."

엘레나의 목소리는 강하고 꿋꿋했다.

"……그이가 저지른 일은 결코 보상할 수 없는 일이에요. 조금이라도 갚을 수 있다고 생각했다면 그이가 너무 뻔뻔하잖아요."

"죄송합니다. 제 생각이 짧았습니다."

조금 앞쪽에서 니노는 엘레나의 모습을 지켜봤다. 엘레나의 얼굴에 걸려 있던 숄이 흘러내려 있었다.

"유언 말인데요, 시아버님이 가지고 오신 죽은 아버지가 보여주셨어요. 도련님도 보셨겠죠. 그건 언제 썼을 거라고 생각하세요?"

니노는 시선을 허공으로 던지며 고개를 갸웃했다.

"…… 저를 이렇게……."

엘레나는 입을 열었다가 숄의 끝을 끌어 올렸다.

"이렇게 만든 후에 썼을 거라 생각하시는 건 아니죠? 가령 당일 썼다고 하더라도 그 전일 거예요."

"아마도……."

"아니요, 분명 그럴 거예요. 그 후에는 시간이 없었는걸요. 그리고 유서를 쓸 때 절 이렇게 만들 생각을 이미 했을지 어떨지……. 하지만 어느 쪽이든 결국 똑같아요. 이 보기 흉한 모습까지 포함해서 제게는 유언처럼 느껴져요. ……저와 양가 부모님, 형제들에게 용서를 구할 뿐이라고 쓰여있었잖아요. 저는 도저히 용서할 수 없어요. 그러니 더욱 그 말이 근사한 거예요."

엘레나가 걸치고 있는 숄이 다시 흘러내렸다.

"구할 뿐…… 정말로 그 말대로예요. 그 외에 무슨 말을 할 수 있겠어요. 그것만 말해주다니 참 대단해요. '뿐'이라고 간결하게 말한 부분이 좋아요. 그리고 그가 용서를 구하는 사람들 중에서 누구보다도 그 말이 귀중하게 들리는 사람은 저예요. 그 부분을 이해해 주시죠?"

"당연하지요."

엘레나가 문득 말을 돌렸다.

"목이 마르네요. 우리……."

니노는 순간 곤란한 표정을 지었다.

"죄송합니다. 눈치가 없어요."

바로 이렇게 말하고는 일어나 쟁반 위에 사용하지 않은 컵으로 손을 뻗었다.

"아니, 괜찮아요."

엘레나는 숄을 양쪽 어깨에 걸친 채 일어나 니노가 뚜껑을 연 병을 받았다. 니노의 컵에 가득 부은 후 자신의 컵에 조금 부었다.

엘레나는 자리로 돌아가 한 모금 마신 후 입을 열었다.

"일이 늘어서 바빠지셨다고요?"

"아무래도 그렇지요."

"도련님도 먼 외국으로 여행가시나요?"

"그럴 용무가 있을 거라고 생각됩니다만……."

"그럴 일이 생기면 알려주세요."

문득 엘레나는 이런 말이 하고 싶어졌던 것이었다.

"아, 네. 그럴게요."

"여행길이 안전해길 기도 정도는 드리고 싶어요."

"그런 말을 들으니 어쩐지 빨리 떠나고 싶어지는군요."

니노는 웃으면서 컵에 담긴 물을 꿀꺽꿀꺽 마셨다.

"지난 일요일에 드디어 성당에 갔어요."

엘레나가 말했다.

"얘기는 들었습니다."

니노는 컵에 둘을 다 마시고 그대로 내려놓았다.

"……어머니가 누군가에게서 들었다고 하더군요. 기뻐하셨어요."

"가족분들은 모두 계속 성당에 나가셨나요?"

"아니요, 한동안은 가지 않았습니다. 그 사이에 신부님이 잘 말씀해 주셔서……."

"저희 성당에서는 그런 건 없었어요. 제 상황을 살펴서 아무 말 없이 기다려주셨을까요. ……아니, 어쩌면 제게 말씀해 주시지 않았을 뿐일지도 모르겠네요. 저희 가족은 꽤 일찍 성당에 다시 나갔거든요."

"그날은 모두 함께 가셨나요?"

"아니요. 저는 따로 혼자 갔어요."

"마차로?"

"가까워요. 걸어서 갔어요."

엘레나는 가족들이 나가기 전보다도 훨씬 일찍 집에서 나왔다. 성당에 사람이 많이 모이기 전에 고해실에 들어가고 싶었기 때문이었다. 게다가 가족과 함께 있으면 사람들의 눈에 띄기 쉬울 거라 생각했기 때문이었다. 하지만 혼자라도 엘레나는 많은 사람들이 알아보는 것을 피할 수 없었다. 엘레나는 어머니께 빌린 검은 캐시미어로 된 커다란 숄을 삼각형으로 접어 머리 위로 두르고 눈만 남기고 얼굴을 완전히 감싸고 있었다.

"이런 식으로……."

가벼운 숄을 어깨에서 좌우로 늘어뜨리고 있는 엘레나는 눈 주위를 양손으로 가리고 니노에게 말했다.

"이런 모습을 할 여인은 없죠. 게다가 제 눈동자가 검잖아요. 그걸 아는 사람이라면 알아볼 거라는 건 잘 알아요."

뚜벅뚜벅 성당을 향해 걸으면서 엘레나가 "오옷!" 같은 목소리나 휘파람 소리를 한두 번 들은 것이 아니었다. 엘레나가 노부인 두 사람을 추월해서 지나가려 할 때 한 사람이 눈치채고는 같이 있던 사람의 소매를 잡아당기는 것은 길을 비켜주기 위해서 한 행동이 아니라는 느낌은 충분히 느껴졌다. 길 한쪽 구석으로 비킨 두 사람의 앞을 지나가는 엘레나의 옆얼굴을 네 개의 눈동자가 빤히 바라봤다.

엘레나가 성당 입구의 짧은 계단을 오를 때 위에서 뒤돌아본 여인이 있었다. 아무 생각 없이 뒤돌아본 듯했지만 그 사람은 엘레나를 빤히 보면서 팔짱을 끼고 있던 신사의 한쪽 팔에 힘을 주었다. 그는 흘끔 돌아보더니 여인 쪽으로 바짝 다가가 뭔가를 말하면서 안으로 들어갔다.

성당 안에는 아직 사람이 그리 많지 않았다. 엘레나가 발밑만 보며 신자들이 앉는 자리의 한쪽으로 걸어가자 작은 목소리로 인사를 하며 옆에 다가서는 사람이 있었다.

"엘레나, 잘 지내?"

"네, 덕분에요. 고맙습니다."

두텁게 두른 숄 안에서 감사의 말을 전하고 앞으로 나아갔다. 곧바로 또 작은 목소리로 말을 걸어오는 사람이 있었다.

"엘레나 씨. 이렇게 뵐 수 있어서 기뻐요."

엘레나는 한쪽 손을 내밀어 손짓으로만 답했다. 눈을 계속 내리깔고 있었기 때문에 두 사람이 누구인지는 확인할 수 없었지만 또 앞으로 걸어가자 여인들이 한결같이 이름을 불러 준 것, 그것도 작은 목소리로 말해준 것은 기억했다.

제단에 제일 가까이 있는 고해실 중 한 곳은 이미 초록색 커튼

이 쳐져 있었다. 그 바로 앞 고해실은 비어 있었다. 엘레나는 제단을 향해 있는 쪽으로 들어갔다. 커튼을 친 깜깜한 기도대에서 엘레나는 눈만 빼고 얼굴을 다 가리고 있던 커다란 숄을 완전히 벗어 바닥에 내려두었다.

그날 이후 엘레나가 성당에 나가는 걸 소홀히 해도 가족 모두는 언제까지나 너그럽게 지켜봐 줬다. 그런데 가을이 깊어질 무렵부터 갑자기 가족들이 성당에 가지 않고 있는 것에 대해 엘레나에게 이야기하기 시작한 것이었다. 나르디 씨와 프란체스카는 제각각 엘레나를 불러 말했다. 아디나가 같이 가자고 권했다. 루도비코까지 거들기 시작했다.

"언제 갈지 정했어? 굳이 일요일이 아니라도 괜찮아."

말하는 방식은 서로 달랐지만 가족의 생각은 모두 똑같았다. 사실은 그렇게 되기 전부터 엘레나 스스로도 이미 걱정이 되기 시작했었다.

몇 개월이나 성당에 가지 않은 채로 곧 크리스마스가 올 것이다. 새해가 된다. 그대로 봄이 오고 중요한 부활절까지 지나가 버리면 소홀해진 이유가 무엇이었든 용서받기는 이만저만 힘든 일이 아니게 될 것이다. 세간도 기독교인이라고 인정해 주지 않게 되겠지. 그런 두려움을 느낄 때가 있었지만 집에서 밖으로 나갈 결심이 아무래도 서지 않았다. 12월이 되자 가족들은 급기야 요란하게 재촉해대었고, 자신도 걱정이 되어 견딜 수 없을 정도가 되어 겨우 고해실까지 발걸음을 옮기게 되었다.

고해실의 좁은 공간에 신부님이 들어오는 기척이 느껴졌다. 엘레나는 기도대 앞에 무릎을 꿇고 앉았다. 찰카닥 소리가 나며 철판에 작은 구멍이 가득 뚫린 둥근 창 너머에서 작은 문이 열렸다. 이렇게 어두운 곳에서 둥근 창문 앞에 무릎을 꿇고 마주했는데도 어렸을 적부터 봤던 낯익은 신부님을 알아볼 수 있었다.

바로 엘레나는 입을 열었다.

"잘 부탁드립니다. 저는 길고 깊은 죄를 참회합니다. 부디 용서를 해주세요. 저는 6개월 동안 성당에 나와 예배드리는 일을 소홀히 했어요."

"6개월이라! 꽤 긴 시간이군요. 대체 이유가 무엇입니까?"

"남편이 실수로 사람을 죽였어요. 처형에 앞서 특별 허가를 받아 마지막 면회를 하게 되었는데 이별을 앞두고 남편이 갑자기 저의 코를 물어뜯었어요."

작은 구멍만 가득한 둥근 창의 이쪽은 깜깜하기 때문에 고해자의 얼굴은 보이지 않겠지만, 그 말을 듣고 그녀가 누구인지 신부님은 분명 알았을 것이다.

"남편이 처형되는 것만도 견디기 힘든 일인데, 그런 일까지 벌어져서 저는 일상을 잃어버렸어요."

"신도 잃으셨습니까?"

신부님이 물었다.

신의 시련이라는 말이 있다는 것은 엘레나도 물론 잘 알고 있었다. 하지만 그것을 느낀 적은 아직 한 번도 없었다. 태어난 이후 6개월 전까지 엘레나가 행복하게 살아왔기 때문만은 아니었다. 최근 6개월 사이에도 전혀 그것을 느끼지 못했다.

"신이 주신 시련입니다."

이 말을 듣고 엘레나가 대꾸했다.

"신은 제게 시련을 주기 위해 남편이 실수로 죽인 사람과 처형받게 된 남편까지 남자 둘을 하늘로 데리고 가셨…… 아니, 두 사람이나 죽인 건가요?"

"신의 시련은 그것을 믿을 때 신의 시련이 되는 것입니다. 그리고 신의 시련이 되었을 때 신은 아무리 큰 불행이라도 극복할 수 있는 용기와 힘을 주십니다."

"정말로 너무 큰 불행이에요."

"그렇겠지요. 그러니……."

"지독한 소문이 돌고 있는 모양이에요. 그런 소문이 돌고 있다는 것을 분명하게 목격했어요. 그 일련의 소문은 저의 이 얼굴과 관련된 것이기는 하지만요……."

"이쪽에서는 보이지 않는다는 걸 알고 계시지요."

엘레나는 그 사실을 잊어버리고 이 얼굴이라고 자신도 모르게 말했던 것이었다. 하지만 "네"라는 대답만 하고 말을 바꾸지 않고 말하려던 것을 전부 쏟아냈다.

"저는 수녀가 될 생각은 없습니다."

"신은 당신을 마음에 들어 하십니다."

엘레나는 깜짝 놀랐다.

"지금 당신의 말을 듣고 비로소 잘 알게 되었습니다."

신부는 말을 이었다.

"당신은 신에게 떼를 쓰고 있습니다."

어린아이는 자신을 가장 사랑해 준다고 느끼는 사람에게 가장 떼를 쓰는 법이다. 당신도 마찬가지다. 당신을 사랑하는 자 중에서 가장 사랑해주시는 이가 신이라고 잘 알고 있는 것이다. 그것은 가장 중요한 점으로 신을 믿는 당신은 분명 구원받을 것이다.

엘레나가 분명하게 "저는 수녀가 될 생각은 없습니다"라고 소리 내어 말한 순간 그것이 신부님께 한 말이 아니라는 느낌이 들었다. 신부님이 아닌 누군가에게 선언한 것이었다. 하지만 그 누군가가 신이라는 건 생각도 하지 못했다. 자코코의 의지와 다정함으로 그 말이 쏟아져 나왔다고 엘레나는 생각하고 싶어졌다.

엘레나는 물론 고해실에서 있었던 일을 니노에게 말하지 않았다.

엘레나는 다시 커다란 숄로 눈만 남기고 얼굴을 다 가린 후 제단 가까이 있는 신자석에 자리 잡았다. 미사가 끝난 후 엘레나는 예배당에서 신자들이 거의 다 빠져나가기를 기다렸다가 자리에서 일어났다. 성수대 근처에서 대여섯 명의 남녀가 서서 인사를 나누고 이야기를 하고 있었다. 엘레나는 그 옆을 지나칠 때에는 가볍게 인사라도 해야 할 것 같았다. 하지만 그들 곁에 닿기 전에 그들이 박수를 쳤다. 그날 이후 오랫동안 성당에 모습을 보이지 않았던 엘레나가 오늘 그것을 참회하고 용서받은 것을 그들은 듣지 않아도 알고 있는 것이었다. 엘레나는 두세 번 인사를 하면서 걸음을 내디뎠다. 그러자 이번에는 사람들이 차례차례 손을 내밀었다.

그렇지만 엘레나가 문밖으로 한 걸음 나왔을 때 성당의 앞마당에는 아직 수많은 사람들의 무리가 있었는데, 일제히 전혀 다른 반응을 보였다. 일제히 반응을 보이는 부분만은 완전히 똑같다고 문득 엘레나는 생각했다. 결혼식을 끝내고 한숨 돌린 엘레나의 팔을 자코모가 붙잡고 같은 성당의 같은 이 문에서, 오늘처럼 흐린 겨울 하늘이 아니라 초여름의 쾌청한 문밖으로 한 걸음 내디디자마자 지금보다 더 많은 사람들이 일제히 얼마나 멋진 반응을 보여줬는지. 일제히 반응을 보이는 건 똑같은 데도 이렇게까지 다르구나, 하는 생각을 하면서 엘레나는 짧은 돌계단을 터벅터벅 혼자 내려갔다.

"형은 용서를 구할 뿐이네요."
니노가 말했다.
"도련님, 그건 아니에요."

엘레나는 좀 전과 같은 말을 하게 되었다는 생각이 들었다.

"……그러면 도련님은 제겐 과분하게 좋은 시중생이에요."

니노는 죄송하다고 말해도 되는지 어떤지 곤혹스러워 보였다.

"오늘 밤 저는 어쩐지 계속 도련님 말에 아니라고만 하는 것 같네요."

엘레나가 웃었다.

성당의 앞마당에 무리 지어 있던 많은 사람들과 떨어진 곳에 가족 다섯 명이 있는 것을 발견했다. 하지만 다시 눈을 들었을 때는 모두 사라지고 없었다. 엘레나가 성당에 갈 때도 집으로 돌아올 때도 혼자가 아니면 싫다고 말했기 때문에 엘레나가 나오는 것을 확인하고는 바로 자리를 떠난 것이다. 엘레나가 집에 돌아와 보니 모두 이미 돌아와 있었다.

"성당에 다시 가게 된 날의 일을 가족들에게는 아무 말도 하지 않았어요. 하지만 6개월 만에 처음으로 나가는 외출이잖아요. 누군가 한 사람은 이야기를 들어주길 바랐어요. 그이는 용서를 구할 뿐이라고 했지만 그것과는 달라요. 도련님이 들어주셔서 이제 다른 사람에게는 이야기하지 않아도 되겠어요. 들어준 사람이 도련님이라서 다행이게요. ……오늘 밤은 고마워요."

엘레나가 말했다.

*

 그 후 엘레나는 일주일에 한 번은 성당에 발걸음을 옮겼다. 일요일에 가기고 했고, 일요일이 아닌 다른 날에 가기도 했다. 아침에 가기도 했고, 저녁이나 밤에 가기도 했다. 혼자 가기도 했고, 가족과 함께 가기도 했다. 말을 거는 사람이 있으면 조금은 대답도 하게 되었다.

 6월이 되었다. 9일이 자코모의 기일이었다. 그로부터 보름 정도 지나 엘레나는 처음으로 성당이 아닌 다른 곳으로 외출을 했다. 마차를 타고 산책을 나간 것이었다.

 부활절이 지났을 무렵부터…… 아니, 겨울이 지나 봄이 다가오기 시작했을 무렵부터였을 것이다. 프란체스카와 아디나는 가문끼리 친한 집의 부인들로부터 자주 차를 마시러 오라는 초대를 받아 때때로 외출할 때가 있었다. 특별히 서로 잘 알고 지내는 산호 상회 파피니가에는 세 번 정도 방문했는지도 모른다. 시모나 부인은 때때로 프란체스카가 초대에 응할 마음이 들어도 나르디가의 마차가 움직이기 힘들지도 모른다고 생각해 준 모양인지, 전언을 써서 보낼 때 겸사겸사 자신의 마차를 보내곤 했다. 한번은 돌아오는 마차에 부인이 동석한 적이 있었다. 프란체스카가 잠시 쉬었다 가라고 권해서 2층에 올라왔다.

 "이왕이면 이쪽으로 갈까요."

시모나 부인은 앞서서 가족실로 들어섰다. 마침 거기에 있던 엘레나도 시모나 부인을 만나게 되었다. 그날 이후 처음이었다.

"엘레나, 다음에는 꼭 같이 오렴."

시모나 부인이 말했다.

진작부터 시모나 부인은 프란체스카에게 다시 마차를 타고 산책해 보라고 권했었다. 마차로 산책한다는 것은 보통은 해안가에 난 길을 마차를 타고 여유롭게 달리는 것을 의미했다. 조만간 날이 더워질 것이다 여름 해 질 녘에 마차 산책도 좋겠지만, 가족들을 돌봐야 하는 부인들은 해 질 녘에는 그렇게 느긋하게 시간을 보낼 수 없었다. 지금이라도 다시 산책을 나가야 한다고 부인은 주장했다.

"그래도, 일 년은 지나야."

프란체스카는 언제나 똑같은 대답을 했다.

그날 아침, 시모나 부인이 엘레나를 부르며 들어왔다.

"엘레나, 엘레나."

딸들을 마차에서 기다리게 하고는 엘레나 가족들에게 함께 산책하자고 부를 생각이었다. 여섯 명이 타면 조금 비좁기는 하지만 가까운 사이끼리 옹기종기 뭉쳐서 타고 가는 것도 즐거울 것 같았다. ……부인은 그렇게 말했지만, 프란체스카는 고민이 되었다. 엘레나가 상복을 이제 갓 벗었는데, 마치 그날을 기다렸다는 듯이 세 사람이 함께 산책에 나가는 건 카탈라니가는 물론이고 세간이 어떻게 볼까 싶어 마음에 걸렸다. 나중에 나르디 씨에게 야단맞을 것 같기도 했다.

"고마워요. 남편이 뭐라 할지 잠깐 물어보고 올게요."

프란체스카의 말에 시모나 부인이 바로 나섰다.

"아니, 부인보다 엘레나가 말하는 게 좋을 거예요. ……엘레나, 아버지께 한번 물어봐 줄래?"

엘레나는 나르디 씨의 서재로 내려갔다. 그는 책상 앞에 서서 눈앞에 반쯤 보이게 늘어놓은 서류를 내려다보고 있었다.

"무슨 일이냐?"

나르디 씨는 눈을 들지 않고 물었다.

엘레나는 상황을 설명했다.

"너도 가는 거냐?"

"그럴까 싶어서요……."

잠시 시간을 두고 나르디 씨는 자세를 바꾸지 않고 고개만 끄덕였다. 묘한 무표정이라 기뻐하는 건지, 불만인 건지 알 수 없었지만 고개를 끄덕인 것만은 확실했다.

말 두 마리가 끄는 마차에 역방향 자리에는 파피니가의 장녀로 아디나보다 3살 많은 베라와 2살 어린 여동생 마르타가 기다리고 있었다. 아디나는 그 두 사람 사이에 앉고, 엘레나는 시모나 부인과 프란체스카 사이에 앉았다. 엘레나 쪽 자리는 마차 지붕이 살짝 덮여 있었다.

마차는 곧장 해안가로 통하는 광장으로 나가 달리기 시작했다. 오가는 마차의 말발굽 소리와 사람들의 움직임에 활기가 넘쳤다. 거기에는 너무나도 생생한 삶이 있었다.

파피니 자매와 아디나는 스쳐 지나가는 마차에 눈길을 주며 누구누구가 타고 있다거나 다른 사람의 이야기를 나누거나 때로는 상점이 모여 있는 쪽의 건물들을 보며 이런저런 말을 나눴다. 두 어머니도 비슷했다. 건너편 마차에 탄 사람들고 인사를 나누기도 했고, 저쪽에서 "어머, 다 함께 나오셨네요……"라거나 "오랜만이에요. 프란체스카 씨"라고 말을 건 일도 서너 번 정도 있었다.

애초에 마차로 산책할 때의 큰 즐거움은 우연히 마주친 지인과 서로 마차를 멈추고 잠시 이야기를 나누는 것이었다. 잠깐 정도는 이야기가 길어지더라도 뒤에 오던 마차가 재촉하지도 않았다. 뒤에 오던 마차도 역시 건너편 마차에 탄 사람을 보고 멈춰 이야기를 나누는 풍경을 볼 수 있었다. 하지만 미리 마부에게 이야기를 해뒀는지, 그날 파피니가의 마차는 멈추지 않고 계속 달렸다. 스쳐 지나갈 때 가볍게 인사를 하거나 말을 거는 사람은 있었지만, 저쪽 마차도 마찬가지로 그대로 스쳐 지나가 버렸다.

엘레나는 나중에 언뜻 그 사실을 깨달았지만, 산책 중에는 전혀 알아채지 못했다. 맞은편 자리에 앉은 아디나와 파피니 자매와 어머니 두 분이 나누는 이야기를 멍하니 들으면서 그저 바다에 마음을 빼앗겨 있었다. 자연스럽게 엘레나는 다른 사람들의 이야기에 별로 참여하지 않았다. 하지만 계속해서 입을 꾹 다물고만 있지는 않았다.

그날 엘레나는 직접 가장자리를 바느질한 살짝 비치는 엷은 물빛 머플러를 얼굴 앞에서 교차시켜 양쪽 끝을 어깨 뒤로 두르고 있었다. 마차가 해안가 길로 들어섰을 때 엘레나는 바다를 바라보면서 그 머플러 안에서 정말로 기쁜 듯 먼저 입을 열었다.

"역시 바다는 좋네요."

그 말에 시모나 부인을 비롯한 모두가 기분이 좋아졌다.

바다 위에는 꽤 많은 범선이 멀고 가까운 곳에 나가 있었다. 엘레나의 기분이 맑아졌다. 어렸을 때부터 익숙한 풍경이었다. 그리고 엘레나는 지금 1년 만에 다시 그 풍경을 마음껏 볼 수 있었다. 여러 장의 새하얀 돛이 바람을 맞아 잔뜩 부풀어 솟아 있는 아름다운 모습이 너무나도 그리웠고, 또 그랬던 만큼 신선해서 엘레나는 기운이 났다. 이렇게나 아름다운 것이 있다니. 오로지 바라보기만을 위해서 만들어도 좋을 정도라는 생각이 들었다.

"범선이 좋아."

"나도."

엘레나가 한마디하자 아디나도 끄덕이며 바다를 바라봤다.

"불러 주셔서 고마워요."

프란체스카가 말했다.

"나오길 잘했죠?"

시모나 부인도 거들었다.

산책 나온 마차가 해안가 길에서 벗어나는 곳까지 가는 일은 드물었다. 광장이 도중에 네 곳이 있어서, 어느 쪽에서 온 사람이든 중간에 그 네 곳 어딘가에서 마차를 돌려 왔던 길을 돌아갔다. 그날 파피니가의 마차가 광장을 돌아 되돌아갈 때는 왼쪽으로 바다가 보였다.

1년 전까지 엘레나는 마차로 산책을 하는 사이에 바다보다도 스쳐 지나가는 마차의 사람들 쪽에 눈길을 향했고, 자신에게 눈길을 주는 이들에게 정신이 팔려있었다. 가족과 함께 갔을 때는 물론 친구들과 타고 갈 때도 그랬다. 결혼 후 카탈라니 가문의 자매와 함께 나왔을 때도 마찬가지였다.

마차로 산책하는 사람들로는 중년 부부가 함께 나오거나 혹은 손자 한두 명이 같이 타고 있는 경우가 있는가 하면, 부친이 어린 자녀를 데리고 나오거나 혹은 다 자란 딸들 사이에 앉아 있는 것을 자주 볼 수 있었다. 하지만 젊은 남성을 보는 일은 드물었다. 자코모도 엘레나와 마차로 산책한 적은 두세 번 정도밖에 없었다. 자코모가 고삐를 쥐고 항상 둘이서만 나갔었다. 엘레나에게는 마차를 타고 나갔을 때의 기억이 희미했다. 계속 이야기만 나눴었는지도 모른다. 아니면 두세 번 어딘가에 외출하는 길에 잠깐 해안가 길을 달렸었던가. 마차로 산책하기 위해 나왔다고 하더라도 그때의 엘레나는 스쳐 지나가는 마차 쪽만 보지는 않았을 테고, 역시나 반대쪽 바다에만 정신이 팔려있지도 않았을 것이다.

방향이 바뀐 마차와 함께 엘레나도 고개를 반대쪽으로 돌렸다. 바다 위에는 범선이 다른 모습을 드러내고 있었다. 돛대는 높이 높이 하늘로 뻗어 있고, 층층이 보이는 돛의 활대는 바람을 맞아 부풀어 오른 돛과 서로 강력히 맞서고 있는 것처럼 보였다. 그런 모습에서 범선이 비스듬히 넓은 바다를 향해 나아가고 있는 것을 알 수 있었다. 튼튼한 활대를 당당하게 펼치고 항구를 떠나는 배들을 멀리서 바라보며 엘레나는 문득 인생을 부르는 소리를 들었다. 자신을 부르는 것인지, 자신이 부른 것인지 분명하지 않은 인생을 부르는 소리가 잠깐 꼬리를 끌며 들려왔다.

열흘 후 엘레나는 다시 마차를 타고 산책을 나갔다. 그날은 나르디가의 마차였지만 함께 하는 사람들도, 자리 배치도 이전과 같았다. 다만 파피니가의 사람들을 데리러 갔기 때문에 해안가 길의 방향은 이전과는 반대로 나가는 길이 바다 쪽이었다.

산책을 나와 꽤 시간이 흘렀을 때 아디나가 갑자기 입가를 한쪽 손바닥으로 가리는 것을 보고 맞은 편에 앉은 엘레나도 아디나의 얼굴이 붉어진 것을 눈치챘다. 뒤쪽에서 말발굽 소리가 들리더니 길의 바다가 보이는 쪽에서 말이 나타났다. 필리포 토스티가 안장에 앉아 역방향의 한가운데 앉아 있는 아디나에게 인사했다.

"안녕하세요."

아디나는 난감해하면서 파피니가 사람들에게 그를 소개했다.

"필리포 토스티 씨예요. 선박 도구상의 아드님이에요."

"안녕하세요, 필리포 토스티 씨."

프란체스카가 인사했다.

조금 속도를 줄이기는 했지만 마차도 말도 그대로 앞으로 나아갔다.

"저도 잘 아는 분이에요."

엘레나가 파피니가의 세 사람에게 말했다.

"파피니가의 분들이에요."

프란체스카가 말 위에 앉은 필리포를 올려다보며 소개했다.

"이야기는 많이 들었어요."

시모나 부인도 필리포를 보며 말했다.

"저도……."

아디나의 옆자리에서 베라가 입을 열었다. 동생 마르타는 묵묵히 생글생글 웃기만 했다.

약간 어색한 대화가 오갔지만 필리포가 기분이 좋은 것은 한눈에 알 수 있었다. 도대체 어떻게 다른 집안의 사람들도 같이 타고 있는데도 그 마차를 발견하고는 말을 타고 용감하게 다가올 수 있었는지. 최근 들어 필리포는 상당히 자신감이 생긴 것처럼 보였다. 작년 연말쯤 그의 아버지 생신에 초대되었을 때 아디나는 결국 초대에 응했다. 그리고 그후 아디나는 세 번이나 일요일 아침 식사에 초대되었다. 아디나는 그런 자리에 가는 것을 좋아하는 것처럼 보이기도 했다.

"필리포 씨, 조만간 초대할 생각이었어요. 꼭 와주세요."

프란체스카가 말했다. 엘레나는 자신은 신경 쓰지 말라고, 필리포와 아디나에게 말하는 대신에 "꼭 오세요. 기다릴게요"라고만 했다.

"부모님께도 안부 전해주세요."

아디나가 인사를 전했다.

"다음에 또 뵈어요."

시모나 부인이 말했다. 그리고 가장 소심하지만 제일 확실하게 손을 흔드는 아디나 외에도 두세 사람이 손을 흔드는 인사를 받으며 필리포는 말을 달려 앞서 나갔다.

그날 밤 필리포는 술집을 찾았다. 자리에 앉아 술잔을 들었을 때 갑자기 동료 한 명이 이야기를 꺼냈다.

"나르디가라면 3년 만의 결혼식인가?"

필리포는 할 말을 잃었다. 그는 아직 아디나와 약혼하지 않은 상태였다. 그런데도 이미 그런 소문이 났다니. 그런데 동료의 말을 듣고 한층 더 놀랐다.

"뭐야. 자네 몰랐어?"

무엇보다 소심한 필리포는 오늘 아디나가 자신을 발견했을 때 지나치게 얼굴이 붉어졌던 것처럼 느껴졌다. 그리고 모두가 자신에게 지나치게 열심히 호의를 보이려고 했던 것 같기도 했다. 아디나에게 다른 남자와 정해져 있던 혼사가 정리된 적이 있어서 머지않아 그 사실을 알릴 수밖에 없는 부담감과 동정심으로 아디나와 다른 여자들은 무심코 그런 모습을 보인 것은 아닐까. 그는 불안해서 견딜 수 없었다. 다른 일행들이 그를 바라보며 히죽거렸다. 그는 이판사판으로 확인해 보지 않고 가만있을 수 없었다.

"결혼한다는 사람은 아디나야?"

"아니야."

서너 명이 입을 맞춰 대답했다. 필리포는 안심하고는 물었다.

"마르코?"

"아니."

"그럼 루도비코겠네."

"그것도 틀렸어."

몇 명인가가 테이블 아래에서 발을 굴려 소리를 냈다.

"……남은 사람은?"

"엘레나 밖에…….'

"맞아. 바로 그 엘레나야!"

"재혼하는 거야? ……상대는 누군데?"

"자네도 알잖아?"

"아니, 몰라."

"이상하네."

"무슨 말인지……. 정말로 누군데?"

"자네 아냐?"

일동이 웃음을 터트렸다. 필리포는 일어났다. 상대의 멱살을 잡을 성격은 아니었다. 자리를 뜨려고 했지만 옆자리에 있던 일행 한 사람이 재빨리 일어나 그의 어깨를 눌러 자리에 앉혔다.

"알아. 아디나, 아디나."

"필리포, 아디나지? 다들 알고 있다고."

"아디나는 좋은 아가씨지."

"그래 맞아."

여기저기에서 말을 얹었다.

"엘레나는 포기해."

장난처럼 말하는 사람이 있었지만 누군가가 "이 멍청아"라고 한마디하며 아무도 받아주지 않았다. 놀리기 시작하면 그쪽으로 분위기가 쏠리는 사내들이었지만, 일단 호의를 보이기 시작하면 이번에는 또 그쪽으로 분위기가 쏠렸다.

"이제 슬슬 아디나와 같이 결혼 과자를 돌리는 게 어때?"

"기다리고 있다고."

"결혼식은 다 같이 갈게."

여기저기에서 기분 좋은 말이 이어졌다. 한 명이 다 같이 건배하자고 제안했다.

"어이, 술 가지고 와!"

누군가의 말에 모두의 컵에 술이 가득 담겼다.

"무엇을 위해 건배하면 좋을까?"

"아디나의 사랑을 축복해야지."

"그게 좋겠네. 그게 좋겠어."

그렇게 정하고 모두가 컵을 들었다. 건배를 하자고 한 사람이 외쳤다.

"그러면 아디나의 사랑을……."

"안 돼!"

그 순간 누가 가로막았다.

"아디나 나르디 아가씨라고 제대로 경의를 표해야지."

"그렇군. 그러면 다시. ……아디나 나르디 아가씨의 사랑을 축복하며, 건배!"

모두 건배사를 함께 외쳤다.

필리포가 잔을 비우고는 큰 소리로 말했다.

"모두들 고마워."

그 술집에서 엘레나의 이름이 나왔던 것을 엘레나는 몰랐다. 알았다면 물론 그 예의 없는 말이 기분 좋을 리는 없겠지만, 그래도 놀라지는 않았을 것이다. 다양한 사람이 얄팍한 장난으로 자신의 이름을 꺼내는 것은 엘레나도 상상할 수 있었다. 그런데 엘레나는 얼마 지나지 않아 자신의 이름이 터무니없이 무서운 형태로 사람들 입에 오르내리게 된 것을 알게 된다.

*

 이 지방에서는 형제 사이에 사랑 다툼 같은 특별한 사정이 없는 한 결혼까지 잘 풀리도록 서로 신경을 써줬다. 서로 러브레터를 전달해 주기도 했다. 하지만 전달해 주고 싶더라도 구실을 찾을 수 없을 때도 있었고, 형제라도 부탁하기 힘든 러브레터도 얼마든지 있었다.

 어린아이들이…… 아가씨들이라고 해도 상관없는데, 그 정도의 나이가 되면 모친으로부터 이런 말을 들었다.

 "러브레터는 말이지, 우리 집 고용인이나 바느질집 처녀에게 맡기는 게 제일 좋지 않은 방법이야. 그래서는 안 돼."

 그리고 대부분의 아가씨들은 그 말의 다른 뜻으로 "빨래집 여자에게 맡기는 편이 훨씬 나아"라는 의미가 담겨 있다는 사실을 어느샌가 알아챘고, 이미 실행하는 아가씨도 있었다.

 많은 가정에는 빨래를 수거해 가서 세탁해 주는 빨래집 여자가 출입했다. 나르디가에는 이다라고 부르는 여자가 일주일에 한 번, 비가 오는 날만 빼고 정해진 날에 찾아왔다. 엘레나가 철이 들 무렵에는 이미 그랬다. 당시의 엘레나는 이다가 노파로 보였다. 하지만 그 이상은 전혀 나이를 알아볼 수 없는 신비한 노파였다.

 2층과 3층 사이의 계단참에 작은 문이 마주하고 있었다. 한쪽은 리넨실, 다른 한쪽은 모자함이나 불필요한 의류 등을 넣어두는 붙박이장과 옷을 넣어두는 상자가 세 개 놓여 있었다. 이다는 이 방에서 세탁물을 교환했다. 뚱뚱하고 키가 작고 얼굴이 붉고 엄격한 그녀가 커다란 짐을 등에 지고 양손에도 빵빵한 주머니를 들고 있는 모습은 게를 닮아 있었다.

여자아이들은 10살이 될 무렵부터, 처음 한등안은 프란체스카의 감독 아래에 자신의 세탁물은 스스로 건네도록 교육받아왔다. 이다가 오는 시간은 일가가 아침 식사를 끝냈을 무렵이었기 때문에 보낼 세탁물은 전날 밤사이에 정리해 두라는 말을 들었지만, 준비가 되어 있지 않을 때도 있었다. 그러면 이다는 올라와서 방문을 두드렸다.

"엘레나 아가씨 아직 멀었어요?"

세탁해 온 옷을 내려두고 도와주기도 했다.

"어느 거예요? 이거?"

재빠르게 한 벌씩 확인해 보고 단추가 떨어질 것 같은 옷은 작은 재봉 상자를 꺼내 웬만한 단추는 그 자리에서 새로 달아줄 정도로 일을 척척 해냈다.

그날 아침 엘레나는 지난밤에 내놓을 옷을 준비해 뒀다. 그것을 안고 방을 나오자 아디나도 때마침 나와 있었다. 두 사람은 차례차례 이다에게 빨래를 건넸다.

"아디나 아가씨는 이것뿐이에요? ……그러면 언니니까 먼저 받을까요."

이다는 이렇게 말하며 아디나의 세탁물을 재빠르게 교환했다. 그리고 아디나가 자리를 떠나자 이다는 가슴에서 봉투를 꺼내서 삐뚤삐뚤한 글씨를 내보이며 물었다.

"이 이름, 아세요?"

'그리운 엘레나 부인께, 엔리카 올림'이라고 적혀 있었다.

엘레나가 대답했다.

"결혼했을 때 집에서 일하던 하녀 중에 나이가 많은 쪽이요."

"어떤 사람이었나요?"

"일을 잘했어요."

"재치도 있었나 보네요. ……그나저나 '그리운'이라는 말이 적절하다고 생각했을까요? 아무튼 좀……."

이다는 편지를 다시 받아 가슴 안에 넣었다. 봉투 안에는 남자가 쓴 편지가 들어있을지도 모른다고 엘레나는 생각했다.

빨래집 여자들은 러브레터 중개인으로 철저한 전문가이기도 했다. 그녀들은 입이 무겁고, 연락망을 가지고 있었다. 전달해야 할 상대가 자신이 출입하는 곳의 사람이 아니더라도 조금도 곤란해하지 않았다. 그 집에 출입하는 누구누구를 통해서 만날 수 있어서 그 중개자를 경유하여 확실하게 당사자의 손에 편지를 건넸다. 여인들과 주고받는 편지는 세탁물을 주고받을 때 거기에 섞여서 빨래집 여자가 전달했다. 남자에게 전할 때는 빨래집 여자들의 연락망에 연결되어 있는 남자, 가게 주인이 전달하는 모양이었다.

말 용품 가게나 말발굽 가게 같은 곳의 주인에게도 그런 중개인이 있는 모양인데, 엘레나는 거기까지는 대충 알고 있었다. 하지만 그들과 빨래집 여자들이 부탁받으면 상대에게 적절한 만남의 장소까지 준비하는 줄은 몰랐다. 다만 그들은 러브레터의 중개인뿐만 아니라 의뢰자도 받는 사람도 입이 무겁지 않으면 안 된다는 것, 또 누구나 그렇다는 것, 멍청하게 발설하면 더 이상 중개인이 될 수 없기 때문이라는 것은 알고 있었다. 이 역시 엘레나가 자연스럽게 어느샌가 알게 된 사실들이었다.

결혼 전 어느 늦 아침, 엘레나는 이다가 와 있는 방에 가서 맡길 세탁물을 묵묵히 내려놓고, 차곡차곡 쌓여 있는 세탁이 다 된 옷을 안고 방으로 돌아가려고 했다.

"아가씨."

이다가 엘레나를 불러세웠다.

"용건이 있으시지 않나요?"

하던 일을 멈추지 않고 이다는 말했다. 엘레나는 난감해져서 묵묵히 거기에서 나왔다.

자코모가 긴 여행에서 귀국할 무렵을 계산해서 프란체스카의 제안으로 모친이 엘레나의 호의적인 의향을 에둘러 쓴 전언을 전달했을 때였다. 그쪽 점원이 며칠 동안 그것을 전달하지 않고 가지고 있었다는 사실을 나중에야 알았지만, 당시 자코모의 반응이 없어 엘레나는 기분이 좋지 않아 입을 꾹 다물고 지냈었다. 엘레나는 이다의 날카로운 감에 놀랐다. 하지만 엘레나가 난감했던 것은 그 때문만은 아니었다.

지금까지 엘레나는 몇 번인가 이다에게 은화 한 닢을 주면서 편지를 맡기기도 하고, 은화 한 닢과 전달받을 편지를 교환하기도 했다. 하지만 이다가 그날 뭔가를 암시하는 듯 넌지시 물었을 때 엘레나는 어쩐지 께름칙한 기분이 들었던 것이었다. 한 달 정도 되는 긴 여행을 떠나기 직전에 멋진 첫 러브레터를 보낸 자코모와 그가 돌아오기를 기다려온 자신과의 사랑이 모독당한 기분이 들었다. 이전까지 은화 한 닢으로 몇 명의 상대와 아무렇지 않게 편지를 주고받은 것은 그들과의 관계가 가벼웠기 때문이었다고 엘레나는 생각했다. 아무리 편지를 보내고 싶어도 자코모에게 보내는 편지는 빨래집 여자의 손을 거치고 싶지는 않았다.

두 사람의 결혼은 정말로 갑작스러운 일이었고, 양가 부모님도 무척 빨리 인정해 줬다. 자코모가 보낸 총 4통의 러브레터 중 2통은 그가 나르디가의 뒤편에서 일하는 남자에게 맡기고 간 것이었다. 그의 편지는 또 '내일 밤 7시에 모시러 가겠습니다. 준비를 하고 기다리십시오'라며 답장을 보낼 여유를 주지 않는 내용일 때도 있었다. 서로의 집에도 몇 번인가 초대받고 초대했다. 엘레나가 쓴 길고 긴 러브레터는 직접 그의 손에 건넸다. 그는 무척 기뻐했다. 그때가 이미 결혼식까지 일주일도 남지 않았을 때였다. 그래서 엘레나가 자코모에게 쓴 러브레터는 그 한 통이 전부가 되었다. 편지를 보낼 기회가 없었다고는 하지만 엘레나는 사실은 좀 더 편지를 보내고 싶었다. 써놓고 보내지 않은 편지가 몇 통이나 있었다. 은화 한 닢짜리 러브레터는 아무래도 그에게 보내고 싶지 않았기 때문이었다.

결혼 후 얼마 지나지 않아 자코모가 처음으로 화를 내며 엘레나가 편지를 한 통밖에 보내지 않았다는 것까지 따지고 들었을 때 엘레나는 "순식간에 결혼했잖아요"라는 말밖에 할 수 없었다. "아가씨. 용건이 있지 않으세요?"라는 말을 이다에게 들었을 때의 기분이야말로 그에게 말하고 싶었다. 하지만 그러면 이다가 한 그 말의 의미를 이해한 것, 이전에 은화 한 닢으로 편지를 교환한 경험이 있다는 것, 그런 사실을 자코모가 알게 될 테고 그러면 얼마나 심하게 화를 낼지 알 수 없었다. 그때 자신의 기분을 알릴 수 없어 엘레나는 견딜 수 없이 억울했다. 자코모가 그런 자신의 기분을 끝내 알아주지 못하고 떠났다고 생각하면 엘레나는 지금도 억울한 기분이 몰려왔다.

이다는 '엔리크 올림'이라고 적힌 편지를 가슴속에 다시 넣고는 가지고 갈 세탁물을 정리하며 말했다.

"전 아가씨가 아주 어렸을 때부터 나르디 댁 일을 맡아왔어요."

엘레나는 친정에서 생활하게 된 후로 아디나와의 관계도 있고 해서 다시 아가씨라고 불리고 있었다.

"……그렇기는 하지만 제게는 그런 분이 아가씨뿐만은 아니에요. 몇 분이나 계시죠. 편지를 연결해 준 아가씨가 행복해질지, 부인이라면 남편에게 얼마나 끔찍한 일을 당할지 저로서는 전혀 상관없어요. 또 그렇기 때문에 지금까지 편지를 전달해 올 수 있었고요. 이런 말씀을 드리는 것은 정말로 이번이 처음이기 때문이에요. 그리고 마지막일 거라고 생각해요. ……전혀 모르고 계시겠지만, 아가씨와 가까운 사이가 되고 싶어 하는 남자가 몇 명이나 있어요."

엘레나는 문득 아버지의 말을 떠올렸다.

―엘레나 소유가 된 지참금과 카탈라니가에서 자코모의 상속분으로 보내온 같은 금액의 돈은 매년 이자를 받을 수 있는 형태로 나르디 씨가 관리하고 있었다. 처음 1년 동안 엘레나에게 들어가는 생활 비용은 나르디 씨가 내주기로 했다. 계속 그래도 상관없었지만 다른 세 형제는 아직 아무것도 물려받지 않았으니 서로 이치가 맞아야 한다고 했다. 2년째부터는 직접 부담하도록. 나르디 씨는 이렇게 말했지만 프란체스카는 엘레나의 비용을 최소한으로 잡을 테고, 비용을 빼고도 1년분의 이자는 꽤 남을 것이었다. 남은 이자는 원금과 합쳐두면 되고, 일부는 금을 사두는 것도 좋다고 나르디 씨는 말했다. 카탈라니 집에서 3개월에 한 번 전해주는 돈을 엘레나는 처음에는 자신의 서랍에 넣어뒀는데, 청소하

러 들어오는 하녀가 탐내는 마음이 생기면 안 된다며 나르디 씨의 서재 금고에 넣어두고 있었다.

"네 돈은 아비가 확실히 신경 쓰고 있어. 마르코가 집안의 가장이 되었을 때도 네 재산은 확실히 관리해 줄 거다. 하지만 스스로도 잘 알아두지 않으면 안 돼. 다른 사람이 관리를 해준다고 해도 각종 서류에 서명은 네가 하는 거니까."

나르디 씨는 이렇게 충고했다.

엘레나의 몫은 아디나나 카탈라니 가문의 세 자매가 결혼 상대를 위해 준비할 지참금보다도 훨씬 많을 것이다. 그것을 속여서 빼앗으려는 남자들이 이 넓은 세상에 몇몇은 있을지도 몰랐다. 어떤 방법으로 접근해 와도 자신은 절대 속지 않을 거라고 엘레나는 생각했다. 그런데 이다는 이렇게 말하는 것이었다.

"중개가 잘 되면 얼마든지 사례를 하겠다고 말하는 사람들이에요. 귀족분들도 있어요. 그러니 아가씨와 가까워지고 싶어 하는 여자들도 있는 거죠. ……아니, 듣고 싶지 않으시면 그만해도 괜찮지만, 잠시 앉으시는 게 어떨까요?"

이다는 발판 대용으로 놓아둔 부엌용 둥근 나무 의자를 구석에서 가지고 왔다. 엘레나가 문가로 가서 문을 닫으려고 했을 때 이다가 말렸다.

"그대로 두세요. 제가 여기에 있는 동안에는 늘 열어두거든요."

엘레나는 문을 닫지 않고 돌아와 둥근 의자에 앉았다.

"……그런 방면으로 일을 맡는 여자들이 있는데요, 엘레나 아가씨는 3개월 만에 가장 높은 가치가 있는 걸로 알려져서……."

엘레나는 둥근 의자 위에서 등을 돌렸다. 하지만 일어나지는 않았다.

"……지금 엘레나 아가씨에게는 이전보다도 더욱 강하게 마음을 끄는 힘이 있어요. 평범한 놀이에는 시들해진 노는 사람들을 끌어들이는 듯한……."

엘레나는 이마에 손을 대고 한쪽에 놓인 붙박이장에 한쪽 어깨를 기댔다.

"……그 여자들은 서두르고 있을 거예요. 선수를 빼앗기 위해서 뿐만이 아니에요. 아가씨는 아직 젊으시지만 그쪽 방면에서는 나이에 대한 생각이 달라요. 앞으로 2, 3년을 놓치지 않으려는 거죠. 조심하셔야 해요. 이를테면 이런 때에도……."

엘레나가 혼자서 길을 걷고 있을 때 한참 뒤에서 누군가가 "저기요"라고 부른다. 평범한 부인이 "이거 떨어트리신 거 같은데요"라며 손수건이나 주머니 같은 것을 가지고 쫓아온다. 엘레나의 물건이 아니다.

"그러면 다른 분이 떨어트린 모양이네요. 여기에 놓아두죠."

부인은 도로 옆 돌 위에 물건을 올려둔다.

"어디까지 가세요? ……그러면 가는 길까지 같이 갈까요."

이런 말을 하면서 나란히 걷기 시작하는 것이다. 어느 날 엘레나는 다시 그 부인을 우연히 만난다.

"어머, 인연이 있네요."

부인은 친한 척 말을 건다. 두 번 모두 우연이 아니라 그 부인이 계획한 일이다.

같은 날, 혹은 며칠 후에 엘레나는 이미 그 부인의 작은 응접실에 초대받아 간다. 젊은 부인과 중년 부인 등 두세 명이 있는데, 모두 그 부인과 친한 친구라고 한다. 차가 나온다. 이 근처 가정에는 흔히 있는 피사에서 사왔을 다이아몬드 게임판이나 뭔가를 꺼내 엘레나까지 게임에 참가하게 된다. 하지만 잠시 놀고 나면 엘레나를 위해 이른 시간에 마차가 준비된다. 엘레나는 집에 돌아가서 '두 번이나 만난 부인의 댁에 잠시 놀러 갔어. 즐거웠어"라고 말할 것이다. 하지만 다이아몬드 게임이 카드 게임이 되고, 엘레나가 전혀 모르는 카드 게임 방식을 배워 돈을 걸게 될 때까지는 순식간일 것이다. 그래도 엘레나는 마르코나 루도비코도 도박에 전혀 손을 대지 않는 건 아니라는 사실이나, 마차로 광장을 산책하는 여인들 중에도 여자들끼리 혹은 남자들 사이에 섞여서 도박을 즐기는 사람도 있다는 것은 모르지는 않았기 때문에 처음 한동안은 작은 모험을 가족에게 비밀로 살짝 즐기는 기분이 된다. 그러던 것이 불현듯이 불안이 커지기 시작하면 어느 날 거기에 눈빛이 날카로운 남자가 나타난다. 부인들의 말투가 갑자기 난폭

해지고 남자들과는 사이가 가까워 보인다. 문득 정신을 차리고 보면 엘레나는 커다란 비밀을 안게 되어 있는 것이다. 하지만 그들과 인연을 끊을 수도 없다. 그 사이에도 엘레나는 더욱더 빠져나올 수 없는 상태에 몰리는 것이다.

"지금 이야기는 하나의 예일 뿐이에요. 방법은 얼마든지 있어요."
이다가 말을 이었다.
"엔리카에게서 온 편지도 그런 것이에요. 내용은 보지 않아도 저는 알 수 있어요. 봉투의 글은 어설퍼도 그 아이가 직접 쓰게 했겠지만 내용은 무척……. 그 아이가 쓴 것처럼 보일 정도로 글씨가 서투른 사람에게 말하는 대로 쓰도록 시키는 사람이 있을 거예요. 그 아이는 지금 귀족과의 인연이 있는…… 있다고는 해도 귀족의 사생아 딸과 부친이 다른 여동생의 또 다른 어떤 관계의 한 여자가 있는 곳에서 일할 거예요. 그 아이는 여자를 먼 친척 아주머니라고 말했어요."

엔리카는 엘레나보다도 한 살 어렸는데, 어부 남편을 잃은 몸이었다. 젖먹이 아이가 있었는데 그 아이가 젖을 뗀 후부터 카탈라니 가문의 지인 집 하녀가 되었다. 자코모와 엘레나가 부모와 떨어져 살게 되었을 때 레나타가 한 명 정도는 어느 정도 아는 사람이 있는 편이 좋을 거라며 굳이 데리고 온 것이었다. 그렇게 엔리카와 네다섯 살 아래인 사촌 여동생이 함께 고용되었다. 일을 잘하는 하녀였다. 하지만 그날 이후 그 집에는 하녀 둘만 살고 있었다. 엘레나가 혼자, 혹은 아이가 태어난다면 아이와 함께 거기에서 살겠다는 선택을 했을 때를 위해 일단은 하녀들을 그대로 살게 두었던 것이 4개월이나 지나버렸다. 그 사이에 하녀들은 자주 가던 가게 같은 곳에서 시간을 보냈던 모양이었다. 그러던 중에 엔리카는 아주머니의 눈에 들어 집이 정리될 때 여자의 집에서 받아들였고, 지금은 그 방면에서 열심히 돕고 있다고 했다. 4개월이나 한가했던 결과라고는 하지만 엘레나가 생각하기에는 그 아이에게는 그런 소질이 있었을 것 같았다.

예전에 한번은 자코모가 식탁에서 무언가를 명령했을 때 엔리카가 물건을 잘못 가지고 온 일이 있었다.
"이게 아니잖아. 내가 말한 것은……."
자코모가 야단쳤다.
"죄송합니다."
엔리카는 머리를 숙였다.
"그러면 무거운 마음으로 다시 가지고 오겠습니다."
물건을 받아 들고 나가면서 하는 말에는 묘한 여유가 있었다.
엘레나는 자코모가 고함을 치지 않을까 걱정했지만 오히려 그는 쓴웃음을 짓고 있었다.

"……편지에는 귀족과 연이 있는 아주머니와의 뭔가가 적혀 있겠죠. 그리고 친정에서 생활하는 지금 분명 마음이 답답하지 않으시냐고 슬쩍 떠보는 거예요. 사실은 그 아주머니의 지인이 가지고 있는 집이 마침 지금 비어 있는데, 엘레나 부인께 무척 적절한 집이니 사용해 주시지 않겠느냐. 그리고 아주머니 말씀으로는 거기에서 제가 다시 부인 밑에서 일을 하면 어떻겠느냐 했다는 등의 말이 적혀 있을 겁니다. 그게 또 정말로 적절한 집일 겁니다. 아니 진지하게 말씀드리는 거예요. 주위에 사는 분들도 성실한 분들일 거고요. 다시 말해 아가씨를 먼저 그쪽으로 이사하게 만든 다음에……."

"아, 응. 알겠어요. 이제 가볼게요."

엘레나가 일어났다.

"화가 나셨다면 이것을 놓고 가겠습니다. 두 번 다시 말씀드리지 않을게요."

이다가 바닥에서 일어나며 말했다.

"아니요. 앞으로도 계속 부탁드려요."

엘레나가 대답했다. 옷 상자 위에 이다가 등에 질 짐과 손에 들 주머니 두 개가 놓여 있었다.

평소에는 시간을 아까워하는 바쁜 여자였다.

"……아래층에 가면 '우리가 어렸을 때 일을 이야기하느라 시간 가는 줄 몰랐다'고라도……."

엘레나가 이 말을 남기고 나가려고 했다.

"아, 이거 들고 가셔야죠."

이다가 엘레나를 불렀다.

엘레나는 세탁된 옷을 안고 계단참으로 나와 계단을 뛰어 올라갔다.

*

"루도비코 오빠. 만약 내가 돈을 빌려달라고 부탁한다면 어떻게 할 거야?"

엘레나가 물었다.

"어이. 어이. 오히려 내가 빌리고 싶을 정도라고. 네 몫으로 꽤 있잖아?"

루도비코가 대답했다.

"꺼내 쓸 수가 없는걸."

"하지만 석 달에 한 번 받는 게 있잖아?"

"그걸로는 부족할 것 같아."

"외출할 수 있게 되었다고 세련된 전용 마차라도 맞추고 싶은 거야?"

"어머, 그거 괜찮네. 갖고 싶어. 하지만 그건 언젠가 나중 일이고."

"그러면 뭐에 필요한데?"

엘레나는 입을 다물었다. 잠시 기다렸다가 루도비코가 물었다.

"도박 놀음 같은 걸 시작한 건 아니지?"

자신도 모르게 엘레나는 오빠의 얼굴을 바라봤다. 하지만 루도비코는 탐색하려는 눈빛은 아니었다. 그냥 한번 말해본 것뿐인 모양이었다. 엘레나는 고개를 옆으로 저었다. 잠시 후 겨우 입을 열었다.

"자코모 일로……."

"그래? 미사라도 올리고 싶은 거야?"

엘레나는 다시 입을 다물고 고개를 저었다.

자코모에게 코를 물어뜯긴 후 엘레나가 꿈에서 그를 만난 것은, 낮잠을 자고 있을 때 그가 찾아와 '돌아왔소. 내가 일을 하나 더 저지르는 바람에 그 앞의 일은 백지화된 모양이야'라고 말했던 그때뿐이었다. 잠에서 깬 후 엘레나는 정말로 자코모가 저지른 일이 백지화된 경우를 생각했다. 그가 자신에게 상처를 입힌 것으로 그의 생명, 자신의 남편을 되돌려 받아 흉터가 남은 얼굴의 자신과 그와의 미래를 생각해 보려고 했다. 하지만 마음이 쓰라릴 정도로 내키지 않아 얼마 지나지 않아 생각하기를 그만뒀다. 그때 엘레나는 일이 일어났을 때보다는 상태가 많이 좋아지긴 했지만, 감정도 사고도 오히려 깜박깜박하고 묘한 방향으로 움직여 정신을 단단히 붙들고 있지 못했다. 만약 그런 일이 생긴 후 정말로 이후에 함께 살게 되었다면…… 그런 것을 느끼고 생각할 상태와는 멀었다.

그러던 엘레나가 얼마 전부터는 자코모의 죄가 백지화되어 돌아와 이후에 함께하는 생활에 마음이 향할 때가 있었다.

"엘레나 다음 남편은 누가 좋아? 눈이 안 보이는 사람이 좋아."

그 시기 집 앞의 길에서 들려왔던 바보 같던 이들이 놀리며 떠들던 말 중 하나였다. 엘레나는 이렇게 되받아쳤어야 했다고 지금에 와서야 생각이 들었다.

"왜 눈이 보이면 안 되는 거지? 불을 끄면 눈을 감은 거나 마찬가지잖아!"

또다시 이런저런 말을 듣기야 했겠지만……. 이렇게 불을 끄면 분명 똑같다고 엘레나는 생각했다. 정말로 불을 꺼 보니 시간이 지날수록 점점 더 그런 기분이 강해졌다. 불을 켜고 있으나 끄고 있으나 완전히 똑같은 상태가 된다는 생각에 이르자 갑자기 엘레나는 역시 다음 남편도 자코모일 거라는 기분이 들었다.

그런 생각이 들자, 엘레나는 자신을 보는 자코모와 그의 눈길을 받는 자신, 둘 중 누가 먼저 익숙해질까 같은 생각을 해보곤 했다. 제각각 조금씩 다르기는 해도 엘레나를 보는 가족과 가족의 눈길을 받는 엘레나가 서로 그 모습에 익숙해지는 방식은 서로에게 적당히 영향을 주고받으며 비슷하게 변화해 가고 있는 기분이 들었다. 과연 자코모와의 사이에서는 어떨까? 익숙해지는 정도가 서로 비슷하게 변화해 갈 것 같지는 않았다. 무엇보다 자코모는 엘레나를 그런 모습으로 만든 장본인이면서 남편이기도 했다. 서로 적당한 영향을 주고받으며 비슷한 정도로 변화해 가기보다는 대중없이 바뀌며 역행하는 일도 있을 것 같았다. 그러는 사이에 자코모가 갑자기 기분이 나빠져서 격분할 때도 있을 것이다.

"나랑 나갈 때 정도는 가리지 마"라고 말할지도 모른다. 혹은 "나와 외출하는데 그렇게 비치는 것으로 가리면 만족해? 그럼 나는 어떨 거 같아?"라고 말할지도 모른다. 그런 식으로 엘레나가 미처 생각도 하지 못한 말을 해서 싸움이 일어난다. 결국 자코모는 격분하여 2, 3일 정도 극도로 절망적인 모습에서 회복되지 않는다. 엘레나는 그런 몇 가지 경우를 상상했다. 하지만 원래 자코모가 그랬을 때처럼 그 2, 3일을 실제로 괴로워하지 않아도 괜찮았으므로 엘레나는 자코모가 격분하는 것을 생각해도 그렇게 나쁘지만은 않은 상상이었다.

엘레나는 또 자코모가 직접적이든 간접적이든 흉터에 대한 말을 1년 넘는 동안 한 번도 하지 않는다면, 과연 쓸쓸한 기분이 들지, 견딜 수 없이 힘들지 생각해 봤다. 하지만 엘레나는 그 역시 나쁘지 않은 상상이라고 생각했다.

원래 자코모는 엘레나가 친정에 혼자 가고 싶어 할 때도, 함께 가고 싶어 할 때도 "그래"라는 대답 한마디로 고개를 끄덕였다. 원래 자코모는 엘레나의 귓가가 아름답다며 옆에서 넋을 잃고 보기도 하고, 거기에 입을 맞추기도 하고, 양쪽 귀에 차례로 자신의 귀를 대기도 하고, 쓰다듬기도 했다. 하지만 엘레나는 그랬던 그를 일부러 떠올려봐도 그다지 그립지도 다습지도 않았다. 그리고 이럴 때 엘레나는 공연히 그 이후의 자코모를 만나고 싶어졌다.

엘레나는 그날 이후의 자코모의 몸은 느낄 수 있어도 얼굴만큼은 잿빛이 어린 푸른 눈의 색이 살짝 보일 뿐 전혀 분명하게 보이지 않아 곤란했다. 두 사람이 감옥에서 얼굴을 마주했을 때 자코모는 엘레나가 처음 보는 상태였다. 둥근 눈이 움푹 패어 있는 모습은 평소와 무척 달랐다. 엘레나는 그 눈에 바로 익숙해져 가까이 다가갔었지만, 그 눈은 이후 엘레나가 만나고 싶은 그의 모습을 애매하게 만들었다. 낮잠 중에 엘레나의 곁에 돌아와 "……앞의 일은 백지화된 모양이야"라고 알렸을 때 엘레나는 자코모의 얼굴을 자세히 보지 않았던 것이었다. 엘레나의 인상에는 살창 사이로 들어오는 빛이 그의 가슴 부근에 만든 가로 줄무늬가 더 강하게 남아 있었다.

엘레나가 그 후 자코모를 보고 싶을 때면 결국은 이전의 자코모 모습을 떠올리는 수밖에 없었다. 엘레나는 니노가 용모도 분위기도 형인 자코모보다 뚜렷하게 자기주장을 하지 않는 느낌의 사람으로 보였었지만, 지금 보기에 니노는 결국 그냥 그일 뿐이라고 느끼게 되었다. 니노는 자코모와 다른 니노 그 자체라는 사실이 점점 강하게 느껴졌다. 게다가 타인이 아니라는 느낌의 편린 역시 있어서 그것이 그 후 자코모의 모습을 떠올리는 데 방해가 되었다. 게다가 자코모의 초상화가 없었다. 눈 깜짝할 사이에 결혼한 탓에 자코모도 엘레나도 작은 초상화를 넣은 로켓 펜던트조차 서로 마련하지 못했다. 카탈라니 일가의 초상화에 그려진 열 살 무렵의 자코모가 유일한 단서였다. 엘레나는 어른이 된 후 자코모의 얼굴이 조금은 엿보이는, 기억하는 그 부분만 묘사해달라고 부탁할까 몇 번이고 생각해 봤는지 몰랐다.

"오빠 있잖아. 실물 크기로 자코모의 석고상을 주문하고 싶어."
엘레나가 말했다.
"그래."
루도비코가 대답했다.
"이 정도나 이 정도 크기로 가슴부터 위쪽으로 된 게 있잖아."
엘레나는 한쪽 손으로 자신의 어깨 끝에서 다른 쪽 어깨 끝까지 그어 보이기도 하고 가슴 앞에 네모난 틀 모양을 그려보기도 하면서 설명했다.
"……머리 뒷부분은 평평하게 된 것이 좋아. 그만큼 가격이 낮아질 테니까. 대리석이나 황동보다는 석고가 쌀 것 같아."
"엘레나, 비용만 걱정하는 것 같은데 주문을 받아줄 사람은 찾았어?"
"아니, 아직."

"그럴 것 같더라. 사람을 찾는 게 더 큰일 아니야? 자코모를 잘 알던 사람이 아니면 안 되잖아."

루도비코가 조언을 더했다.

이 도시 국가에는 일찍부터 시에나에서 이주해 온 사람이 많았기 때문이 그 사람들이 세운 성당이 있었고 엘레나도 어렸을 적부터 그런 성당을 본 기억이 있었다.

어느 날 저녁 루도비코는 산책 겸 엘레나를 그 성당에 데리고 갔다. 쇠로 된 울타리 안은 작은 정원으로 꾸며져 있었다. 엘레나는 그 정원이 이전에는 조금 더 넓었던 것 같은 기분이 들었다. 루도비코가 몇 년 전에 건물의 이 부근을 증축한 모양이라고 설명했다. 그 정원 좌우에 비스듬하게 가로지르는 형태로 건물의 벽면이 있고 그 한쪽 벽면에 돋을새김으로 만들어진 성녀가 눈을 아래로 깔고 내려다보고 있었다. 비스듬히 위에 시에나 성 카테리나라고 조각되어 있었다. 그녀의 머리에는 가시 면류관이 씌워져 있고, 가슴에는 커다란 십자가가 붙어 있었다. 축 늘어진 긴 옷을 입은 모습에 손바닥을 살짝 위를 향하게 하여 양쪽 옆구리 부근에 뒀고, 발목 위에까지 오는 옷의 기장 끝이 조금 벌어져 있어 맨발인 발등이 드러나 있었다. 올려다보는 엘레나에게 루도비코가 말했다.

"이 사람이야."

자코모의 석고상 주문을 받은 사람은 이 조각상을 만든 사람이었다. 조각상을 만드는 사람을 찾기는 쉬웠지만 생전 자코모를 잘 아는 사람이어야만 했다.

"석고상에 대한 건 다른 가족에게는 비밀로 해줘. 완성된 후에도 당분간은 비밀로 할 거야. 하지만 니노 도련님에게 말하는 건 상관없어. 니노 도련님도 도와주면 좋겠는데."

엘레나는 루도비코에게 이렇게 말해뒀던 것이다. 자코모를 아는 사람들이라면 루도비코보다도 니노가 더 잘 알 것이기 때문이었다. 그리고 니노는 역시나 그런 작가를 찾아내 줬다.

성당 건축업자의 아들이었다. 나중에 부친의 일을 자신이 담당할지 어떨지와는 별개로 일단 조소에 관심을 두는 편이 좋겠다고 생각하여 그 방면의 공방에서 배운 사람이라고 했다. 자코모가 열네다섯 살 무렵에 견진성사를 받았을 때 함께 받은 스무 명 정도 되는 소년 소녀 중에 그 사람도 있었다고 했다. 니노는 그런 사실을 이번에 처음 알았다고 했다. 카탈라니가와 같은 교구의 신자이기도 했다. 특별히 친한 사이는 아니었지만 그 사람은 어른이 된 후의 자코모도 충분히 알고 있었다. 그가 만든 것으로 루도비코가 본 작품은 이 성녀 조각뿐이었지만, 성당 석관의 인물상 같은 것도 만들고 있다고 했다.

엘레나는 제작가를 직접 만나지는 않았다. 그는 자코모에 대한 기억은 충분했지만 실물 크기로 만들어달라는 주문이었기 때문에 크기를 짐작하기 위해 모자나 의류 같은 유품이 있는지 루도비코에게 물었다. 루도비코는 다른 사람에게는 비밀로 해달라며 니노에게 부탁했다. 카킬라니가에 자코모의 물건으로는 작은 소품 두세 개만이 남아 있었고, 몸에 걸치는 것은 전부 처분해 버렸다고 했다. 엘레나는 이런 일이 있을 줄 알았다면 유품을 좀 더 가지고 있었다면 좋았겠다고 후회했다. 가지고 있는 망토 하나만으로는 도움이 되지 않았다.

다만 니노는 자코모의 모자가 아버지와 같은 크기였던 것을 알고 있었다. 바느질집에 자코모의 목둘레나 길이, 가슴둘레 같은 치수를 물어보러 가준 사람도 니노였다.

엘레나에게도 할 일이 있었다. 제작가의 요청으로 기억나는대로 자코모의 스케치를 스무 장 정도 그렸다. 어린 시절 엘레나는 언니와 함께 30대 여자 선생님께 여러 가지를 배우러 다녔는데, 그때 드로잉도 즈금은 배웠지만 그 정도로는 별로 도움이 되지 않을 것 같았다. 엘레나는 루도비코에게 그렇게 말하며 거절하려고 했지만 어쩔 수 없었다. 제작가는 아마추어의 그림이 서투르더라도 당사자와 가까이 있었던 사람이 그린 그림에는 세세한 작은 특징이 담겨 있을 때가 종종 있다고 했다. 자신은 이미 당사자에 대한 기억이 분명하게 있으므로 그런 점을 알면 잘 살려서 조각상을 만들 수 있다고 했다. 그림을 잘 그리든 못 그리든 그런 생각은 하지 말고 손이 가는 대로 그릴 것, 다양한 각도로 그릴 것, 실물 크기로 그릴 것, 이런 주의점을 말하며 다시 부탁해 왔다. 엘레나는 그 말에 따라 열심히 그림을 그렸다. 하지만 눈만은 아무리 해도 그릴 수 없었다.

"죄송하다고 전해줘."

엘레나는 루도비코에게 스케치를 전하며 부탁했다. 눈은 원래 그리기 어려운 부분이라고 제작가가 말했다고 했다. 엘레나는 "그렇구나"라고 대답하고 마음속으로 특히 자신에게는 더 어려운 일이라고 중얼거렸다.

다만 제작가가 보기에 엘레나가 그린 스케치의 눈이 도중에 그리다 말았거나 전혀 그려져 있지 않아도 지장은 없었던 모양이었다. 엘레나는 완성된 석고상을 보고 생각이 떠올랐는데, 인물상이나 대리석에 조각된 인물의 눈동자는 한 쌍의 호수처럼 그저 둥글게 만들어지는 것이 보통이었기 때문이었다.

석고상이 완성되었다. 루도비코가 엘레나를 데리고 시에나 성당의 조각을 보여주러 갔을 때로부터 한 달 정도가 지났을 무렵이었다. 오후에 엘레나의 방문을 구두 끝으로 두드리는 소리가 들렸다.

"나야. 문 좀 열어줘."

루도비코의 목소리였다. 그는 마대 자루로 둘둘 말아 끈으로 묶은 것을 안고 있었다.

"완성되었어. 가지러 다녀왔지."

루도비코가 석고상을 바닥에 내려놓았다. 그리고 마대 자루를 위로 벗겨내고는 모습을 드러낸 석고상을 안아 올려 앞뒤로 둘러봤다.

"저 물건 치워봐."

엘레나에게 옷장 위에 물건을 다 치우게 하고는 석고상을 거기에 올려놓았다. 그런 후 양손으로 조용히 방향을 조절하고는 석고상을 향해 인사했다.

"우와, 안녕하세요."

그러고는 그대로 마대 자루와 끈을 가지고 밖으로 나갔다. 엘레나는 아무 말 없이 다가가 오빠에게 입 맞췄다.

자코모의 석고상은 가슴 부근을 블록형으로 만들어 떡갈나무 받침대에 올려져 있었다. 뒷부분은 평평했다. 엘레나가 그렇게 만들기를 원했던 것은 사실 비용을 줄이기 위해서가 아니라 그냥 그렇게 만들고 싶었기 때문이었다. 엘레나는 그 석고상이 완전히 안 보이도록 천을 폭 씌워놓았다. 그리고 천을 걷을 때면 자코모에게 달했다.

"정말로 앞의 일은 백지화가 되었네요."

목소리를 내서 석고상에 말을 걸 때도 있었다.

밤에 손 촛대를 멀리 두고 있으면 어둠이 귀를 기울이고 있는 듯한 살짝 어둑한 방 안에서 엘레나는 자코모와 조금 거리를 두고 마주 앉아 있는 느낌이 들었다. 이야기하는 것도 좋았지만, 묵묵히 희미하게만 보이는 얼굴을 서로 바라보고 있으면 언제까지 그렇게 있어도 질리지 않았다.

자코모가 돌아왔어요. 다음번에도 직접 오신다면 점심때(아침이나 오후라도 괜찮아요) 만나보지 않으실래요? 저도 가끔은 외출하게 되었지만 언제 오시더라도 집을 비우는 일은 거의 없을 거예요.

벌써 9월이었다. 이전에 니노가 왔을 때로부터 3개월이 지났다. 엘레나는 그 편지를 니노에게 전해달라고 루도비코에게 부탁했다.
3, 4일 후 아침에 니노가 찾아왔다.
"돌아온 자코모가 기다리고 있으니, 그럼."
응접실에서 잠시 시간을 보낸 후 엘레나는 그를 3층으로 데리고 갔다.
"하지만 만나더라도 오해는 하지 마세요."
엘레나는 자신의 방문 손잡이를 돌리며 말했다.
엘레나가 천을 걷어냈다. 아침 햇살 속에서 새하얗게 모습을 드러낸 자코모를 만난 니노는 아무 말이 없었다. 잠시 기다린 후 엘레나가 입을 열었다.
"오해하지 말아 달라고 말했잖아요."

자코모의 코에 흉터가 있었다.

"……이렇게 되기 전에 한 번은 도련님과 만날 수 있도록 기다리게 했어야 했다고 생각해요. 죄송해요. 자코모가 갑자기 제안했어요. 우리 둘 다 똑같아지면 어떻겠냐고. 그래서 바로 물어뜯었어요."

엘레나는 그 이상 아무 말도 하지 않았지만, 자코모가 그렇게 된 후로 한낮에도 새하얀 그와 자주 마주하게 되었다. 밤에도 촛불을 멀리 두지 않았다. 엘레나에게는 정말로 그 후의 자코모가 가까이 와있었다.

이후로 엘레나의 흉터는 하얗게 변했다. 자코모의 물어뜯긴 새하얀 흉터는 티가 그의 나지 않는 듯 보였다. '나도 저렇게 될까?' 엘레나가 말했다. '그러는 게 좋겠어.' 그가 말했다. 엘레나는 거울 앞에 서서 코끝의 잘린 흉터도 움푹 들어간 부분도 새하얗게 단들었다. 흉터가 훨씬 덜 보였다. 이제 더 이상 가리고 다니지 않겠다고 엘레나는 생각했다. 코를 하얗게 화장하기를 권해 준 그 후의 자코모가 그러기를 원하는 것처럼 느껴졌다.

엘레나가 코를 하얗게 하게 된 지 오늘도 사흘째가 되었다. 하지만 가족 누구도 그 부분에 대해 언급하지 않았다. 변화를 눈치채고는 있을 것이다. 니노는 아무래도 눈치채지 못한 것처럼 보였다. 한낮에 만나는 것은 처음이었기 때문에 더욱 시선 둘 곳을 조심히 해서 정말로 알지 못했을 것이다. 니노는 석고상을 마주하고 아무 말이 없었다. 할 말을 찾지 못했는지도 모른다. 엘레나는 환한 아침 햇살 속에서 그의 등 뒤에 바짝 가까이 다가가 "니노"라고 이름을 부르며 뒤돌아 세워 보고 싶었다. 하지만 그 후에 해야 할 말을 아직 준비하지 못했다.

*

아침 식사 후 나르디 씨는 계단을 내려가 바로 서재로 가지 않았다. 사무소에서 일하는 사람들의 인사를 흘려들으며 그들 사이를 지나 밖으로 나왔다. 마차는 준비되어 있지 않았다. 걸어서 유대인 점성술사 칼 로딕을 찾아갔다.

3일 전에도 그는 역시나 걸어서 로딕을 찾아갔었다. 1년 반 만의 방문이었다. 작년 봄, 예년의 밀랍 가격을 예상할 때 농촌에서 현지를 관찰하고 얻은 감과 로딕의 예언이 일치하여 나르디 씨는 적극적으로 매입에 나섰고 많은 이익을 남길 수 있었다. 그리고 올해 그는 지극히 보수적으로 봐야 한다는 자신의 감에만 의존하며 로딕의 예언을 들으러 가지 않았다. 이런 적은 처음이었다. 양쪽의 의견이 반대일 때 로딕의 예언에 마음이 기울어 손해를 봤던 다음 해에도 부활절이 지나 현지를 관찰한 후 다시 로딕을 방문할 정도였는데 말이다.

하지만 나르디 씨는 올해 봄에는 도저히 로딕에게 갈 마음이 들지 않았다. 대체로 고객의 마음이 점성술사에게서 멀어지는 것은 좋은 예언이 맞지 않았을 때가 아니라 나쁜 예언이 적중했을 때일 때가 더 많은 법이었다. 작년에 나르디 씨가 그를 방문한 후 돌아가려고 할 때 로딕이 참고로 알려준 나쁜 예언이 너무나도 적중했기 때문에 나르디 씨는 로딕을 찾아갈 마음이 들지 않게 되었다. 상당히 오랜 인연이었지만 슬슬 관계를 정리를 해야 할 때라는 생각마저 들었다.

그랬는데 밀랍 가격을 예상하는 계절이 이미 지났는데도 나르디 씨는 로딕이 자꾸만 생각나기 시작했다.

올해 여름이 되어 한 고위 성직자가 나르디 씨의 안타까운 딸의 일로 상담을 하러 와도 좋다는 말을 한 적이 있었다. 그리고 나르디 씨는 그 후에도 비슷한 자리에 있는 인물에게서 다른 사람을 통해 같은 의향을 전달받은 적이 있었다. 하지만 나르디 씨는 그런 일이 있기 이전에 엘레나가 상복을 벗을 무렵부터 과연 엘레나의 장래를 어떻게 해야 할지 고민하고 있었다. 그렇게 그런 고민을 할 때 자신의 수명을 알 수 있다면, 엘레나의 수명을 알 수 있다면 좋겠다는 생각을 종종했다.

사실 나르디 씨는 자신이 인생의 절반 정도에 와 있다고 생각했던 7, 8년 전에 로딕에게 자신의 수명에 대한 예언을 물어본 적이 있었다. 가족 누구에게도 절대 알리지 않겠다, 자신만 알아두고 싶다고 말하며……. 그리고 로딕은 그것을 거절했다. 그때 로딕은 물론 수명을 예언할 수는 있다고 말했다. 하지만 본인이 그것을 아는 것은 아무런 도움이 되지 않는다, 해만 될 뿐 조금의 이점도 없다고 했다.

하지만 엘레나의 상황은 달랐다. 특별한 사정이 있었다. 본인에게 수명을 알릴 것도 아니었다. 또한 부친인 자신이 딸의 수명을 안다면 딸의 불행을 조금이라도 줄이기 위해 참고할지언정 악용할 리는 없었다. 가령 딸의 수명이 앞으로 3년이라면, 지금 그대로 두고 그저 하루하루를 가능한 쾌적하게 보낼 수 있도록 도와줄 것이다. 하지만 수명이 50, 60세까지라면 평범하게 생각해 봐도 자신은 아무래도 그때까지 살 수는 없었다. 오빠들이 있다고는 해도 성직자 두 명의 제안을 선택하는 쪽도 생각하지 않을 수 없었다. 엘레나의 수명만은 예언을 받아 알고 싶었다. 작년 봄, 로딕이 참고하라며 알려준 예언이 완벽히 적중했던 것을 생각하면 나르디 씨는 로딕을 멀리하고 싶어지는 한편으로 그 일만큼은 역시나 그의 말을 듣고 싶어졌다.

낮잠을 자려던 나르디 씨의 머릿속에 다시 그 일이 떠오르자 그는 두세 번 뒤척이다가 침대에서 내려왔다. 예전과 다른 계절에 칼 로딕을 찾아가는 것을 아무도 이상하게 생각하지 않았으면 했기 때문에 준비를 하고 아무 말 없이 걸어서 집을 나왔다.

칼 로딕의 집에 도착하여 문을 두드리자 칼 로딕 본인이 문을 열고 나왔다.

"아, 나르디 씨."

그가 인사를 하고는 밖을 바라보며 물었다.

"……마차는 어디에?"

"가을 날씨가 좋아서 걸어왔습니다."

나르디 씨가 대답했다.

"가깝지도 않은 거리인데, 여전히 건강하셔서 보기 좋군요."

"감사합니다. ……갑자기 찾아와서 죄송합니다."

"아니요, 괜찮습니다."

좁은 복도를 지나 안쪽 방으로 들어갈 때까지 그 정도의 대화로 1년 반만의 인사가 끝났다.

점성술사는 자신이 예언했던 일의 결과에 대해 직접 언급하지는 않는 사람이였다. 상대가 말을 꺼내도 가볍게 흘려들을 뿐이었다. 상대도 나르디 씨처럼 오래된 고객이라면 결과에 대해서는 거의 말하지 않았다.

"사실은 오늘 특별한 부탁이 있어서 찾아왔습니다."

예전과 같은 책상 앞에 마주 앉아 나르디 씨는 로딕에게 바로 용건을 꺼냈다.

"들으셨을 거라 생각합니다만, 시집갔던 둘째 딸 엘레나가 불행한 일을 겪고 집으로 돌아왔습니다. 부친으로서 앞으로의 일을 생각해야만 하지요. 그래서 딸의 수명을 예언해 주실 수 있을지……. 꽤 예전에 저의 수명을 부탁드렸다가 꾸지람을 들었습니다만 딸의 상황이니 말이죠…….”

이렇게 말하고 나르디 씨는 이전에 몇 번이나 반추했는지 모를 자신의 생각과 마음을 털어놓았다. 로딕은 한마디도 끼어들지 않고 주름투성이인 얼굴 위에 균형이 맞지 않은 두 눈의 작은 쪽으로만 계속해서 보고 있는 듯한 시선을 던지다가 나르디 씨가 말을 끝내자 드디어 입을 열었다.

"알겠습니다."

책상 위에 올려뒀던 두 팔을 내려 서랍에서 종이를 꺼냈다.

"여기에 생년월일과 태어난 시각을……."

그리고 책상 위에 올려둔 펜과 잉크를 종이와 함께 나르디 씨 앞으로 내밀었다.

나르디 씨는 엘레나의 생년월일과 태어난 시각을 썼다. 로딕은 그것을 받아 들고는 말했다.

"태어난 장소는 물론 여기지요?"

3일 후면 이야기해 줄 수 있을 거라고 했다. 나르디 씨는 빨리 예언을 듣고 싶어 견딜 수 없었다. 그날이 오자 아침 일찍 집에서 나왔다.

로딕은 책상 위에 엘레나의 12궁도를 올려놓았다. 나르디 씨에 대해 점을 볼 때는 나무 틀에 끼운 상당히 색이 변한 석고판으로 된 것이었지만, 엘레나의 12궁도는 종이에 그려져 있었다. 로딕은 또 한 장 반으로 접은 종이를 서랍에서 꺼냈다. 그것을 펼쳐 잠시 보더니 원래대로 반으로 접어 손이 닿는 곳에 놓았다. 바로 12궁도 위에 고개를 숙이고는 이렇게 말했다.

"따님의 수명입니다만, 30대 후반, 이 정도로 양해해 주십시오."

자세하게 예언할 수도 있고, 실제로 이미 결과는 나와 있지만 그 이상은 알려고 하지 말아라. 따님의 수명을 알아두고 싶다고 하셨지만 대충 어느 정도일지만 알아두면 된다. 몇 년 몇 월 며칠인지까지 알게 된다면 그 무렵이 다가왔을 때 기분이 어떻겠느냐. 모르는 편이 더 좋다. ……나르디 씨는 로딕이 하는 말의 의미를 바로 이해했다. 묵묵히 고개를 끄덕이고는 말했다.

"그래서 말입니다만, 그때까지 딸의 생활을 어떻게 해주는 것이 가장 좋을지 생각해야만 합니다. 그러니 앞으로 딸의 인생이 대체로 어떻게 흘러갈지, 특색이라고 해야 할까요. 그런 부분을 참고할 정도만 듣고 싶습니다만."

"계속 평탄하기만 하지는 않겠지요."

로딕은 바로 갈했다. 12궁도에서 눈을 들어 양팔을 책상 위 좌우에 올렸다.

"……예를 들어 신을 섬기는 길은 이제는 들어갈 수 없습니다. 원래는 그런 인연이라고 할지 그런 운세가 무척…… 이상하다고 해도 좋을만큼 강한 분이었지만요. 6, 7살부터 그런 선이 나타나기 시작해서 점점 강해지고 지금으로부터 7, 8년 전에 최고에 달했다가 거기에서 갑자기 사라졌습니다."

"7, 8년 전? ······그렇다면 딸은 아직······."

"네, 열다섯, 열여섯쯤이지요. 그때까지라면 무척 좋은 상황으로 그 연이 이어졌을 것입니다. 하지만 이제 더 이상 그쪽은 생각할 수 없습니다. 아무리 본인이 원하더라도, 설령 고위 성직자분들의 호의가 있다고 하더라도 반드시 무언가가 방해할 일이 생겨서 순조롭게 흘러가지 않을 겁니다."

칼 로딕의 집에서 나온 나르디 씨는 걸음을 옮기며 마음속으로 몇 번이고 생각했다.

'그랬단 말인가, 그랬구나, 엘레나는······.'

본인을 위해서라도, 다른 사람을 위해서라도 일찍이 속세를 떠났어야 했던 딸이었단 말인가. 자코모가 칼을 휘두른 것에 엘레나에게는 아무런 죄가 없었다. 하지만 엘레나에게 사람의 힘으로는 어찌할 수 없는 하늘의 뜻을 따른 어떤 죄가 있어서, 자코모는 엘레나의 그 죄와 무관하게 살 수 없었던 것을 아닐까. 생각해 보면 자코모는 감정이 풍부한 사람이었다. 엘레나에게 그렇게나 푹 빠져 있었다. 자코모가 좋은 사람이었던 탓에 하늘의 뜻에 따른 운명의 올가미에 발이 걸린 것이다. 아아, 불쌍한 자코모. 계속 증오했던 나를 용서해다오.

나르디 씨는 또 엘레나의 수명에 대해 생각했다. 30대 후반이라고 했다. 자신의 수명은 모르지만 엘레나의 수명이 그 정도라면 아마도 마지막까지 자신이 지켜줄 수 있을 것이 분명했다. 그 부분은 안심되었다. 동시에 그는 딸의 수명이 짧은 것을 기뻐할 부모가 어디에 있을까 싶어 뼈에 사무치는 슬픔에 눈두덩이 뜨거워졌다. 나르디 씨는 불쌍한 엘레나와 불쌍한 자코모를 양팔로 함께 끌어안아 주고 싶었다.

며칠 후 나르디 씨는 엘레나에게 말했다.

"니노가 온다는데, 그렇게 안부를 전하는 것만으로 그쪽 분들의 안부를 알고, 자신의 안부를 알렸다고 생각해서는 안 된다. 가끔은 인사드리러 다녀오거라."

제3부

불꽃

자코모와 엘레나가 결혼한 날짜는 5월 28일이었다. 그리고 두 사람이 두 번째 결혼기념일을 맞이한 지 열흘 정도밖에 지나지 않은 6월 9일에 자코모가 사형으로 세상을 떠났다.

이후 엘레나는 혼자만의 결혼기념일을 10번이나 보냈다.

10년 사이에 빨래집 여자 이다가 그날 이후 얼마 지나지 않아 세상을 떠나는 일도 있었다.

그때 이다가 엔리카에게 받은 편지를 엘레나에게 아무 말 없이 전했다면 엘레나는 아무것도 모른 채 받고 은화 한 닢을 건넸을 것이 분명했다. 편지를 받지 않았으니 일반의 관습에 따라 수고비를 주지 않았다고 한다면 그냥 그뿐일 일이었다. 하지만 그 편지는 말하자면 이다가 자신의 이득을 떠나 건네지 않은 것이었다.

엘레나는 그 자리에서는 그저 깜짝 놀라 거기까지는 도저히 생각이 미치지 못했지만, 생각해 보면 미안한 일이었다. 엘레나는 그때의 일을 다시 꺼내고 싶지 않았고 건넸다 하더라도 이다도 그 수고비는 거절했을 것이다. '어떤 기회가 있을 때 다른 수고비로 건네야지.' 엘레나가 그런 생각을 하면서 적당한 기회를 찾지 못하는 사이에 이다는 세상을 떠났다.

이다를 대신해 중년이 된 이다의 딸이 세탁물을 담당하게 되었다. 그녀가 두 번째인가 세 번째인가 왔을 때 엘레나는 "굳이 말하자면 나는 나르디가를 떠난 식구나 마찬가지인 몸이네요. 하지만 잘 부탁해요. 이것은 아주 작은 성의예요"라는 말과 함께 은화 한 닢을 건네고 그 일을 정리했다.

*

─그 10년 사이에 아디나는 필리포 토스티와 결혼했다. 언니가 결혼한 후로는 엘레나도 사람들에게 엘레나 부인이라고 불렸다.

어머니 프란체스카는 아이를 6명이나 낳았지만, 첫째 마르코가 태어난 때도 결혼 후 3년째 되던 해였다. 동생 엘레나도 2년 동안의 결혼 생활에서 한 번도 임신을 하지 않았다. 아디나도 비슷한 체질이었는지 4년째가 되어서야 겨우 딸을 얻었다. 그 후로 2년째 되는 해에 둘째 딸을 낳았다.

아디나에게 첫째 딸이 태어났을 때 엘레나는 자신의 형제들이 각각 출생 축하 선물로 파피니가에서 받은 공갈 젖꼭지를 떠올리고 어머니께 물었다. 프란체스카는 집 안을 뒤져 붉은 산호로 된 여자아이용을 두 개 찾아왔다. 아디나가 사용했던 것이 어느 것인지 알 수 없었지만 둘 중 하나를 선물했다.

"또 딸이 태어나도 한 개 더 있으니까."

엘레나는 이렇게 말했지만 둘째 딸이 태어났을 때의 일은 기억하지 못했다. 남은 한 개를 가지고 갔는지, 어머니나 이모 중에 한 사람이 썼던 것을 물려받은 언니에게서 다시 물려받았는지.

필리프 일가는 선박 도구 가게의 옆 건물에서 부모님과 함께 살았다. 아디나는 이미 오래전에 얼굴에서 수녀티가 사라졌다. 어느 시기 엘레나가 언니의 표정에서 가장 아름답다고 생각했던, 높은 곳으로 시선을 보내고 있을 때의 어쩐지 고상하게 보였던 모습도 더 이상 보이지 않았다. 아마도 살이 쪄서 웃으려고 할 때의 ―입술이 좌우로 길어지면서 살짝 위로 올라가면 거기에서 묘하게 화사한 분위기가 얼굴 전체로 퍼져 눈동자가 돋보였다― 그렇게 웃으려고 할 때의 타고난 아름다운 모습이 언제나 얼굴에서 느껴지는 사람이 되어 있었다. 대단히 행복해 보였다. 다만 아직 아이가 태어나기 전의 일인데, 프란체스카를 딱 한 번 조금 조마조마하게 만들었던 일이 있었다.

루도비코가 달려와 말했다.

"아버지가 돌아오셨는데 몹시 노하고 흥분해 계세요. 아디나가 뭔가 어떻다고 하시는데. 마차를 그대로 준비해 뒀으니 지금 바로 필리포를 데리고 오라세요. 혹시라도 집에 없거든 밤이 아무리 늦어도 오라고 말해두라고……. 어머니 잠깐만 와주세요."

두 사람이 내려가자 나르디 씨는 서재에 들어가려던 참이었다. 루도비코를 보자마자 고함쳤다.

"아직도 안 가고 뭐 하고 있는 거야!"

프란체스카는 아들에게 눈짓을 보내고는 남편보다도 먼저 서재에 들어갔다.

"아디나에게 무슨 일이 있어요? 그럼 그 일은 남자들끼리 할 이야기는 아니네요. 저도 일단 들어봅시다. 그 아이의 모친이니까요."

프란체스카의 목소리에 살짝 위엄이 깃들어 있었다.

"가게에서 물건이나 팔라고 아디나를 시집보낸 게 아니라고. 상당한 지참금과 함께 아디나를 데리고 갔으면서, 필리포 이놈은 그게 대체 뭐냔 말이다!"

나르디 씨는 화를 내면서도 상황을 설명했다. 그리고 프란체스카는 곧 대략적인 사정을 알게 되었다.

토스티 선박 도구 가게는 문이 넓고 건물 안쪽이 깊으며 천장이 높았다. 그 넓은 공간의 사방에 위아래로 다루기 거친 상품이 수없이 쌓여 있거나, 세워져 있거나, 놓여 있거나, 걸려 있거나, 매달아뒀거나, 끌어올려 뒀거나 해서 마치 창고 같았다. 사무실은 안쪽 정면 계단을 올라간 중간층으로 천장에 창이 있고 한쪽 면도 유리창으로 되어 있어서 가게 전체를 내려다볼 수 있었다. 가게의 문 가까이 왼쪽에 유리문이 달린 사무실보다도 작은 방이 또 하나 있었다.

배에 싣는 선원용 식재료, 음료수, 술 등을 취급하는 업자는 원래는 선박 도구 가게와는 따로 있었다. 하지만 선원들이 각자 사는 물품은 거의 선박 도구 가게에도, 말하자면 그들의 편의를 위해서 두고 있었고, 토스티 가게의 그 작은 방도 그런 물품을 판매하는 곳이었다. ……담배, 몇 종류의 마른 견과류, 사탕, 막대 설탕, 일부 속옷과 양말과 수건, 면도칼과 빗, 주로 사용하는 크기의 서너 종류의 단추, 무명실과 바늘, 선원들 중에는 항해 중에 따분한 시간을 보내기 위해 뜨개질을 하는 사람도 많았기 때문에 털실과 뜨개용 바늘, 그리고 트럼프 카드와 주사위 같은 놀이 도구가 놓여 있었다.

"거기 놓인 물건 중에 뭔가 급한 대로 사용하고 싶을 때에는 가져가도 괜찮대요. 그 대신에 돈은 나중에 내러 온다더라고요."

친정에 왔던 아디나가 재미있다는 듯이 프란체스카에게 이런 이야기를 했던 적이 있었다. 하지만 '거기 놓인 물건'을 아디나가 손님에게 팔고 있는 장면을 목격한 사람이 있었고, 그것이 나르디 씨의 귀에 들어간 모양이었다. 프란체스카는 꽤 이전에 남편이 농담 반으로 토스티가의 선박 도구상이라는 가업에 대해서 그다지 품위가 있는 장사가 아니라고 말했던 것을 기억하고 있었다. "여자 판매원이 있으면 좋겠어"라는 말을 가볍게 하는 선원들을 상대로 아디나가 계속 그런 일을 하고 있다고 생각하면 나르디 씨가 가만있을 수 없는 것도 이해가 되었다.

프란체스카는 남편의 기분에 맞춰 화를 내보인 후에 자신의 생각을 슬쩍 말하기도 하고 굳이 또다시 조금 화를 내기도 하면서 조금씩 그의 화를 달랬다.

아디나는 가게에 거의 나가지 않을 것이 분명했지만, 실이라도 부족해져서 우연히 가지러 갔을 것이다. 거기에서 마주친 손님이 견과류 몇 킬로그램 달라고 하니 무게를 달아 건네고 돈을 받았을 것이라고 프란체스카는 말했다.

"하지만 중간층에 있는 사무실에서 전부 다 보이잖아. 손님이 왔으면 누군가가 내려가 봐야지."

나르디 씨가 반박했다.

"다들 그쪽을 계속 내려다보고만 있지는 않을 거잖아요."

"그러면 아디나가 사람을 부르러 가면 됐어."

프란체스카는 여전히 태연했다.

"그 애는 귀족 공주가 아니에요. 이발소나 급여를 받는 사람의 딸도 아니고요. 가게를 운영하는 집에서 태어났어요. 그것도 대대로 가게를 이어온 집안에서요. 손님을 마주쳤을 때 굳이 가게 사람을 부를 것도 없었겠죠. 양초 하나 팔아 본 적은 없지만 자연스럽게 물건을 팔게 되었을 거예요."

나르디 씨는 입을 다물었다. 프란체스카는 재미있어져서 괜히 한마디 더 해보고 싶어졌다.

"감사합니다 인사 정도는 했을지 모르겠네요."

역시나 남편은 입을 꾹 다물고 있었다.

"한동안 안 왔으니까 조만간 두 사람을 부릅시다. 그리고 아버지가 상당히 많이 화가 나셨으니 두 번 다시 그런 일이 없도록 아디나에게 호되게 달해둘게요. 필리포에게는 당신이 말해주세요. 모친이 달해두겠지만 자네도 잘 얘기해 두라고요. 그런 일을 시키지 말라고 말해서는 안 돼요. 아디나가 곤란해지니까요. 필리포나 시아버지가 명령한 일이 아니니까요. 시키지 말라는 말만은……."

"시끄러워! 무슨 말이 그렇게 많아."

"어머 무서워라."

프란체스카가 자리에서 일어났다.

"……그럼 전 부엌에 가볼게요."

*

―10년 사이에 가르코도 결혼했다.

아디나와 필리프가 결혼할 때 나르디 씨는 마르코가 마음을 쓴 것을 대견하게 생각했다.

"똑같이 눈치도 없고 결단도 굼뜬 두 사람을 이어주다니, 도중에 그런 일도 있었는데 말이다. 모든 게 다 네 덕분이야. 고맙다."

나르디 씨는 아들에게 감사 인사를 했다.

"그런 것 치고는 두 사람은 꽤 행복해 보이는구나. 재미있는 일이야."

그러는 사이에 나르디 씨는 마르코의 일에 마음을 기울이게 된 모양이었다. 어느 날 나르디 씨는 아들에게 말했다.

"넌 좀처럼 아무런 말을 하지 않는데, 물론 마음 가는 사람이 있겠지?"

마르코는 조심스럽게 대답했다.

"세관에서 일하는 사람의 딸이 한 명 있습니다만……."

"세관에서 일하는 사람? ……세관장이야?"

"아니요."

"안 돼. 안 된다. 그런 집은……."

나르디 씨는 손을 크게 흔들었다. 그 자리에서는 그것으로 이야기는 끝났지만 마르코가 조심스럽게 대답한 이유는 포기할 마음이었기 때문이 아니었다. 부모가 두 손 들고 환영할 만한 아가씨가 아니라는 것은 알고 있었다. 우선은 반대하는 말을 듣더라도 끈질기게 끌고 가서 반드시 그 아가씨와 결혼할 자신이 마르코에게는 있었을 것이다. 실제로 두 사람은 그 2년 후에 결혼했다.

나르디 씨 부부가 볼 때 그 아가씨에게는 장점이라고 할만한 점은 없었다. 열 살 무렵에 모친을 잃고 오랫동안 세관사인 아버지와 남동생과 할머니, 이렇게 네 식구가 함께 살아왔다고 했다. 이미 결혼할 나이가 된 마르코보다 한 살밖에 어리지 않았다. 결혼 자금 건에서도 생각할 부분이 있었다. 어느 날 마르코가 데리고 와 가족에게 보여준 아가씨는 예쁘지도 않았다. 안색은 밝지 않고 마른 체형이었다. 그녀를 배웅하러 마르코가 나가자 나르디 씨가 말했다.

"지나치게 키가 큰 아가씨군."

가족 중에서 가장 키가 큰 마르코보다도 2센티미터 정도 더 큰 것 같았다. 빨간 머리에 콧날에서 양쪽 볼에 걸쳐 주근깨가 조금 있었다. 이름은 무제타라고 했다.

"어디가 무제타 아가씨라는 건지."

나르디 씨가 말했다. 그 이름이 어쩐지 살집이 좋은 젊은 아가씨에게 어울린다고 생각하는 듯한 말투였다. 프란체스카와 루도비코와 엘레나는 동시에 웃음을 터트렸다. 무제타 아가씨는 머리 숙여 인사할 때 정중하게 고개를 깊이 숙이는 사람이었다. 하지만 마르고 키가 큰 탓인지 처음 순간의 동작이 날쌔게 보였다. 엘레나는 '뽀각' 하고 소리까지 들리는 것처럼 느껴졌다.

마르코는 몇 번이나 부모님이 반대해도 무제타를 포기하지 않았다. 불리한 부분을 설명하기도 하고, 협박도 하고, 좋은 후보를 내세워 마음을 돌리려고도 해보고, 울며 호소하기도 하는 부모님의 말을 그저 "네, 네"라며 흘려들었다. 그리고 마지막에는 꼭 "시간이 지나면서 좋은 부분이 점점 더 보이는 사람이에요"라고 단정하는 것이었다.

머지않아 엘레나는 무제타 아가씨의 눈이 아름답다는 걸 깨달았다. 깊은 눈시울이 정말로 섬세하게 가지런했고 옅은 녹색 눈동자 부분을 보고 있으면 빨려 들어갈 것 같은 기분이 들었다. 무제타 아가씨는 목소리가 살짝 거칠고 굵었다. 결코 장점이라고 말할 수 없었지만 무제타가 말을 하면 엘레나에게는 그 목소리에 다정함이 가득 담겨 있는 것처럼 들리기 시작했다.

마르코와 무제타는 결혼한 후 아디나가 지냈던 방을 사용하며 나르디가에서 생활했다. 부모님은 두 사람의 결혼이 여전히 불만이었다. 특히 프란체스카는 잠자기 전에 늘 이런 말을 했다.

"우리 장남이 저런 아가씨를 데리고 올 줄은 정말로 생각도 못 했어요."

하지만 다행히도 '점점 좋은 부분이 보이는 사람'이라고 했던 마르코의 말이 전혀 엉뚱한 소리는 아니라는 사실을 부부가 떠올릴 상황이 찾아왔다. 마르고 안색도 밝지 않았지만 무제타는 얼마 지나지 않아 임신을 했다. 산달까지 무사히 보내고 아들을 낳았다. 나르디 씨는 "정말 잘했다"고 말했다. 아이는 조부의 이름을 받아 주세페라는 이름을 갖게 되었다.

아이는 모친을 닮아 빨간 머리에 눈은 옅은 녹색이었다. 서너 살 무렵이 되자 더욱 모친을 닮아갔다. 콧날에 주근깨가 세 개 정도 생겼고 아직 그다지 눈에 띄지는 않았지만 모친을 닮은 눈시울이 그 특징을 느끼게 했다.

뭐든지 묻고 싶어 하는 시기가 되었을 무렵 주세페가 엘레나에게 물어본 적이 있었다.

"고모는 할머니의 뭐야?"

루도비코는 마르코가 결혼한 후에는 근처에 혼자 집을 빌려 한 부녀를 고용인으로 두고 거기에서 출퇴근했다. 루도비코는 본가에 자신의 방도 사용하고 있었고 점심 식사는 거의 집에서 했고 저녁도 가끔은 본가에서 먹었다. 하지만 주세페에게 그 사람은 자주 오는 손님 같은 존재였다. 그런데 엘레나의 경우 반은 가족 같은 신기한 존재로 느껴졌는지도 몰랐다.

"할머니의 딸이지."

엘레나가 대답했다.

"딸이 뭐야?"

"아이라는 거야. 아이가 여자일 때는 딸이라고 불러."

"아니야. 할머니의 아이는 우리 아빠야."

"주세페의 아빠는 할머니의 아이지. 고모도 할머니의 아이야."

"아빠와 고모는 같은 날에 태어났어?"

'새끼 돼지도 아니고'라는 생각이 들어 엘레나는 웃음이 터졌다. 무제타는 아이를 더 낳지 않았다. 주세페는 형제라는 관계를 전혀 모르는 것 같았다. 이 아이가 말하는 '고모'는 '아주머니' 정도인가 보다고 엘레나는 생각했다.

그 무렵 주세페는 엘레나의 얼굴을 빤히 바라보고 물었다.

"고모 코는 왜 잘렸어?"

같이 있던 무제타가 곧바로 "주세페!"라고 부르며 한 손을 들고 다가왔다.

"괜찮아."

엘레나는 무제타의 손을 잡아 내렸다. 무제타는 때때로 아이에게 손을 들고는 했다.

"괜찮아. 주세페."

엘레나는 아이에게도 같은 말을 했다.

"……고모가 넘어졌어. 그리고 돌에 부딪혀서 이렇게 되었어."

"나도 넘어진 적 있어."

"하지만 돌에 부딪히지는 않았지. 주세페는 잘 넘어지는 법도 아는구나."

무제타가 상황을 살피다가 일어나 나갔다. 아이가 말했다.

"고모, 그거 안 나아?"

"나을 거야."

"언제?"

"언젠가는."

"몇 밤 자면 돼?"

"모르겠어."

며칠 후 주세페가 엘레나에게 또 물었다.

"고모 코는 언제 나아?"

이 무렵 아이는 그 부분이 너무나 신경이 쓰이는지 며칠 지나면 또 엘레나에게 같은 것을 물었다. 아이는 어머니가 없는 곳에서 물어보는 눈치도 생겼다. 그리고 그런 상태로 계속 있다가는 엘레나는 다시 몇 번이고 같은 질문을 받을 것 같았다.

역시나 주세페가 엘레나의 하얀 코를 빤히 바라보면서 똑같은 질문을 해서 엘레나는 말했다.

"주세페는 가느다란 달님이 점점 커져서 동그랗게 되는 걸 알지?"

아이는 고개를 끄덕였다.

"그래서 말이야, 언제일지는 모르지만, 언젠가 달님이 점점 부풀어 오르면 고모의 코가 어쩐지 시원해져. 매일 밤마다 달님은 부풀어 오르잖아? 그러면 매일 밤 고모의 시원하고 기분 좋은 코도 조금씩 나아가는 거야. 그렇게 달님이 드디어 동그랗게 되는 밤 그 밝은 빛으로 고모가 거울을 보면 코가 완전히 나아 있어!"

엘레나가 이야기를 끝내자 아이는 넋을 잃고 이야기에 빠져 있었다. 그리고는 천천히 미소 지었다.

주세페는 엘레나에게 잘린 코에 대한 질문을 이제는 거의 하지 않게 되었다. 그 대신 "코 이야기 해줘"라거나 "그 이야기 해줘"라고 종종 말했다.

'그렇게 달님이 드디어 동그랗게 되는 밤…….'

이야기가 거기에 이르면 언제나 아이는 그다음을 기대하면서 기쁜 듯이 몸을 흔들었다. 한동안 엘레나는 스스로도 상당히 유쾌하게 그 이야기를 몇 번이고 해줬다.

아마도 그 무렵에 마르코 가족은 주세페와 마르코와 여전히 마른 무제타가 담긴 가족 초상화를 그렸다. 그 초상화는 가족실이 아닌 그들의 방에 걸어두었다.

*

─10년 사이에 엘레나는 프란체스카에게 빈축을 사게 된 일도 있었다.

엘레나에게 사법청사에 꼭 가야 할 용건이 생겼다. 그날 이후 그곳에 가는 것은 처음이었다. 형사 문제의 용건은 아니었다. 어떤 사무적인 수속을 해야 할 일이 생겨 나르디 씨와 변호사와 함께 갔다.

변호사가 연 문 안에는 넓은 사무실이 있었다. 카운터가 놓여 있어 사무실과 외부 공간을 나누고 있었다. 변호사가 그 앞에 서서 곧장 다가온 청사 직원에게 용건을 알렸다. 청사 직원은 고개를 끄덕이고는 무언가를 하러 갔다. 카운터 너머에는 서른 명 가까운 직원이 있었다. 일부 사람들은 중간층 정도의 높이에 난간으로 두른 안쪽에 놓인 책상 앞에 앉아 있었다. 또 다른 일부 사람들은 그 부분만 반지하처럼 낮은 위치에 나란히 놓인 책상 앞에 있었다.

조금 멀리서 카운터 아래에 달린 문으로 허리를 숙여 나온 사람이 이쪽을 향해 왔다. 그 청사 직원이 응대해 주나 보다 생각하고 있는데 그의 얼굴에 점차 웃음이 피어났다.

"엘레나 씨. 정말 오랜만입니다."

눈앞에 오자 그가 말했다.

"……저를 기억하십니까?"

어렸을 적 친구였다. 하지만 이름이 바로 떠오르지 않는 사람이었다.

"페데리코 모스키니입니다."

그가 자신의 이름을 밝혔다.

"어머, 페데리코 모스키니 씨. 생각났어요."

엘레나가 대답했다. 그러자 거의 청년이 되었을 무렵 그의 모습도 떠올랐다. 엘레나가 그에게 아버지를 소개했다.

"그럼 자네는 지금 이 청사에? ……그렇군."

나르디 씨도 가볍게 호응할 뿐이었다.

서류 묶음과 커다란 봉투를 한 손으로 안은 직원이 다가왔다.

243

"잠깐 인사라도 하고 싶었어요. 실례했습니다."

페데리코가 자리에서 물러났다. 카운터를 향해 문 대신에 가리개를 단 칸막이가 몇 개가 있었다. 가까이 다가온 직원이 엘레나 일행을 그중 하나로 안내했다. 여러 가지 서류가 펼쳐지고 나르디 씨와 변호사가 때때로 서명했다. 엘레나도 두세 종류의 서류에 열 곳 정도 서명했다. 한 시간이 채 지나기 전에 용건이 끝났다. 서류의 일부는 변호사가 가방에 넣었다. 직원은 서류 묶음과 커다란 봉투를 가지고 한 손으로 가리개를 젖히고 문을 활짝 열어 세 사람을 지나가게 했다.

세 사람은 사무실을 나와 현관을 향해 복도를 걸어갔다.

"돌아가시나요? 제가 모셔드릴까요?"

페데리코 모스키니가 쫓아와 말했다. 아버지와 변호사 사이에서 걷던 엘레나는 자연스럽게 물러나 두 사람의 뒤에서 페데리코와 나란히 걷는 모양새가 되었다. 현관홀이 가까워졌다. 페데리코가 큰 동작으로 뒤를 돌아봤다. 돌아보는 것 같았는데 그는 어디에서 꺼냈는지 작게 접힌 종이를 엘레나의 손에 쥐여줬다. 이후 엘레나와 페데리코는 몇 번인가 만났다. 엘레나가 문득 회상해 보니 늘 밤에만 만났던 것 같다는 생각이 들었다.

"그때는 즐거웠지."

페데리코가 중얼거렸다.

"맞아. 나는 지금도 즐거워. 이렇게 밤길을 특별한 일 없이 걸으면서 너랑 이야기하고 있잖아."

엘레나가 말했다.

"기분 좋은 말이네."

그는 기뻐했다.

또 다른 날 엘레나가 물었다.

"……얼마 전에 네가 그 시절에는 즐거웠다고 말했지. 그거 언제를 말하는 거야?"

"여러 가지 일이 있는데, 어렸을 때 너희 집 뒤뜰에서 남자아이들이랑 여자아이들…… 아이나도 있었던 것 같은데, 다 같이 모여서 자주 놀았잖아. 생활 공간인 2층 현관으로 올라가는 큰 계단에서 가위바위보로 이긴 사람이 한 칸씩 올랐지. 제일 빨리 꼭대기에 오르는 사람이 이기는 게임이었어."

"너 매일 우리 집에 놀러 왔었어?"

"아, 응. 짐마차도 생각나. 짐을 싣고 가는 게 아니라 짐은 내려놓고 아저씨가 텅 빈 짐칸에 구유통을 툭 올리고는 문을 나갔어. 그 뒤를 제일 먼저 쫓아가는 사람은 거의 너였어. 짐마차 뒤를 따라 양팔을 활짝 펼치고는 내달렸어. 그걸 따라잡을 수 있는 사람은 세 명 정도뿐이 없었어. 아저씨가 짐마차를 세우고 짐칸에 태워줬어. 뒤에 쫓아온 아이들도 태워줬어. 그리고 조금 달리다가 '자, 이제 돌아가야지'라며 아이들을 내려줬어."

"네 코에 뿔이 생겼을 때의 일도 기억해. '페데리코, 잠깐 봐봐'라는 말에 네 얼굴을 보고는 깜짝 놀랐어."

―크고 단단한 장미 가시를 옆으로 힘을 줘서 떼어내서 코끝에 붙이면 딱 맞게 붙었다. 그러면 작은 뿔이 자란 것처럼 보였다.

"너 몰랐어? 모두들 알고 있었는데. 그러고 보니 그런 걸 하는 남자아이는 본 적이 없는 것도 같아. 왜일까? 왜 여자아이들만 했을까?"

둘이 걷고 있을 때 비가 내린 적이 있었다. 루도비코가 사는 집에서 가까웠다. 서둘러 그곳을 향해 갔다. 4층 주택 건물의 3층에 있는 루도비코의 집에 도착했을 때 루도비코는 집에 없었다. 엘레나는 루도비코가 고용한 부녀를 그날 밤 처음 만났다.

"주인님은 지금 안 계십니다. 오늘 밤에 손님이 오신다는 말도 듣지 못했습니다."

완고한 노인은 두 사람을 들이지 않았다.

"이렇게 비가 내리는데 우리를 내쫓을 거예요? 손님이 아니니까 부엌이라도 괜찮아요. 그리고 두 분은 들어가세요. 술만 내주시면 돼요."

이렇게 고집을 부려 결국 두 사람은 응접실에 앉을 수 있었다. 나중에 루도비코는 엘레나에게 말했다.

"그 아저씨께 잘 말해뒀으니까 가끔 우리 집을 사용해도 괜찮아."

하지만 엘레나는 루도비코의 집을 가끔보다는 조금 자주 사용했다. 루도비코가 있을 때도 있었지만…….

―페데리코는 아직 독신이었다.

"'이 사람 좋아해'라는 말을 네게 들었으니까. 잊어버린 건 아니지?"

그가 말했다.

"기억하지. 골목으로 도망친 사람이 있었지. 다음에 보면 바로 말을 걸어 달라고 네가 말했어. '널 좋아해. ……이 말이 제일 좋아'라고 네가 가르쳐 줬잖아. 그래서 나는 '이 사람 좋아해'라고 말하고 싶어졌어. 네지 말이야. 너의 의협심에 마음이 흔들렸어. 남자답다고 생각했어."

엘레나는 말 뒤에 웃으면서 아슬아슬한 말을 덧붙이기도 했다.

"그런데 너 지금은 어때? 네 의협심. 나에 대해……. 있는 것 같기도 하고 없는 것 같기도 하고……."

엘레나가 페데리코를 만나기 위해 밤에 나가게 된 후 서너 번째에 엘레나가 외출 준비를 하고 계단을 내려가려고 할 때 프란체스카가 계단참에서 기다리고 있었다. 프란체스카는 그날 낮에도 에둘러 주의를 주었다.

"지금 같은 상황이 계속되면 세간에서 무슨 말을 들을지 몰라."

프란체스카가 계단참에서 충고했다.

"괜찮아요. 목숨이 걸린 일도 아닌걸요."

엘레나는 아무렇지 않다는 듯 대꾸했다.

"그만둬!"

프란체스카는 엘레나의 양어깨에서 숄을 빼앗았다. 모녀가 서로 노려봤다. 양쪽 다 상대의 눈을 빤히 바라봤다. 엘레나는 프란체스카의 두 눈에 눈물이 솟아나는 것을 봤다. 그것이 흘러내리기 전에 엘레나는 눈을 돌렸다.

"다녀올게요."

프란체스카가 엘레나를 향해 숄을 던졌다. 엘레나의 등 뒤에서 끊어질 듯한 목소리가 들렸다.

"임신만은……."

*

―10년 사이에 너무나도 좋은 사람인 니노에게 놀란 일이 있었다.

마르코와 무제타의 결혼 이야기가 나오기 시작했을 무렵이었는지도 모르겠다. 어느 해 초가을, 카탈라니 가문의 세 자매와 니노와 엘레나까지 다섯 명이 소풍을 나갔다. 선착장에서 마차를 돌려보내고 배로 운하를 거슬러 올라갔다.

"엘레나, 있잖아. 꽤 오래전에 조금 남쪽에 있는 바닷가에 간 적이 있었잖아. 그때 이후 같이 이렇게 나오는 건 처음이네."

소박한 객선에 오르며 장녀 올림피아가 말했다. 그 해변으로 갔던 소동에는 오늘 참석한 사람들에 더해 결혼 전이었던 아디나도 그리고 자코모도 있었다.

"……이렇게 다 같이 한번 나오고 싶었어. 이 정도의 외출은 하려고 생각하면 언제든지 할 수 있었는데, 생각만 하다가 시간이 흘러버리기 쉽지. 우리 다 같이 나오는 소풍은…… 이제 두 번 다시 없을지도 모르잖아."

목적지는 니노가 미리 말을 타고 와서 사전 조사를 해둔 곳이었다. 세 번째 정도의 선착장에서 양동이와 돗자리를 나눠 받고 배에서 내렸다.

여름 기운은 이미 물러난 계절이었다. 마치 가을이 오기만을 기다렸다가 나온 것처럼 어디를 봐도 가을 느낌이 드는 햇살과 계절의 초목이 맞이해주는 날이었다. 꽤 무거워 보이는 이삭이 고개를 숙이고 있는 밭이 끝없이 펼쳐져 있었다. 도중에 한쪽 편에 작은 성당과 작은 마을 같은 풍경이 보였다. 그 풍경을 한쪽으로 바라보면서 모두 함께 풀을 밟으며 걸었다.

아주 옛날에 처음으로 시의 경계에 벽을 만든 곳이 이 근처였던 모양이라고 니노가 말했다. 중간에 끊어진 듯한 둑 같은 지대도 있었고, 거의 매몰된 석재가 드문드문 튀어나와 있기도 했다. 그 앞에 언덕이라고 말하기도 힘들 정도의 살짝 높은 곳이 이어져 있었다. 꼭대기에 나무 두 그루만이 우뚝 서 있었다. 그 밑동 근처의 평평한 곳에 자리를 깔았다. 카탈라니가와 나르디가에서 각각 만든 점심 식사와 음료수가 차례차례 놓였다.

곳곳에 억새밭이 있었다. 보통 크기의 억새에는 드문드문 꽃봉오리가 부풀어 오르고 있었다. 올려다봐야 할 정도로 큰 대왕 억새는 줄기는 물론이고 가는 잎에도 강력한 초록이 넘쳐흐르며 거대한 꽃봉오리를 당당하게 빛내고 있었다.

"당당하다는 것은 이런 모습을 말하는 거라고 가르쳐주는 듯해."

니노가 감탄했다.

"나는 저쪽이 더 좋아."

차녀가 새하얀 꽃을 피우고 있는 생강 군집을 바라봤다.

"······돌아갈 때 조금 따가자."

식사는 거의 끝났지만 여전히 다들 편안하게 쉬고 있을 때 올림피아가 남동생을 부르며 일어났다.

"니노 잠깐만······."

두 사람은 완만한 경사면의 풀숲으로 옮겨갔다. 니노가 중간에 자리 잡고 앉자 누나도 그 옆에 앉았다.

차녀와 삼녀는 생강 군집 쪽으로 갔다. 엘레나도 함께 가서 몸을 웅크렸다. 새하얀 꽃은 전혀 생강 같지 않았다. 과하게 화려하지 않으면서 장미, 백합, 난 같은 꽃들처럼 교태와 뽐내는 듯한 향기가 아니라 마음을 안정시키는 깊은 향기가 났다. 부풀어 오른

줄기 끝에 꽃잎이 다섯 개 정도 붙어 있는 모양으로 자세히 보면 그 꽃잎 하나하나가 한 송이 꽃이었다. 이미 시들기 시작한 곳도 있었지단 아직 꽃봉오리인 곳도 있었다. 엘레나는 원뿔형의 꽃봉오리 하나를 뽑아 얇은 꽃잎을 한 장씩 젖혀 봤다. 형태만 있는 옅은 노란색 심을 꽃잎 다섯 장이 감싸고 있는 걸 처음 알았다. 똑같은 행동을 하던 차녀가 꽃을 입에 넣고 씹어봤다.

"어떤 맛이야?"

삼녀가 물었다.

차녀가 씹던 걸 멈추고 말했다.

"직접 먹어보."

"엘레나!"

올림피아의 목소리가 들렸다. 꽤 가까이 와 있었다. 올림피아는 밝은 표정을 짓고 있었다.

"니노가 불러."

올림피아가 등 뒤를 가리켰다.

'오늘 소풍을 가자고 한 사람은 올림피아 누나예요.'

엘레나가 옆에 앉기를 기다렸다가 니노가 말했다.

"누나는 곧 결혼할 거예요. 말하자면 동업자 같은 사람인데, 피렌체의 모자 제조업자로 아직 나이가 그리 많지 않은 당주에게 청혼받았어요."

"그렇군요. 잘됐네요. 자매가 모두 예쁘잖아요."

아름다운 세 자매였다. 그날은 엘레나도 그랬지만, 자매들은 밀짚모자를 쓰고 있었다. 친자매치고 셋은 그렇게 닮지는 않았지만 자매가 밀짚모자를 쓸 때면 고르는 안목이 세련된 건지 모자와 그녀들의 아름다운 용모가 제각각 돋보였다. —그렇기는 했지만 엘레나는 그 말을 하고는 후회했다. 아름답기 때문에 사형수의 누나라고 해도 그런 연을 맺을 수 있었다고 말하는 것처럼 여겨지지 않을까. 아니 실제로 엘레나는 그 이야기를 듣자마자 잘됐다고 생각한 건 그런 이유도 있었기 때문이었다.

"식은 내년에 올릴 것 같은데, 누나는 결혼식 직전까지 아무에게도 알리고 싶지 않은 모양이에요. 인사를 하고 나면 시간차를 두지 않고 식을 올리고 피렌체로 가고 싶다고······. 하지만 형수님은 누나에게는 올케잖아요. 그런 사이기도 하고······ 그리고 그보다도 누나의 마음이 형수님에게만은 먼저 알리고 싶다고······. 그러니까 이 얘기는 가족분들에게는 아직 말씀하지 마세요. 그리고 전 누나가 부탁해서 이 이야기를 하는 거긴 하지만, 누나에게 이 일에 대해서는 아무 말 하지 않고 뒀으면 해요. 이것도 누나가 원하는 일이에요."

니노는 잠시 하늘을 올려다보다 다시 말했다.

"······가을도 곧 지나가겠죠. 결혼식이 가까워지면 올림피아 누나도 정신 없어지겠죠. 피렌체에 가버리면 서로 좀처럼 만나기 힘들어질 거예요. 오늘 소풍은 누나에게는 조금 많이 이른 우리 네 사람과의 이별 파티 같은 거라고 해요. ……이상입니다."

이렇게 니노는 올림피아의 결혼에 관한 이야기를 마무리했다. 그리고 엘레나에게 한마디할 틈도 주지 않고 덧붙였다.

"……지금까지는 올림피아 누나에 대한 일이었고요. 저는 오늘은 그럴 생각은 아니었지만, 이 기회에 말해두려고요. 지금까지 몇 번이고 형수님께 말하려고 생각했던 일입니다. 저희의 결혼에 대해서……."

엘레나는 니노가 상당히 잘 노는 사람이라는 것을 오빠들의 입을 통해 꽤 일찍부터 알고 있었다. 피사에 특별한 사람이 있다는 것, 그 사람과의 사이에 아이가 있다는 것, 남자아이로 자신의 아이라고 인정했다는 것은 니노에게서 직접 들었다. 저희의 결혼이란 그 아이 모친과의 결혼을 말하는 걸까? 다른 사람과의 결혼일까?

"결혼하세요?"

엘리나가 슬쩍 떠봤다. 그는 거기에는 대답하지 않고 다른 말을 했다.

"엘레나, 형수님은 툭하면 제게 화를 내지요. 하지만 오늘은 부디 도중에 화를 내지 말고……."

미리 양해를 구하는 것 같더니 바로 말을 시작했다.

"저는 당신과 결혼해야만 합니다. 당연히 그래야만 하지 않겠어요? 그런 생각을 할 때면 제 기분은 한껏 고취됩니다. 그래야만 한다는 생각에 견딜 수가 없어요. 하지만 제가 청혼한다고 해도 당신은 분명 딱 잘라 거절하겠죠. 그리고 당신이 저와 결혼을 원한다고 하면 저도 분명히 물러설 것입니다. 그렇죠. 서로 그러겠죠. 복잡한 관계는 피하고 싶겠죠. 세간의 눈이 있으니까요. 세간은 천박하고, 무책임하고, 어리석고, 잔혹한데다 거기에 더해 엄청난 힘을 가지고 있잖아요. 아무리 강한 사랑이라도 세간의 압력으로 깨지는 일도 있어요. 하지만 인간은 또한 그런 세간에서 자양분을 얻기에 비로소 살아갈 수 있어요."

니노는 외투를 벗어 옆에 내려놓았다. 반짝이는 이삭 물결 쪽을 다시 똑바로 바라보며 말했다.

"……저는 당신과 둘이 어딘가 멀리 떠나 당신을 지키며 세속을 떠난 사람처럼 살면 어떨까, 몇 번이나 상상해 봤습니다. 당신과 함께라면 즐겁게 살 수 있을 거라고 생각했어요. 하지만 그래서는 안 되지요. 인간은 세간이 아닌 곳에서는 자양분을 얻을 수 없으니까요. 둘 다 각자 남자가 아니게 되고 여자가 아니게 될 거예요. 인간도 동물도 아니게 되어요. 저 두 그루의 나무……."

그는 머리를 돌려 낮은 언덕 꼭대기를 바라봤다. 나무 아래에 세 자매가 수다를 떨면서 자리를 정리하고 있었다.

"저 두 그루의 나무처럼…… 아니, 나무는커녕 두 개의 돌멩이 같은 존재가 될 거예요……."

"무슨 말인지 대충 알겠어요. 이제 슬슬 갈까요?"

엘레나가 일어나려 했다.

"아니, 중요한 부분을 아직 말하지 않았어요. 하지만 저는 이런 사실을 분명히 알면서도 당신을 잊지 않을 겁니다."

"잊기는커녕 언제나……."

엘레나가 하려는 말을 니노가 끊었다.

"당신은 결혼했던 몸입니다."

"그래요. 짧은 시간 동안이었죠. 이미 전생의 기억 같아요."

"전생의 기억 같은지 어떤지 그런 건 전 모릅니다!"

니노가 고함쳤다. 그리고는 바로 목소리를 다시 가라앉혔다.

"하지만 저를 생각해 줬으면 해요. 그럴 기분이 들었을 때는……. 결혼은 하지 않더라도 부디 마음 가는 대로 저를 원해서도 돼요. 저를 당신의 것으로 생각해 주면 좋겠어요. 언제라도 기꺼이 응하겠습니다……."

너무나 좋은 사람인 시동생 니노의 말에 바로 어떤 갈도 하지 못하는 엘레나의 손에 니노는 한 손을 올려놓았다.

"알겠소?"

갑자기 연상이 된 것 같은 말투로 엘레나의 손바닥을 두세 번 쓰다듬었다.

*

―10년 사이에 소라고둥이 맛있다는 것을 처음 알았다.

언젠가 마을의 골동상이 우연히 들린 손님에게 그것을 꺼내 보였다.

"때맞춰 잘 오셨습니다. 희귀한 것을 보여드릴게요."

"뭐야, 회중시계잖아요. 그것도 유리도 떨어져 나갔고."

그것을 본 손님이 말했다.

"아니요, 정확히 말씀드리자면 이것은 회중시계가 아닙니다. 당시에는 뭐라고 불렀을까요."

골동상이 말했다.

그 시계는 크기를 보더라도 평범한 회중시계처럼 보였다. 하지만 시곗바늘이 붙어 있지 않았고 손님의 말처럼 문자판은 유리 없이 드러나 있었으며 뚜껑도 없었다. 하지만 그것은 잃어버렸거나 부서진 것이 아니었다. 자세히 살펴보면 알아볼 수 있을 텐데 원래부터 그런 형태의 물건이었다. 이런 시계가 만들어지기 시작했을 무렵 그것을 소유한 사람은 특권계급 중에서도 극히 일부의 사람들뿐이었다. 그들은 자신이 직접 시계 같은 것을 가지고 다니지 않았다. 보좌하는 사람 중에 시계를 맡아서 가지고 다니는 사람이 있었다. 시간을 물어보면 문자판의 시각을 보여드리며 말씀드렸다는 모양이라고 골동상은 이야기했다.

그 시계도 들고 다니기 편리하도록 남자 손바닥 정도의 크기에 단단한 갈색 가죽으로 된 케이스가 딸려 있어서 양쪽으로 여는 뚜껑을 열면 살짝 들어간 부분에 태엽을 감는 꼭지가 붙은 시계가 딱 맞게 들어가 있었다. 그리고 케이스는 원래는 무슨 색이었는지 모를 정도로 낡은 우단 천으로 싸여 있었다고 했다.

"어디에서 나온 물건인가요?"

손님이 물었다. 골동상은 알지 못했다. 부친인지 조부인지 그 시절에 사들인 물건인 것 같은데, 우연히 나왔다고 했다. 손님은 가격을 물었다. 이런 시계는 오래된 것은 150년에서 160년 정도이고 적어도 70년에서 80년 전에까지만 만들었던 것이라며 골동상은 터무니없는 가격을 불렀지만 그 손님은 사기로 했다.

"실베리오 카치니라는 남자가 소유했었다더라고."

손님은 그 시계의 뒷면에 새겨진 이름을 코고 말했다. 그리고 방문객이 있으면 그 시계를 꺼내 보여주기를 즐겼다.

그런데 얼마 지나지 않아 이전에 분명 그런 이름의 인물에 관한 이야기를 들은 적이 있는 사람 몇 명이 기억을 떠올렸다. 그 마을의 어느 사람이 상업으로 여행 중에 파르가의 한 여관에 투숙했을 때 그 인물의 이야기 상대를 한 적이 있었던 것이다.

"여름 한 계절만 지낼 생각이었는데 벌써 30년이 되었어."

그 인물은 이렇게 말했다. 여관의 방 몇 개를 빌려 하인 두 명과 함께 살고 있었다고 했다. 상인이 그 마을에서 왔다는 이야기를 듣고는 "그 마을 사람들 다들 건강하게 지내나?"라고 물었다.

"……맞아, 그 해변 마을이라면 거기에 살던 시절 소라고둥 요리를 먹었지."

그리고는 자신의 이름을 밝히며 이런 말을 덧붙였다.

"다시 이쪽 지방을 지나갈 일이 있으면 여기에 들르게. 그때는 또 다른 해변으로 옮겨갈지도 모르겠지만, 이제 귀찮기도 하네. 100살을 한참 지났으니까."

상인은 깜짝 놀랐다. 실베리오 카치니는 겨우 70살을 지났을 정도로 보였기 때문이었다. 하지만 그 시계의 추정 연대로 보면 그때 그가 말한 나이는 거짓이 아니었을까 싶었다.

그 저택은 오래전에 이미 없어졌지만 카치니라는 사람은 분명 그 지방에 살았다. 가족은 없었던 모양이고, 1년에 두세 번만 돌아왔는데, 40살이 지날 무렵부터 모습을 드러내지 않았다고 한다. 호기심 많은 사람들이 노인들에게 들은 이야기로 대충 그런 내용을 알고 있었다.

또 다른 호기심 많은 사람들은 소라고둥에 흥미를 보였다. 엘레나도 그런 사람 중 한 명이었다. 엘레나는 소라고둥의 껍데기라면 큰 것과 작은 것을 어디선가 두세 번 봤던 기억이 있었다. 바다의 신 포세이돈의 아들…… 그 인어 청년이 소라고둥 피리를 부는 모습을 그린 그림도 한두 번 본 게 아니었다. 하지만 먹어본 적은 없어서 어떤 맛이 날까 궁금했다. 카치니가 유난히 오래 살 수 있었던 것은 이 지역에 살았을 무렵 소라고둥을 한 번 먹었기 때문인지, 수없이 먹었기 때문인지 알 수 없지만, 적어도 행운이 있는 해산물이라고 생각되었다.

"저희도 한번 소라고둥 요리를 만들어봐요."

엘레나는 카치니의 이야기를 듣자마자 집에서 소라고둥 요리를 하고 싶었지만 프란체스카는 좀처럼 호응해 주지 않았다.

결국 엘레나는 직접 소라고둥을 사러 나갔다. 자코모와 외출하여 모처럼 즐거운 시간을 보내다 도중에 슬픈 일이 있었던 그 시장에서 산 덩굴로 엮은 뚜껑이 달린 바구니를 들고……. 이 지역 근처 바다에도 소라고둥은 풍부하게 있다는 모양이었지만 아무도 원하지 않았기 때문에 그물에 걸려도 버렸다. 하지만 최근 인기가 있어서 조개류 도매상이 어부들에게 버리지 말라고 했기 때문에 조개류 도매상을 찾아가면 살 수 있다고 했다.

그날 엘레나가 걸어서 조개 도매상까지 갔을 때에는 이미 다 팔리고 없었다. 적어도 11시까지는 와야만 살 수 있다고 했다. 엘레나는 우선 요리 방법을 물어봤다. 생으로 얇게 썰어 샐러드로 만들기도 하고 항아리에 넣어서 굽기도 한다든가…… 그 정도만 들을 수 있었다. 다음 날 아침에는 10시쯤에는 도착할 수 있도록 집을 나섰다. 남자를 포함한 먼저 온 손님이 열 명 정도 이미 줄을 서 있었지만 무사히 순서가 와서 6개를 샀다. 부피가 꽤 되어서 바구니의 뚜껑은 반쯤 열린 채로 들고 가야 했다. 싱싱해서 어패류의 비린내는 나지 않았다.

집에 돌아와 부엌에서 바구니를 열어보자 전부 껍데기 끝에 감빛 살을 제멋대로 비틀며 내밀고 있었다. 프란체스카가 하나를 꺼내 단단히 잡고는 비틀린 살에 요리용 칼을 꽂더니 휙 길게 잘랐다. 잘린 살이 잠깐 움츠러들더니 움직임이 서서히 멈췄다. 프란체스카는 잘라낸 부분을 씻어 얇게 썰었다.

"이건 생으로 먹는 요리에는 어울리지 않아."

한 조각을 씹어보더니 그 조각을 꿀꺽 삼켰다. 다음에는 한 조각을 숯불에 살짝 구워봤다. 역시 그것도 꿀꺽 삼키고는 말했다.

"딱딱해서 안 되겠어. 수프를 끓이자."

전부 씻어서 끓고 있는 깊은 냄비에 하나하나 넣었다. 고둥이기 때문에 조금 천천히 삶아서 소쿠리에 담아 물기를 뺐다. 손으로 만질 수 있을 정도로 식기를 기다렸다가 숟가락 손잡이 끝으로 속살을 비틀어 꺼냈다.

"저녁 준비할 때까지 그대로 둬. 삶은 국물은 버리면 안 돼."

프란체스카가 하녀에게도 일러뒀다.

저녁이 되어 소쿠리에 올려뒀던 것을 전부 얇게 썰어 삶은 국물에 넣어 끓였다. 프란체스카는 소금만으로 간을 했다. 한두 번 간을 본 후에 컵 두 개에 조금씩 부어 하나에는 백포도주를 두세 방울 넣었다. 양쪽의 맛을 본 후에 무제타에게도 건네며 물었다.

"어느 쪽이 더 괜찮은 거 같니?"

"소금 간만 한쪽이 좋은 것 같아요."

무제타가 말했다. 무제타가 건넨 컵에 담긴 국물을 맛보고 엘레나도 같은 생각이 들었다. 얇게 썬 속살은 건져서 버렸다. 식탁에는 소금 간만 한 수프가 올라왔다.

"이것이 소라고둥 요리란 말이지?"

나르디 씨가 숟가락을 쥐고 옅은 노란빛에 맑은 수프를 빤히 바라봤다. 한술 떠보고는 감탄했다.

"꽤 괜찮군."

나르디 씨는 중간에 한 번 더 맛있다고 말했다. 살짝 자연의 걸쭉함이 느껴졌다. 시원한 맛에 더해 목으로 넘길 때 고급 식용 조개의 향이 떠오르는 풍미가 가볍게 느껴지는 것이 이루 말할 수 없었다. 그릇을 깨끗하게 다 비운 나르디 씨가 말했다.

"그렇군. 장수할 수 있을 것 같은 수프야."

*

―10년 사이에 엘레나는 어느 유쾌한 사람에게 청혼받은 일도 있었다.

어느 해 겨울, 피렌체 대귀족의 귀부인이 주최하는 밤 연회가 해변의 그 도시 국가에 있는 귀족의 별장에서 열렸다. 그 귀족의 일족이 경영하는 금융 기관에 도월 모일 당일에 일정 금액 이상 예금이 있는 고객이 초대되었다.

사업자는 결코 돈을 놀려서는 안 된다. 조금이라도 많이 회전시켜 이익을 올리는 것만 생각하기 때문에 입출금이 잦았다. 상당한 대 실업가가 아니라면 날짜에 따라 그 순간의 계좌 잔액 차이는 늘 격심했다. 그래서 의외의 인물이 초대되기도 했고, 당연히 초대될 거라 생각했던 사람의 얼굴이 보이지 않기도 했다. 무엇보다 초대된 사람이 모두 출석한 것도 아니었다.

그 밤 연회에 나르디 씨는 초대되었다. 엘레나도 초대되었다. 엘레나의 경우 금액은 그다지 크지 않았지만 계좌 잔액이 안정적으로 유지되고 있었고 거기에 더해 매년 조금씩 늘어난 덕분에 그 모월 모일에 지정된 금액을 아주 살짝 넘기는 정도였다. 엘레나는 결혼 적령기 무렵에 시청 같은 곳에서 열리는 밤 연회에 몇 번인가 참석한 적이 있었지만 어느덧 그런 기회도 끊겨 오랜만에 참석하는 것이었다. 엘레나는 가겠다고 말했다. 그래서 나르디 씨도 참석할 마음이 생겼다. 모든 초대장에는 파트너를 한 명 동반하는 것도 환영한다는 글이 적혀 있었지만 프란체스카는 귀찮아했기 때문에 서로의 파트너를 겸해서 부녀가 연회장으로 향했다.

양초 가게 엘레나가 코에 생긴 흉터를 하얗게 화장하는 법을 알게 되고 외출할 때도 거의 가리지 않게 된 이후 본인은 당연히 몰랐지만 엘레나는 '하얀 코'라든가 '그 하얀 코'라고 불리고 있었다. 그 밤 연회에 나갈 준비를 할 때도 가리지 않을 생각이었다. 하지만 장소가 장소인 만큼 완전히 드러내는 건 좀 걱정이 되었다. 그래서 필요할 때 살짝 가릴 수 있도록 조각된 상아로 만든 살짝 비치는 작은 부채를 손에 들기로 했다.

연회장에서 부녀는 파피니 부부를 비롯해 상당히 많은 지인을 만났다. 카탈라니가에서는 아무도 참석하지 않았다. 어딘가의 신부님 세 명이 눈에 띄었다. 그들은 차례차례 인사를 받고, 사람들에게 둘러싸여 쉴새 없이 이야기하며 상당히 거만한 태도를 보였다.

나르디 씨를 아는 듯한 표정을 짓는 남자 한 명을 앞세워 젊은 여자를 동반한 남자들이 다가왔다. 나르디 씨의 지인인 듯한 사람이 소개했다.

"줄리아노 몬티 씨. 코르크 도매상을 하시는 몬티 씨입니다. 이쪽은 따님 줄리아 부인이세요."

몬티 씨는 기세가 좋은 사람이었다.

"딸은 사돈어른의 대리 겸 세상을 떠난 제 아내의 대리로 참석했습니다."

허물없는 태도를 보이며 말했다.

"아, 그러시군요……. 저희는 서로가 서로의 파트너로 참석했습니다."

어쩐지 나르디 씨의 말보다는 몬티 씨가 한 말의 내용에 더 무게가 느껴졌다.

"엘레나 부인. 잠깐 제 파트너가 되어주시겠습니까?"

몬티 씨가 잠시 후 팔을 내밀었다. 상황에 맞춰 나르디 씨는 줄리아 씨와 파트너가 되었다.

그리고 엘레나는 네 사람이 다시 원래대로 각자의 파트너로 돌아가기 전까지 시가지 밖에 있다는 몬티 씨의 집에 며칠 후에 초대되어 가기로 약속을 해버렸다. 줄리아 씨는 갓 스무 살이 지난 여인이었다. 몬티 씨의 아내는 재작년에 줄리아가 결혼하는 것을 본 후 세상을 떠났다. 자녀는 줄리아 씨보다 두 살 어린 아들이 한 명 더 있다고 했다. 몬티 씨는 아들을 '나의 소년'이라고 불렀다. 줄리아 씨가 결혼한 집은 포도주 양조업자라는 모양이었는데, 딸의 남편을 몬티 씨는 '사위 씨'라고 불렀다. 엘레나는 '나의 소년', '사위 씨'라고 말할 때의 몬티 씨가 어쩐지 마음에 들었다.

"조만간 잠깐 점심 식사를 하러 오시지 않겠습니까? 그리고 '나의 소년'과 '사위 씨'도 만나보시죠, 엘레나 부인."

이 말을 듣고 엘레나는 받아들이지 않을 수 없었다.

당일, 엘레나는 몬티 씨가 보낸 마차를 타고 그의 집으로 향했다. 시가지에서 그다지 멀지 않은데도 그곳에는 완연한 전원 풍경이 펼쳐져 있었다. 넓은 대지에 철책이 둘러 있고, 문에서 정면의 현관으로 가는 길 좌우에는 짙은 녹색의 노송나무가 줄지어 있었다.

몬티 씨는 당사자에게도 역시나 '나의 소년', '사위 씨'라고 불렀다. 그리고 엘레나를 그들에게 소개할 때는 '나르디 씨의 따님 엘레나 부인'이라고 말했다. 줄리아 씨까지 다섯 명이 식탁에 앉았다.

"술이 맛있네요. 댁에서 만드신 건가요?"

잔을 들어 첫 한 모금을 맛보고 엘레나는 사위 씨에게 물었다.

"이거요? ……아닙니다."

몬티 씨가 바로 대답했다.

"적어도 저는 사위 씨의 집 포도주도 그럭저럭 괜찮다고 생각합니다만, 저희 집 술 창고에는 한 방울도 없습니다."

왜냐하면……. 자신의 술 창고는 재산이라고 부를만한 것이 아니지만 코르크 도매상인 부친의 테이블에 내놓기에는 부끄럽지 않을 정도로 충분한 것을 준비해 두고 있다. 사위 씨의 집 술을 내놓아서 사위의 도움을 받고 있다든가 싸게 사들였을 거라는 등의 오해를 받고 싶지 않다. 게다가 사위 씨의 집에서도 며느리의 친정에서 얼마 안 돼는 양을 구입해 줘야 할 필요는 없을 정도로 운영하고 있는 듯하다.

자신감과 겸허함을 함께 드러내는 말투, 게다가 몬티 씨의 목소리가 또 묘하게 거기에 어울리는 느낌이라 엘레나는 아버지에게도, 시아버지인 카탈라니 씨에게도 없는 활달함을 그 사람에게서 본 듯한 기분이 들었다.

어느 날 몬티 씨는 이런 말을 했다.

"엘레나 부인은 신을 믿습니까?"

"잘 모르겠어요."

엘레나는 대답했다.

엘레나는 신이라는 존재가 있다고는 도무지 생각되지 않았다. 그런데도 진지하게 양손을 모으고 성화를 올려다보며 혹은 무릎을 꿇고 기도하는 사람의 모습을 보면, 무시할 수 없는 기대가 생겼다. 신의 존재를 무시할 수 없는 것이 아니었다. 아주 오래전부터 이 땅에 무한히 많은 사람이 그러지 않고서는 살 수 없는 심정에 사로잡혀 왔다고 생각하면 그들의 심정이 서로 얽혀 거대한 무언가가 형성되어 현세에 존재하는 듯한 기분이 들었다.

"언젠가 함께 성당에 가고 싶습니다. 기도하는 제 모습을 보여드리고 싶습니다. 분명 당신의 그 생각에는 일리가 있군요."

몬티 씨가 말했다.

"물론 제 생각에도 일리가 있다고 생각합니다. 저는 세상의 신비로움이 절실하게 느껴집니다. 포도주…… 다시 말해 좋은 포도가 나는 지방과 코르크나무가 자라는 지방, 그게 완전히 일치하잖아요. 엘레나 부인, 이것에 대해 어떻게 생각하십니까? 포도주와 코르크 마개…… 그런 절묘한 조합은 우연도 아니고, 그저 자연의 연결도 아닙니다. 누군가의 배려…… 즉 오로지 신의 높은 뜻으로 이루어졌다는 생각이 들지 않나요?"

몬티 씨는 동서 양쪽 지중해 해안의 코르크를 취급했다. 사업소를 몇 개인가 가지고 있고, 코르크 장인이 일하는 작업장도 있었다. 포도주 보존 용기 마개 이외의 코르크도 취급했다. 엘레나는 그가 말하는 이치가 무척이나 멋있다고 생각했다.

몬티 씨는 전원 지대에 여유로운 저택이 있으면서 별장도 가지고 있었다. 봄이 되어 엘레나는 한번 그 별장에 안내되어 간 적이 있었다. 그다지 크지는 않았지만 별동의 게스트하우스도 있었다.

"저쪽을 봐주십시오. 제가 여기에 와 있을 때는 저걸 걸어두도록 하고 있습니다."

몬티는 기운 좋게 좌우의 팔을 교대로 아래위로 올렸다 내리며 망을 끌어올리는 흉내를 냈다.

몇 개의 성과 여관을 소유하고 있고, 돌아가면서 그곳에서 머문다고 했다. 어딘가에서 왕후의 관습같이 느껴지는 말을 듣고 무척 마음에 들었던 걸까. 대여섯 가지 색을 사용한 문장을 그린 깃발 같은 것이 걸려 있었다. 엘레나는 그것을 올려다보자 고개가 아프기 시작했다. 게양대는 너무나도 높았다. 몬티 씨는 정말로 유쾌한 사람이었다.

"엘레나 부인이 온전히 성한 분이셨다 하더라도 제게는 구혼할 최소한의 자격이 없었을까요?"

몬티가 이런 말을 한 적이 있었다. 온전히 성하다는 것은 결혼을 하지 않은 처녀라는 의미가 아니었다. 남편이 사형되었다는 그 부분을 가리키는 의미로 실례가 되는 말이었지만 엘레나는 조금도 기분 나쁘지 않았다.

"우리가 재혼해서 엘레나 부인에 대해 세간이 놀라게 해드리고 싶습니다."

몬티가 이렇게 말했을 때도 마찬가지였다. 놀라게 하고 싶다가 아니라 놀라게 해드리고 싶다는 말에 어쩐지 진실성까지 느껴질 정도였다.

"마음은 감사해요. 하지만 저에 대해 세간을 놀라게 해주시기 위해 저와 재혼하기에는 몬티 씨가 너무 아까운 분이세요. 저는 당신이 마음에 들어요. 대부분의 여인은 그럴 거예요."

엘레나가 말했다.

"그러고 보니 아내는 저를 좋아했습니다."

몬티가 말했다.

"분명 무척 사랑하셨을 거예요."

엘레나가 대답했다.

몬티 씨는 그 후에도 조금 독특한 말로 몇 번인가 엘레나에게 다시 청혼했다. 그가 하는 모든 말이 엘레나는 기분 나쁘지 않았다. 하지만 결국 받아들이지는 않았다. 몬티는 포기할 때 이렇게 말했다.

"만약 재혼해 주셨다면 저의 아이들은 원래 모친을 생모生母라거나 망모亡母라거나 실모實母라고 부르게 되겠지요. 하지만 당신이 제 전처를 실모나 망모라고 부르는 것은 이상하겠지요. 게다가 제게 전 부인 같은 호칭을 쓰는 것도 좀 그렇습니다. 서로 본 적은 없지만 신기한 인연이 있는 꽤 나이가 위인 같은 여성이니 세상을 떠난 아내를 말할 때는 집 안은 물론 밖에서도 언니라고 불러주셨으면 좋겠다는 생각을 해보기도 했습니다만……."

의외의 그런 착상도 역시 엘레나는 호감이 갔다.

몬티 씨…… 생각해 보면 유쾌한 사람이었다. 정말로 마음이 잘 맞는 사람이었다.

*

─엘레나는 다시 세 번 혼자만의 결혼기념일을 보냈다.

오늘이든 내일이든 시간이 좀 있으면 배우고 싶은 것이 있다고 아침 길찍 루도비코에게 엘레나가 말했다. 저녁이 되어 루도비코는 일찍 일을 끝내고 엘레나의 방으로 갔다.

"지금 시간이 괜찮아. 응접실에서 이야기할까?"

"어음에 대해서 말인데. 어음은 돈 대신 건네는 거잖아?"

바로 이런 질문을 하는 엘레나가 어쩐지 흥분하고 있는 것처럼 루도비코는 느껴졌다.

"카탈라니 가문에서 어음을 보냈어?"

엘레나에게 3개월에 한 번 돈을 보내는 것은 니노를 대신해서 가게 점원이나 변호사가 전달할 때도 있었다. 그럴 때는 상대가 준비해 온 수령증에 엘레나가 서명해야 했다. 지난주에 이를 전달하러 온 사람은 변호사였지만 늘 그래왔듯이 현금 묶음이었다고 엘레나는 대답했다. '당연히 그랬겠지'라고 루도비코는 생각했다. 그 정도의 얼마 안 되는 금액에 카탈라니가에서 어음을 돌릴 리가 없었다. 그렇기는커녕 카탈라니 가문의 사업은 최근 오히려 상승세였다. 부인용 밀짚모자, 특히 수출항인 이 도시 국가의 이름이 붙어 ××××제라고 불리는 토스카나 지방의 밀짚모자는 최근 해외에서 인기가 더욱 급속히 높아지고 있었다. 점포에서 취급하는 것보다도 수출하는 비중이 훨씬 큰 카탈라니 모자 상회 같은 곳은 운이 트였을 것이 분명했다. 하지만 루도비코는 한참 후의 일을 생각해서 만약을 대비해 말해두기로 했다.

"만약 어음을 받을 일이 있으면 내게 말해. 아버지께 말씀드려서 액면 그대로 돈으로 바꿔줄게. 어음 그대로 바느질집 같은 곳에 지불해서는 안 돼. 대체로 남자가 상업상 거래를 할 때 사용하는 것이니까."

"우리 가게에서도 사용해?"

엘레나가 물었다.

"응. 여기저기에서 받기도 하고 여기저기에 돌리기도 하고."

"하지만 여자는 절대로 다뤄서는 안 되는 건 아니지?"

확인을 하려는 듯 묻는 엘레나의 얼굴이 빨갛게 달아올라 있었다. 프란체스카나 아디나나 무제타는 꿈에서라도 어음에 대해 공부할 생각은 하지 않을 것이다. 루도비코는 "그렇기는 하지만"이라고 대답하면서도 미망인이 된 여동생이 불쌍해졌다. 경제면에서는 안정적으로 아버지가 확실하게 지키고 있지만 그런 방면의 일을 자신도 조금은 알아둬야겠다고 생각하는 듯 보였다.

"어음 범죄는 큰 범죄 중 하나잖아?"

여동생은 한층 더 얼굴에 홍조를 띠고 검은 눈을 반짝이며 물었다.

"……어떤 일을 하면 어음 범죄가 되는 거야?"

"가장 많은 사례는 발행인이 다른 사람의 서명을 사용한 위조 서명이지."

"그게 발각되면 처형돼?"

"아니야, 그렇게 쉽게 결정 나는 일은 아니야. 부모나 집안에서 전 재산을 내서라도 돈을 갚고 어음을 회수하거든. 무엇보다 목숨이 달린 문제니까. 돈이 마련될 때까지 어떻게든 기다려 달라고 매달리면 의리로 응할 수밖에 없는 경우도 있겠지. 이 범죄는 피해자가 고소하지 않으면 성립되지 않아. 처형까지 가는 일은 실제 있었던 범죄의 몇십분의 일 정도로 아주 예외적인 경우일 거야."

'그러면 안 되겠네'라고 엘레나는 생각했다.

―그럼 방해뿐이네.

*

자코모가 과실로 사람을 죽게 만든 저녁 무렵, 여기저기에서 사람들이 그곳을 향해 달려왔을 때 그가 그 현장에 가만히 앉아 있었다고 엘레나는 나중에 전해 들었다. 그렇게 자코모는 그 자리에서 체포되어 끌려간 것이었다.

'가만히 앉아 있으면 된다'고 엘레나는 생각했다. 불을 낸 후 멀지 않은 곳에서 땅바닥에 앉아 있으면 충분하다고.

엘레나는 모닥불은 자주 봐서 익숙했다. 집에서 일하는 사람들이 정원에서 기와로 둘러 그 안에 밀짚이나 낙엽 같은 것을 태웠다. 불이 크게 난 것은 어렸을 때 한 번 본 게 전부였다. 해가 진 후였는데 어렸던 엘레나가 아직 잠을 자고 있을 때였으니 새벽에 일어난 일이었을 것이다. 가구 가게의 공방에서 불이 시작되었다. 집 안에 있던 모든 사람이 다락방에 그 불을 보러 올라갔다. 그리고 남자 고용인들과 함께 엘레나도 현장에 갔다. 도중에 누군가가 목말을 태워줬다. 집에 돌아올 때도 목말을 탄 채로 집 안으로 들어오다가 프란체스카에게 야단맞았다. 고용인도 야단맞긴 했지만, 엘레나는 몰래 불구경을 나와 구경꾼들 사이에 있었던 것과 목말을 탄 것까지 함께 심하게 혼났다. 사람들이 둘러싼 곳에서 목말을 타고 위에서 본 화재를 자세히 기억하지는 못했다. 상당히 큰 화재였던 것으로 기억된다. 공중에 불꽃과 연기와 불똥이 제각각 맹렬하게 튀어 오르는 모습이 어렴풋이 기억에 남아 있었다.

처음에는 혓바닥 같은 불꽃이 뻗어 나오더니 끓어오르는 것처럼 재가 생겨났다. 모닥불과 같은 상태에서 화재에 이르는 과정은 엘레나는 몰랐다. 하지만 그리 오래지 않아 누군가가 분명 알아볼 것이다. 불꽃은 차츰 커지고 높아질 테니까. 많은 사람들이 모여들 것도 틀림없었다. 그렇게 되었을 때는 확실하게 소란스러운 화재 현장이 된다. 그러니 또한 멀지 않은 위치에 혼자 앉아 불길에 정신이 팔려있는 여자를 발견해 줄 사람이 있을 게 분명하다. 그런 사들이 한 사름, 두 사람, 세 사람으로 늘어나 그녀를 둘러싼다.

"이 사람 뭐야?"

"이상한 여자네."

"머리가 좀 이상한 거 아니야?"

이런 말들을 하는 사이에서 한 사람이 그녀에게 묻는다.

"이런 불구경 하는 걸 좋아해?"

"딱히 좋아하는 건 아닌데요."

그녀는 대답한다.

또 다른 사람이 말한다.

"하지만 아무리 봐도 이상한 여자야. ……혹시 네가 불 지른 거 아니야?"

"네, 제가 불을 질렀어요."

주위에서 일제히 탄성이 터져 나온다.

"아앗!"

"저 불을 네가 질렀다는 거지?"

누군가가 확인한다.

그녀가 크게 고개를 끄덕인다.

"그래요."

대답을 듣자마자 사람들이 외치기 시작한다.

"어이, 방화야!"

"방화를 저지른 여자가 여기 있어!"

그리고 얼마 지나지 않아 체포되는 것이다.

그렇다고는 해도 가령 개집에 불을 붙이는 것으로는 방화 취급은 받지 않을 것이다. 어떤 건물에 불을 지르는 것이 좋을까? 엘레나는 한참을 생각했다. 불에 타서 사망자가 발생하는 것만은 절대로 피하고 싶었다. 이전에 밭에서 출토된 아주 오래된 그 닻을 위한 제단은 아마도 그 장소에 세워졌다고 한다. 가까이 붙어 있는 건물은 없을 테고 평소에는 사람이 없을지도 모른다. 그렇다면 방화를 저지르기에는 최적인데, 제단에 불을 지른다면 아디나는 엘레나의 언니로서, 그 닻으로 필리포와의 사랑이 이어졌으니 무척 괴로워할 것이다. 도저히 그 제단은 선택할 수 없었다.

대신 엘레나가 일단 선택해 본 것은, 코르크 상회 몬티 씨의 별장, 그것도 별장에 붙어 있는 게스트하우스 쪽이었다. 그는 아마도 이미 재혼했을 것이다. 새로운 부인은 그의 착상을 마음에 들어하며 세상을 떠난 전 부인을 '언니'라고 부르고 있을지도 모른다. 별장은 사용하고 있을 것이다. 하지만 그 높고 높은 게양대 끝에 깃발이 걸려있지 않더라도 게스트하우스에는 무척 친한 친구가 머물고 있을 수도 있었다. 거기에 머무는 사람이 아무도 없는 것을 확인해야만 했다. 그것은 쉬운 일이지만, 방화를 저지른 여인의 정체가 알려져서 소문이 나면 몬티 씨 부부 사이에 한바탕 소동이 일어날 것은 피할 수 없을 것이다. 그렇게 되는 건 죄송한 일이었다. 몬티 씨는 무척이나 유쾌하고 마음이 맞는 사람이었다. 아예 그 게스트하우스를 사전에 사들이면 어떨까? 내가 가진 돈으로 살 수 없을까? —그런 거라면 내 돈으로 어딘가에 조은 내 집을 짓는 것도 괜찮을지 모른다. 그리고 그 집을 태워 없애면 방화에 해당한다. 작은 개집보다 큰 정도로 집의 규모를 최소한으로 갖춘다면 불을 질렀을 때 집이라고 인정받을 수 있을까? 같은 개집이라고 해도 더 귀족의 경우에는 몇십 마리나 되는 사냥개와 그들을 돌보는 사람들을 위해 충분히 집 한 동이라고 할 수 있는 크기가 마련되어 있을 것 같지만······.

밤이면 침대에서 엘레나는 계속 이런 생각을 했다. 그러는 사이에 편안한 졸음이 찾아와 엘레나는 그대로 잠이 들어버리는 것이었다.

*

엘레나가 자신의 사형을 생각하기 시작한 지 벌써 2, 3년이 되었다. 어떤 계기였는지는 기억나지 않지만 처음에는 장난삼아 문득 생각해 보는 정도였다. 이후로는 스스로도 딱하게 여겨지는 상상이 되었다. 시간이 지나며 상상은 점차 그녀를 매료시키는 힘이 강해졌다. 조금씩 사형을 원하게 되었고 약 1년 전부터는 진짜 소망이 되었다.

어느 날 니노와 이야기하다가 자코모의 묘지에 대한 이야기가 나왔다. 엘레나는 한 번도 찾아가 본 적이 없었다. 니노도 그랬다. 부모님은 어쩌면 찾아간 적이 있을지도 몰랐지만 이야기한 적은 없기 때문에 니노도 모른다고 했다. 그러는 사이 니노가 말을 꺼냈다.

"우리 둘이 가보지 않겠어요?"

자코모의 묘라고 해도 원래는 처형자의 묘지였다. 엘레나는 거기에 제각각의 묘석은 없고 그저 평평한 지면으로 되어 있다는 것을 들어 알고 있었다. 하지만 니노의 말을 듣자 갑자기 가보고 싶었다. 그 자리에서 갈 날과 시간, 그 외의 약속을 했다. 니노는 그때까지 자세한 장소와 들어가는 방법 등을 알아두겠다고 했다.

엘레나는 사전에 루도비코에게 거기에 갈 거라고 이야기했다. 니노가 데리러 올 장소를 루도비코의 집으로 정했기 때문이기도 했다.

주일이었다.

"오늘은 루도비코 오빠네 집을 지키러 갈 거예요. 오빠가 고용한 부녀를 좀 감시해달라는 부탁을 받았어요."

점심 식사 후 엘레나는 이렇게 둘러대고는 멀지 않은 오빠의 집으로 향했다. 얼마 안 있어 니노가 상자 모양의 마차를 타고 왔다. 마차도 마부도 그 집 것이 아니었다. 빌린 그 마차를 타고 두 사람은 출발했다.

그 도시 국가에는 공동묘지가 몇 개 있었는데, 물론 시가지에는 하나도 없었다. 전부 시골에 있었는데, 두 곳은 그나마 시가지에 가깝고 그 둘 중 한 공동묘지 가까이에 처형자 묘지가 있다고 마차를 타고 가면서 니노가 설명했다. 그렇다고는 해도 길은 꽤 멀었다.

도중에 니노가 말했다.

"마차로 형수님을 친정에 데려다준 그날 밤 말인데요. 그때는 정말로 두서웠어요."

엘레나는 웃으며 말했다.

"그래요? 그렇게나 무서웠어요?"

오랜 세월이 지나는 사이에 두 사람은 같은 말을 같은 어조로 몇 번이고 즐겁게 이야기했다. 니노는 도중에 엘레나가 아무리 캐물어도 친정에 데려다주는 이유를 말하지 말고 반드시 나르디 씨에게 직접 알리도록 아버지의 명을 받았다고 했다.

"뒤에서 저를 부르는 소리를 들었을 때는 올 것이 왔구나 싶었어요. 우리 집이나 친정 어딘가가 파산한 건지 굴었잖아요. 그래서 저는 아니라고 대답했죠. 형수님은 입을 다물었어요. 하지만 언제 뒤에서 덮쳐올까 싶어 무서웠다고요. 아니 정말로 덤벼들 것 같은 두려움이었어요. 왜 말해주지 않느냐고 소리 지르지는 않을까 하고……. 게다가 저는 고삐를 잡고 마차를 달리고 있었다고요. 까딱 잘못하면 사고가 날 수 있으니까. 그날 밤은 정말로 무서웠어요."

"한쪽 손이 점점 땀으로 젖는 것이 뒤에서도 보였어요. 열기와 냉기가 섞인 땀이었겠죠."

충분한 거리를 두고 다양한 형태의 묘석이 옆으로 누워 있는 넓은 묘지가 보이기 시작했다. 그 사이 건너편에는 몬티 씨의 저택에서 봤던 것 같은 높은 철책이 있고 주위에 나무를 심어둔 것이 보였다.

마차에서 내리자 상당히 넓고 깨끗한 묘지가 바로 보였다. 두 사람은 정면으로 가봤다. 역시 높은 철책으로 만든 양쪽으로 여는 문이 있었다. 위쪽 끝에서부터 무릎 높이 정도까지 사이에는 튼튼해 보이는 자물쇠가 다섯 개나 달려 있었다. 창살 세 개 간격에 딱 맞춘 표지판에 '출입 금지 사법청'이라고 적혀 있을 뿐 그 외에는 아무런 표시가 없었다.

묘지라고 해도 그저 지면이 펼쳐져 있을 뿐이라고 엘레나는 들었는데, 지면에는 모래가 빽빽하게 깔려 있었다. 사용하고 남은 것인지, 보충용인지 안쪽 구석에는 모래가 산처럼 쌓여 있었다. 철책 주위의 오솔길에는 철책의 절반 정도 높이가 되는 측백나무가 가로수로 심어져 있었다.

두 사람은 철책 안을 바라보면서 그 오솔길을 걸었다.

"형은 어디쯤에 있을까요?"

니노가 말했다. 마음속으로 생각한 말이 자신도 모르게 밖으로 나온 것이다. 그 지면의 구획 지도는 청사에 있고 번호가 붙어 있지만, 구획은 번호 순서대로 사용되지 않았다. 이번에는 여기로 할까라며 대충 적당히 고른 구획을 선을 그어 표시한 후 거기에 매장해 버린 후에는 어디에 누가 매장되었는지에 대한 기록은 전혀 남기지 않았다. 니노는 그런 사실을 들었고, 마차에서 직접 설명까지 했으니까……. 엘레나는 입을 다물고 있었다. 지면에 작고 울퉁불퉁하며 거북 등껍질처럼 말라 갈라진 밤 크기만 한 측백나무 열매가 떨어져 있었다. 엘레나는 그것을 주워 철책 사이로 멀리 던졌다. 조금 더 걸어가 다시 또 같은 행동을 했다.

"살짝 인사하는 거예요."

엘레나가 말했다.

"그럼, 저도."

니노도 흉내 내어 두 번 같은 행동을 했다.

하지만 사실 엘레나는 결코 인사를 할 생각은 아니었다. 그가 어디쯤에 잠들어 있는지도 모르는 깔끔한 땅 위를 메말라 갈라진 나무 열매로 괜히 건드려보고 싶었던 것이었다. 한 면의 모래밭 위에 크기가 조금씩 다른 구름 그림자가 두 개 드리워져 천천히 이동해 갔다. 엘레나는 그것을 발견하고는 철책 가까이에 웅크리고 앉아 두 그림자가 빠져나갈 때까지 바라봤다. 다시 모래밭만 남았다. 엘레나는 자신이 그 모래밭 어딘가에 묻히려고 하는 것을 자코모가 알게 될 일은 절대 없을 것이라고 강하게 느꼈다. 그렇게 묻힌 자신도 옆에 묻힌 이가 설령 자코모라고 하더라도 전혀 그 사실을 알 수 없는 것이라고 한 번 더 깨달았다. 한 면이 모래밭일 뿐인 그 묘지를 앞에 두고 엘레나는 영혼에 관련한 생각이 자유로워졌다. 그리고 엘레나의 사형 소망은 진짜가 되었다.

하지만 1년이 지나도록 엘레나는 그 소망을 이루기 위한 준비를 조금도 하지 않았다. 수단을 방화로 정한 것이 유일한 전진이었지만 방화의 구체적인 대상에 대해서는 이런저런 생각만 들고 정작 적당한 것을 짐작조차 하지 못했다. 모든 일에 대해 고민하고 생각하는 시간만 많았고, 거기에는 말할 수 없는 즐거움도 있었기에 괜히 더 하루하루가 빨리 지나가는 느낌이 들었다.

그중에도 특히 조사관에게 대답해야 할 방화의 이유를 준비할 때가 즐거웠다. 마을 청년을 실수로 죽인 경위를 그렇게나 간결하게 설명해 낸 자코모가 부러울 따름이었다. 생각에 빠져 있다가 문득 정신을 차려보면 반나절이 지나있을 때도 있었다. 엘레나가 방화의 이유를 깊이 고민하는 것은 방화 그 자체가 하고 싶은 것이 아니고, 죽고 싶기 때문도 아니고, 어떤 방식이라도 괜찮으니 누군가가 자신을 죽여줬으면 해서도 아니었다. 엘레나는 벽돌에 고개를 올리고 도끼로 내려쳐진 자코모와 그저 같은 몸이 되고 싶었다. 엘레나는 양손으로 뒷머리를 완전히 빗어 올려봤다. 무척 시원했다. 이렇게나 기분 좋은 일인가. 그 부분을 도끼로 내려친다. 잘 갈아서 상당히 날카롭고 거기에 더해 무거운 도끼이겠지. 덩치 큰 남자가 양손으로 그것을 머리 위로 치켜올려 있는 힘껏 내려칠 때 도끼는 공기를 가르며 휙 소리를 낼까. 그리고 그때 자신은 자코모와 처음으로 이어지는 것이다. 두 사람이 서로 묶이는 것이 아니다. 자신이 자코모에게 연결되는 것일 뿐이다. 자코모는 결코 알 수 없을 것이기 때문에.

엘레나는 이미 누르스름해진 자코모의 석고상을 바라보며 그 석고상도 정돈해야만 한다고 생각했다. 언제부터인가 엘레나에게 있어 자코모는 이전의 그도, 이후의 그도 아니게 되었다. 엘레나의 코를 물어뜯고 세상을 떠난 자코모만이 자코모였다. 그 자코모에 대한 한없는 어리광과 연을 끊고 싶은 격렬한 마음이 욕정처럼 그와 같은 사형을 원하게 만들었다.

엘레나는 유서도 준비하면서 어떻게 써야 할지 고민만 할 뿐이었다. 다 타버린 건물을 자신의 돈으로 보상해 주길 바란다고 쓰는 것 외에는 아무것도 정할 수 없었다. 유서의 경우도 엘레나를 비롯한 양가의 가족에 대해 '용서를 바랄 뿐'이라고 간결하게 단언할 수 있었던 자코모가 부러웠다. 엘레나는 유서에 닿는 사람은 '아버지 주세페 나르디 님께'라고 할 생각이었다. 그 뒤에 '나르디, 카탈라니 가문의 가족 및 그의 배우자 분들께'라고 덧붙일 생각도 했다. 하지만 자신이 사형을 원하는 이유는 조사관에게 말할 내용과 마찬가지로 그들 중 누구에게도 설명할 수가 없었다. '미망인인 저를 모두가 정말로 잘 돌봐주셔서 감사하고 죄송한 마음에 죽고 싶은 것은 아닙니다'라고 쓰고 싶다는 생각도 들지만, '그렇다면 왜?'라고 오히려 그들은 고개를 갸우뚱할 뿐이겠지. 그리고 엘레나가 하려고 하는 일은 자코모처럼 '용서를 바랄 뿐'이라고만 쓸 수 없는 전대미문의 사건이다. '너무나도 제멋대로인 저를 부디 너그럽게 봐주세요'라고 쓰는 것이 가장 엘레나의 진심에 가깝겠지만 그들에게는 가장 이해하기 힘든 말로 들릴 것이다. 조만간 다시 천천히 생각해 보기로 했다.

루도비코에게는 요령 있게 남길 말이 따로 있었기 때문에 엘레나는 기록해 두고 싶은 마음이 있었다. 루도비코는 결혼을 대단히 느긋하게 생각하고 있었다. 소문은 돌았지만 진심인 사람이 있는지는 애매했고, 상대도 금방 바뀌어서 오히려 그에 대한 소문은 시시했다. 그런 가운데 부모님께는 "앞으로 3, 4년 기다려주세요. 아주 멋진 결혼식을 할 테니까요"라고 말한 모양이었다. 전부 지어낸 이야기도 아닌 모양인지 "상대의 이름도 말씀드릴까요. 조사해 보셔도 알아내기는 힘들겠지만요. A.T. 아가씨라고 합니다"라고 말했다고 한다.

'루도비코 오빠께. 오빠와 A.T. 아가씨와의 멋진 결혼을 보지 못하고 가는 것이 아쉽습니다'라고 엘레나는 쓰고 싶었다.

4월 1일 생일날 아침, 엘레나는 일찍 침대를 빠져나왔다. 조금 공을 들여 몸단장을 하고 방문을 반쯤 열어뒀다. 옆방의 문이 열리는 소리가 들렸다.

"어머니, 안녕히 주무셨어요?"

엘레나는 프란체스카의 앞에 다가섰다.

"제 생일이게요. 입맞춤해 주세요."

자신의 이마를 손가락으로 가리키며 말했다. 눈을 감은 엘레나를 프란체스카가 끌어안고 이마에 입을 맞췄다.

"생일 축하해."

엘레나는 그 후에 아버지가 일어나시길 기다렸다가 복도로 나갔다.

"제 생일이게요. 입맞춤해 주세요."

엘레나는 아버지에게도 똑같이 말하고는 잊지 않고 자신의 이마를 손가락으로 두드려 보였다. 나르디 씨는 엘레나를 안고 이마에 입을 맞추고 다시 눈을 뜬 엘레나에게 말했다.

"생일 축하한다."

엘레나가 사형될 때 친부모인 나르디 씨 부부는 그녀의 시신 이마에 이별의 입맞춤을 할 시간이 허락될 것이다. 하지만 그때 엘레나는 이마에 와닿는 아버지의 입술도 어머니의 입술도 느낄 수 없을 것이 분명했다. 엘레나는 지금 그때를 위해 미리 입맞춤을 받아둔 것이었다. 가능하다면 카탈라니 부부에게도 입맞춤을 받아

283

두고 싶을 정도였다. 시부모님인 카탈라니 부부는 그녀의 시신과 이별의 시간을 가질 수 없을 테지만, 엘레나의 마음속에는 시부모님이 반쯤은 친부모나 다름없을 만큼 친밀감이 커져 있었다.

엘레나는 친부모님과 친부모나 다름없는 시부모님의 얼굴을 떠올려봤다. 네 분은 자코모의 일로 받은 충격과 슬픔을 이겨내신 분들이었다. 지금은 모두 60대가 되었고, 가장 나이가 많은 나르디 씨는 70세가 가까웠다. 하지만 모두 건강하셔서 위세가 좋았다. 엘레나가 지독히 방자하게 저지른 일도 힘을 합쳐 극복해 줄 것이다. 엘레나는 네 분의 건강한 얼굴을 떠올렸더니 자신의 소망을 격려받는 느낌이 든 적도 있었다. 하지만 나이를 생각하면 언제 어느 분이 세상을 떠나실지 알 수 없는 일이었다. 게다가 한 분만 그런 것도 아니었다. 구체적인 준비가 순조롭지 않은 채 소망 놀이를 하다 올해도 이대로 지나가 버리는 것만은 피하고 싶었다. 엘레나는 마음이 급해지기 시작했다.

거기에 더해 엘레나의 마음을 조급하게 한 이유가 또 있었다. 이 도시 국가에서 자코모 이후 어째서인지 사형수가 한 사람도 나오지 않았다는 사실을 엘레나는 깨달았다. 우연인 것이 분명했다. 하지만 엘레나에게 있어서 그것은 귀중한 우연이라고도 생각되었다. 엘레나는 자코모와 자신 사이에 다른 사형수가 없기를 바라게 되었다.

3월에 카탈라니 집에서 정해둔 것을 엘레나에게 전하러 온 사람은 가게 점원이었다. 엘레나는 다음 회의 6월을 기다렸다. 하지만 6월 초에 나타난 사람은 이번에도 가게 점원이었다. 물어보니 니노는 여행 중은 아니라고 했다. 대리인이 지참금을 가지고 왔을 때는 늘 그랬듯이 준비해 온 수령증을 내밀었다. 엘레나는 자신의 방에서 거기에 서명을 했다. 그리고 니노 앞으로 편지를 썼다.

갑자기 만나고 싶어졌습니다. 모레 밤 루도비코의 집에 와주세요. 사정이 있으실 테니 시간은 신경 쓰지 말고 편할 때 오세요. 저는 해 질 녘부터 있을 예정입니다. 야식으로 먹을 만한 것은 준비해 둘게요.

엘레나

엘레나는 그 편지를 수령증과 함께 봉투에 넣어 받는 사람 자리에 니노의 이름을 썼다.

"바로 읽어보시라고 전해주세요. 아버지께서 보낸 중요한 편지가 들어 있으니까 꼭이요."

엘레나는 봉투를 점원에게 건넬 때 그 말을 덧붙였다.

"모레 밤에 오빠 집을 좀 쓸게."

저녁이 되어 엘레나는 루도비코에게 말했다.

"음. 모레 밤이라고?"

"안 돼?"

"뭐, 괜찮아. 하지만 앞으로는 조금 일찍 말해줘."

"응. 미안해. 하지만 이런 일은 이번이 마지막이 될 거야."

엘레나가 대답했다.

당일 밤 니노는 일찍 찾아오지 않았다. 하지만 엘레나는 그가 반드시 올 거라고 믿었다. 9시가 지나 그는 드디어 나타났다.

"무리해서 오신 건 아니에요?"

엘레나가 물었다.

"네, 조금 무리했어요."

니노는 쓸쓸하게 미소 지었다. 한동안 안 만나는 사이에 니노에게는 젊음의 팽팽함이 조금 줄어든 것처럼 엘레나는 느껴졌다.

"……하지만 당신이 부르신다면 와야죠."

니노가 말했다. 그 말을 듣자 엘레나는 방금 느꼈던 것은 금세 잊어버리고 말을 꺼냈다.

"그래 맞아요. 니노. 부탁이에요. ……오래전에 올림피아와 이별 소풍을 갔을 때 했던 말 기억해요?"

"당연히 기억하고 있죠."

대답하는 니노의 얼굴은 붉어지기는커녕 오히려 파랗게 질린 듯했다. 엘레나에게는 흥분의 전조처럼 보였다.

하지만 사실 니노는 최근 밤에 제대로 잠을 자지 못할 정도로 고민하고 있는 일이 있었다. ××××제라고 불리는 그 지방의 밀짚모자가 해외에서 얻고 있는 인기가 근래에 더욱 급속도로 높아지고 있었다. 옛날부터 철저하게 제조 전문으로 일해오던 피렌체의 업자 중 서 곳이 합병하여 직접 수출에 나서더니 상황을 지켜보는 사이에 매출을 올리기 시작했다. 올림피아가 시집간 곳도 그 업자 중 한 곳이었기 때문에 안타깝게도 올림피아는 시집이 번창하는 가운데 친정의 사업이 부진해지는 잔혹한 두 상황을 마주하고 힘들어하고 있을 것이 분명했다. 나르디 씨나 아들들조차도 아직 전해 듣지는 못했지만, 해외 수출 비중이 컸던 카탈라니 모자 상호는 타격을 피하지 못했다. 가업의 실질적인 면에서 중심에 서 있던 니노에게는 손을 써야 할 일이 산더미로 있었지만 좀처럼 생각대로 일이 진전되지 않았다.

그런 상황을 아무것도 모르는 엘레나가 자리를 권했다.

"자, 조금 드세요."

니노는 테이블에 앉았다. 하지만 몸과 마음이 지쳐서 먹는 시늉만 할 뿐이었다.

"좀 전에 사람들과 좀 만나고 와서요."

니노는 변명을 하면서 포도주만 조금 입에 댔다.

테이블에서 느긋하게 있을 필요가 더는 없었다. 엘레나는 손에 드는 촛대에 불을 옮겨 니노를 재촉했다. 복도를 걸어 루도비코의 침실 문을 열고 초를 내려놓고는 엘레나는 바로 커다란 침대 커버를 벗겨 양손에 안고 구석에 놓인 스툴 위에 올려놓으러 갔다.

"엘레나."

뒤에서 니노가 말했다.

"응? ……거기 닫아줘요."

엘레나는 뒤돌아서 문을 가리켰다.

"엘레나 정말 미안하지만, 다음으로 해주세요. 한동안만 용서해주세요. 조만간 꼭……."

닫힌 문에서 멀지 않은 곳에 우뚝 서서 말을 꺼낸 니노를 엘레나는 어이가 없는 표정으로 바라봤다. 하지만 곧 엘레나는 오늘 밤 니노가 왔을 때부터의 모습을 다시 떠올려봤다. 결코 품행이 반듯하다고는 말할 수 없는 그의 모습을 떠올리며 흠칫했다. 나쁜 병에 걸린 모양이다. 하지만 나중에 사형될 자신에게 있어 그런 병에 전염되는 게 무슨 대수인가. 엘레나는 투지가 샘솟았다.

"니노, 거짓말쟁이!"

엘레나는 우뚝 선채로 외치기 시작했다.

"……그럴 때는 언제라도 말해달라고 했잖아요. 흔쾌하게 응하겠다고 말했다고요."

"그랬죠. 하지만……."

니노는 얼굴이 새빨개졌다. 갑자기 엘레나가 말을 끊었다.

"언젠가는 알게 될 거예요. 그때가 되면 당신은 분명 후회할 거야. ……니노, 난 자코모와 결혼했을 때 순결했어요. 결혼 중에는 그가 엉뚱한 질투를 해서 싸우기도 했지만 2년 하고도 13일 동안 난 항상 정절을 지켰어요. 그리고 그런 일이 생겨서 당신이 여기…… 아니, 친정에 데려다준 이후 가족 외에는 당신만큼 제게 친절했던 사람은 없었어요."

엘레나의 목소리는 어느 정도 온화해졌다.

"……우리가 소풍 간 날은 그날 이후 4년쯤 되었을 때였던 것 같은데요. 그 무렵까지 나는 완전히 정절을 지키는 것 외에는 할 수 있는 일이 없었어요. 그리고 그 후 오늘까지 나는 그 순간에는 당신이 있어 줄 거라고 늘 생각했다고요."

엘레나의 그 말은 일부만 진짜였다. 가끔 떠올렸으니까…….

"……아마도 당신을 포함해서 여러 가지 소문이 있었겠죠. 거짓 소문도 있고, 조금은 사실인 소문도……. 하지만 전 자코모가 세상을 떠난 후로는 성관계는 한 번도 하지 않았어요. 여차하면 당신께 미안하니까, 당신이 있어 줘서 항상 그랬어요."

그 말은 전부 진심이었다. 페데리코 모스키니, 그리고 몬티 씨와 제각각 몇 번씩 그런 분위기가 된 적은 있었지만 엘레나는 그때마다 니노가 신경 쓰였던 것은 사실이었다.

"……그렇게 된 것은 당신 덕분이에요. 당신 탓이라고요."

엘레나의 목소리는 다시 흥분되어 있었다.

"…… 그랬는데, 대체 뭐예요. 막상 이렇게 되니까 다음이라고요? 어떻게 할 거예요? 다음은 있는 건가요? 좋을 대로 하세요. 그리고 후회하면 되죠. 엄청, 엄청, 엄청……."

엘레나는 발을 굴리면서 말했다. 니노에게 남기려는 특별한 유서가 그런 줄도 모르고 불에 던져지는 것을 더 이상 지켜볼 수 없었다. 엘레나의 몸이 견딜 수 없어졌다. 양 무릎이 떨리기 시작하여 서 있을 수 없었다. 엘레나는 신음을 뱉으며 침대 끝에 겨우 가서 앉았다.

"좋아, 해주지!"

갑자기 니노가 상의를 벗어 던지고는 가까이 다가왔다. 침대 끝에 앉은 엘레나를 쓰러뜨려 눕혔다. 그 위에 올라타 격한 입맞춤을 했다. 기형적으로 하얗게 화장한 코끝 부근에, 엘레나의 입술에. ─그 감옥에서 자코모와 입 맞춘 후 석고상의 하얀 입술 외에는 누구와도 접촉하지 않은 입술이었다. 온갖 노력을 해서 자코모의 석고상을 완성해 직접 가지고 와 "이야, 안녕하세요"라고 인사하고 바로 나가려는 루도비코를 붙잡고 자신도 모르게 입 맞춘 그 단 한 번을 제외하고. 어쩐지 꺼려져서 대신에 포옹하거나 뺨을 맞대는 것이 습관이 되었다. 다른 사람들 또한 조심스러워졌을 것이다. 가족과 지인, 그리고 모스키니와 몬티 씨도 입술 이외의 부분에만 입 맞췄다. 겨우 입술이 떨어졌을 때, 엘레나는 자신도 모르게 탄식했다.

"아아, 니노"

그리고 쓰러진 채로 니노의 양어깨에 매달렸다.

"벗어!"

니노가 외쳤다.

니노는 아직 젊었다. 묘약이라도 들이켠 것처럼 자극적으로, 몹시 지쳤던 그의 불안정한 몸과 마음은 오히려 과도하게 반응하여 이상할 정도로 격렬하게 변해 있었다. 엘리나의 온몸이 니노에 대한 감사와 이별을 고했다.

"나을 거야, 분명 나을 거야."

자신도 모르게 말이 흘러나왔다. 물론 니노는 무슨 말인지 모를 게 분명했다. 다행히 그는 흥분에 잠겨 엘레나의 말이 제대로 귀에 들리지 않았을지도 모르지만…….

"나을 거야, 분명 나을 거야."

자신도 모르게 중얼거리면서 엘레나의 몸은 니노의 병을 완전히 쥐어짜낼 것만큼 힘이 넘쳐흘렀다.

드디어 한 걸음 내디뎠다. ―그날 밤도 이미 자정을 지날 무렵, 엘리나는 불을 끈 자신의 침대에서 다시 깨어난 것 같은 온몸을 쭉 뻗고는 그런 생각을 했다. 이래야 한다 저래야 한다고 준비할 것을 고민할 필요는 없었다. 유서 같은 건 처형되기 전날 밤 감옥에서 써도 충분한 일이었다. 무엇보다 꼭 써야 할 사항은 그때 자연스럽게 떠오르겠지. 자코모의 유서가 멋졌던 것처럼. ―잠시 후 잠이 쏟아졌다. 잠기운에 몸을 맡기며 문득 깨달았다. 감옥에서 유서를 쓸 때, 자신의 생애는 37년하고도 몇 개월 며칠 간이었다고 그것만은 잊지 말고 써야지……. 몇 개월 며칠일지는 아직 모르지만……. 그리고 그런 생각을 반복해서 하는 사이에 엘레나는 이번에는 정말로 잠에 빠져들었다.

    끝.

덧붙여,

이 작품은 프랑스 작가 브랑톰Brantôme, Pierre de Eourdeille의 저서

《극녀들의 생활Les Vies Des Dames Galantes》의

어느 한 페이지와의 만남에서 탄생했다.

해설

어긋남: 귀로 듣고 구별할 수 없을 정도의 불협화음

왜 그런지 모르겠지만 고노 다에코의 작품을 읽고 있는 동안에는 언제나 아주 살짝 눈꺼풀이 무거워진다.

눈꺼풀이 무거워진다는 것도 애매한 표현이긴 하다.

그의 작품을 읽을 때 눈꺼풀은 아주 조금 부어오른다. 어떻게 눈이 부어오르는 걸까? 고노 다에코의 작품 속에 등장하는 다양한 묘사가 그대로 눈 안에 머무르며 떠나지 않고, 그대로 눈 안에서 흔들흔들 쌓여가면서 부어오르게 된다.

소설 속 장면의 단편이 눈 안에 머무르는 일이 실제로 일어날 리는 없다. 그렇다는 것을 알고는 있지만 그녀의 글을 계속 읽어나가는 동안에 그 조각들은 집요하게 떨어지지 않는다. 거기에 머물러 있다.

자코모는 음식에 대해서도 잔소리를 하지 않는 사람이었다. 엘레나는 그럴듯한 요리를 만들 정도의 솜씨는 없었지만 어머니 프란체스카가 여러 비법을 알았기 때문에 옆에서 눈동냥으로 배운 것이 조금은 도움이 되는 구석이 있었다. _본문 60쪽 중에서

이런 구절이 있다. 주인공 엘레나와 남편 자코모의 결혼 생활을 그린 이 부분은 만약 고노 다에코가 아닌 다른 소설가가 썼다면 아마도 거의 인상에 남지 않는 묘사가 되었을 것이다. 그런데 책을 덮은 후 조금 시간이 지난 후에도 '옆에서 눈동냥으로 배운 것이 조금은 도움이 되는 구석이 있었다'는 문장이 내 눈 ―그것은 결코 머릿속이 아니고, 두개골 안에 있는 뇌수와 안구의 딱 중간쯤에― 남겨져 도무지 사라지지 않는다.

구체적인 풍경을 그린 문장은 아니다. 내용도 역시 새삼스럽게 기발한 것을 포함한 것도 아니다. 그런데도 안구의 딱 뒤편 부근에 묵직하게 남는다. 어쩌면 자코모가 엘레나의 코를 물어뜯는 장면보다도 더 무겁게 내 안에 남아 있는지도 모르겠다.

이 구절은 이렇게 이어진다.

자른 후에 살이 금세 변하는 과일인 마르멜로는 껍질을 벗기거나 자를 때 통에 물을 담아 물속에서 자르면 쓴맛이 빠진다. 한 번 더 깨끗하게 씻어 바로 끓는 물에 넣어 설탕 절임을 만든다. 새고기 요리, 특히 오리 요리에 오

렌지를 사용할 때 그것을 곁들인다. 혹은 절임 종류에 따라 몇 종류의 향신료 외에 그것을 조금 넣는다. _본문 60쪽 중에서

 이전에 읽었을 때는 이렇게 이어지는 내용이 있기 때문에—구체적으로 눈에 떠오르는 촉각이나 미각과 후각을 자극하는 이런 장면이 있기 때문에—처음 구절이 더욱 몸 안에 남은 것이라고 생각했다. 하지만 잘 생각해 보면 그렇지 않은 것 같았다.
 '옆에서 눈동냥으로 배운 것이 조금은 도움이 되는 구석이 있었다.'
 이 부분, 그리고 그것을 둘러싼 부분만이 집요하게 남아 있었다.
 '마르멜로'도 '오리 요리'도 '오렌지'도 '절임'도 모두 눈길을 끌며 단어 자체가 독자에게 쾌감을 줄 수 있다. 하지만 그런 단어가 아니라 '조금은 도움이 되는 구석이 있었다……'가 아무튼 체에서 걸러지지 않는 투명하고 끈적한 무언가처럼 내 눈 어딘가에 남아 있다.

 예전에 문학 평론가 가와무라 지로川村二郎는 고노 다에코에 대해서 '당연한 내용을 써서 사람들에게 감동을 일으키는 것은 결코 쉽지 않다. 하지만 당연하지 않은 것을 써서 순간의 충격에 머물지 않고 지속적인 감명을 주는 것은 아마도 그에 비할 바 없을 정도로 어려운 일일 것이다'라고 평했다. 고노 다에코의 소설을 읽

을 때마다—이전에 쓴 것을 다시 읽을 때도, 가장 최근 소설을 읽어나갈 때도—나는 항상 이 말을 떠올렸다.

가와무라 평론가는 이어서 다음과 같이 평론을 썼다.

'(고노 다에코의 작품은) 취향 면에서 너무나도 자극적이다. 하지만 그것을 지탱하고 있는 것은 아무래도 취향만은 아닌 듯하다. 오히려 여러 개의 어설픈 자극 같은 것이 아닌, 강인하고 둔중한 일상의 습성이 이들 작품에 있어서는 그 생생함과 무게를 그대로 반영하고 있는 듯한 정취마저 느껴진다. 그 문체는 본래 기능으로 말하자면 이상한 것을 강조하는 방향으로 작용하기보다는 일상의 세세한 부분을 착실하고 꼼꼼하게 하나하나 보고하는 것에 적합하다.'

《유아 사냥幼児狩り》《게蟹》《뜻밖의 목소리不意の声》《미라 채집 엽기담みいら採り猟奇譚》…… 그리고 이 소설 《하얀 코 여자》에 이르기까지 고노 다에코는 다양한 의미에서 기이한 세계를 그려왔다. 이번 소설은 그중에서도 특별히 더욱 서사성이 강한 소설로 자리매김할 것이다.

하지만 가와무라 평론가가 말하는 것처럼 당연하게도 그 어떤 소설도 기이한 것을 좇기 위해 기이하게 묘사하고 있지는 않다. 기이한 것과 이야기를 이끌어가는 그 자체에 전혀 얽매여 있지 않은 것이다. 얽매이지 않고 독자를 향해 주벅뚜벅 다가온다. 고요하고 태평하다고도 말할 수 있는 묘사를 거듭하며 고노 다에코는 그 작품 세계를 만들어냈다.

이번 소설을 다시 읽어보기 전까지는 쭉 고노 다에코의 소설에서 뛰어난 점은 가와무라 평론가가 썼던 것처럼 착실한 세부 묘사가 크게 작용했다고 확신했다. 지금도 대체적인 부분은 그렇게 확신한다. 하지만 이번에 아무래도 그것만으로는 정리되지 않는, 몇 가지 미스터리가 숨겨져 있는 듯한 예감이 이 소설을 다시 읽었을 때 느껴졌다.

세부 묘사라고 쉽게 말하지만, 그렇다면 대체 무엇이 세부 묘사인가. 이를테면 엘레나와 자코모의 신혼 생활 중 무엇을 어떻게 묘사하면 제대로 된 세부 묘사가 될까.

앞에서 인용한 마르멜로를 손질하는 방법이나, 소설 후반에 몇 번인가 재현되는 엘레나와 자코모가 시장에 간 장면을 떠올려 보자. 구체적으로 대체 어느 부분을 어떻게 쓰면 세부 묘사가 극명하다는 인상을 줄 수 있을까.

만일 누군가가 '엘레나와 자코모가 함께 지낸 어느 시간을 원고용지 몇 장으로 써보세요'라는 설문을 냈다고 한들 고노 다에코 이외의 누가 이 책에 나오듯이 단정하게, 그러면서도 은밀한 열기와 화려함까지 넣으면서 거기에 더해 담담하게 그릴 수 있단 말인가.

그렇다면 고노 다에코의 묘사에 뛰어난 점은 일상을 공들여 세

손하게 골라 담아내는 것처럼 보이지만, 실제로는 그것뿐만이 아니라는 점에 있지 않을까.

담아낸다. 효과적인 한 줄의 묘사를 선택한다. 기이한 일과 일상을 나란히 놓아 강약을 굳이 주지 않는다. 그런 식으로 마치 명필이 붓을 움직이는 것처럼 고노 다에코는 소설을 만들어내는 듯하다. 그리고 몇 번이나 말했지만 그것은 거의 틀림 없을 것이다.

하지만 그건 매우 침착한 형태(예로부터 전해온 형태가 아니라 말하자면 고노 다에코만의 형태라고도 할 수 있을까. 그런 형태가 분명히 있고, 누구도 따라 할 수 없는 아름다운 형태다)에 의거한 수법, 그것만으로 고노 다에코의 작품은 완료되지 않는다. 그것만으로도 충분하지만, 어쩐지 그 이상의 무언가가 분명히 있다.

그리고 나는 그 미스터리를 도무지 풀 수 없다.

다만 '이렇지 않을까'라고 아주 살짝 생각되는 것이 있다.

바로 어긋남이다. 어딘가 이 소설 세계 묘사 속에는 어긋남이 있다.

자코모가 엘레나의 코를 물어뜯은 일보다도 '옆에서 눈동냥으로 배운 것이 조금은 도움이 되는 구석이 있었다'는 부분이 더 끈질기게 머릿속에 남는 것 같은 일은 보통 소설에서는 거의 일어나지 않는 일이다. 그것은 다시 말해 고노 다에코가 만들어낸 소설 세계의 어딘가에 어긋나는 부분이 있다는 증명 이외의 무엇도 아닐 것이다. 물론 그 어긋남은 귀로 듣고 구별할 수 없을 정도의 불협화음이 섞여 있기 때문에 어쩔 수 없이 그 음에 이끌려버리는 듯한 그런 어긋남이다.

그런 이유일 것이다.
오랜 시간 고노 다에코의 글을 계속 읽어오면서 여전히 많은 미스터리가 남았다.
눈에 남는 묵직한 무게. 그것은 어긋남을 포함한 묘사 때문에 거기에 남는 것일까? 어떻게 해도 그 살짝 어긋난 무언가를 잊을 수 없게 된 독자의 눈 안에 언제까지나 잠겨 한동안은 눈을 무겁고 뜨거우면서도 또 서늘하게 만드는 게 아닐까.
만약 정말로 그런 명인의 솜씨 같은 미묘한 어긋남이 있다면 고노 다에코라는 희대의 소설가가 그런 어긋남을 글 쓰는 기술로 의식적으로 사용하고 있는 걸까, 아니면 무의식적으로 사용하고 있는 걸까. 알고 싶기도 하고 절대 알고 싶지 않기도 하다.
의식적이든 무의식적이든 그것이 가능하다는 것은 무척이나 무서운 일이다. 무서운 동시에 절망적이고, 그러면서도 한없이 기쁜 일이기도 하다. 소설을 쓰고자 하는 모든 사람들에게 그런 힘은 결코 자신의 힘만으로는 닿을 수 없는 별빛 같은 것이기 때문이다.

소설가, 가와카미 히로미 川上弘美

옮긴이의 말

천 개의 이야기

　지인의 아이는 물론이고 길가에서 놀고 있는 어린아이에게 비정상적인 관심을 보이며 정신적 신체적 학대를 가하는 아이가 없는 한 여성의 내면을 파헤친 작품《유아 사냥》, 쾌락사를 원하는 남편과의 사랑을 확인하기 위해 사디스트 쾌락을 추구하는 아내를 통해 남녀 간 마조히즘을 파고든 작품《미라 채집 엽기담》, 남편과의 불화를 견디지 못하고 죽은 아버지의 목소리에 따라 처참한 살인을 이어가는 아내의 현실과 비현실이 교착하는 이야기를 그린 충격 작품《뜻밖의 목소리》.
　고노 다에코의 대표 작품 소개를 보면 하나같이 파격적인 소재를 담고 있다. 대체 어떤 소설일까 궁금하여 서평을 찾아보면 이번에는 반대로 한결같이 '어디에나 있을 법한 지극히 평범한 일상을 떠올리게 하는 조용한 문장으로 이야기를 담담하게 그려내고 있다'는 감상이 나온다.

이번 소설 《하얀 코 여자》도 그렇다. 우선 작가는 시대도 배경도 낯선 17세기 이탈리아의 토스카나 지방으로 독자를 데리고 가서는 서두에 '생각지도 못한 일로 처형받게 된 남자가 있었다. 그는 마지막 이별 자리에서 결혼한 지 겨우 2년 된 아내의 코를 물어뜯었다. 이것은 그 후 사람들의 입에 오르내리며 살아간 한 여인에 대한 이야기다'라고 이야기에서 가장 중심이 될법한 사건을 제시한다. 그리고는 엘레나의 조금은 독특하지만 평범한 일상을 또박또박 그려 나간다.

엘레나의 남편 자코모는 순간의 실수로 사람을 죽인다. 엄밀하게 따져본다면 과연 자코모가 죽였다고 말할 수 있을지 의문이 들 정도로 순간적으로 일어난 사고지만 융통성이라곤 조금도 없는 당시의 법률에 따라 자코모는 사형을 받게 된다. 그리고 사형을 앞두고 특별히 허가받은 엘레나와의 면회 시간에 자코모는 엘레나의 코를 물어뜯는다. 그 이유는 자기가 세상을 떠난 후 다른 남자들이 아름다운 엘레나를 가만히 두지 않을 게 분명하니 그 얼굴을 망가트릴 수밖에 없었다는 것이다. 이 소설의 중심이 되고 가장 충격적인 사건이라면 바로 이 장면일 것이다. 보통 소설을 읽는 독자들은 중심이 되는 큰 사건을 둘러싸고 다양한 이야기가 가지를 뻗어나가길 기대할지도 모르겠다. 하지만 이 소설은 그 방향이 조금 다른 느낌이다. 분명 황당하고 충격적인 사건이 일어나지만, 그 이전과 그 이후 엘레나의 모든 이야기는 어딘가 담담하고 무척 일상적으로 보인다.

일본 근대 문학 연구자 마스다 치카코增田周子 교수는 고노 다에코의 작품에 대해 '신비하고 비밀스러운 세계로 강력하게 끌고 들어가서는 서로 전혀 다른 비일상적이고 비현실적인 세계와 일상을 나란히 표현하기 위해 심혈을 기울인다. 두 세계의 리얼리티를 균등하게 그리기 위해 세부적인 표현을 고르고 골랐을 것이다'라고 말했다.

고노 다에코는 37살에 아쿠타가와상을 수상한 이후 여류문학상, 요미우리문학상, 다니자키준이치로상, 노마문예상, 마이니치예술상, 가와바타야스나리문학상 등 발표하는 작품마다 각종 문학상을 수상한다. 그리고 동시에 자신이 수상한 문학상의 심사위원으로 차례차례 취임한다. 그중에서도 1987년에 아쿠타가와상의 첫 여성 심사위원이 되었다는 부분이 인상적이다. 1935년에 처음으로 아쿠타가와상이 수여되었다는 역사를 생각해 보면 50여 년 만에 처음으로 여성 심사위원의 자리가 겨우 생긴 것이다. 또 1983년에 남성 중심의 문학계를 바꾸고자 동인잡지를 중심으로 활약하는 오사카 여성들이 설립한 오사카여성문예협회에서 주최하는 오사카 여성문예상의 심사위원을 20년 동안 맡으며 많은 여성 작가를 키워내기도 했다. 남성 중심으로 평가되고 흘러가는 문학계에서 여성 작가의 목소리를 키우는데 얼마나 큰 공헌을 했을지 느껴지는 부분이다.

 이런 작가의 작품에는 여성의 삶과 욕망이 농밀하게 담겨 있다.

 세간의 사람들에게 '양초 가게 엘레나'라고 불리는 주인공 엘레나 나르디는 사회가 원하는 여성상에서 조금 어긋나 보인다. 어렸을 적부터 어른을 당돌하게 대하는 모습을 보이기도 하고 러브 레터에 대한 자신의 생각을 거침없이 드러내기도 한다. 그렇기에 세간은 끊임없이 엘레나에 대해 수군거린다. 사회가 원하는 정숙한 여인상에서 조금이라도 벗어나면 세간은 그런 여성을 가만히 봐주지 않는 것이다. 이런 부분은 가만 생각해 보면 현대 사회라고 크게 달라지지도 않은 것 같다.

 남편이 아내를 때리는 것이 흔하던 시대, 여자의 말은 귓등으로도 듣지 않던 시대에 엘레나를 때리지 않고 엘레나가 하고 싶은 일에 동의해 주는 것만으로도 이웃 사람들은 자코모를 좋은 남편이라고 말한다. 그렇기에 엘레나는 자코모가 한 번씩 화를 내면 어떤 행동을 보이는지 어머니 프란체스카에게조차도 솔직하게 말하지 못한다. 만약 자코모가 그렇게 일찍 사형을 받지 않았다면 엘레나의 삶은, 자코모와의 결혼 생활은 어땠을까 상상해 본다. 소설 속에서 엘레나의 아버지가 점성술사를 찾아가 엘레나의 운명에 대해 물어보는 장면이 나온다. 만약 자코모는 누군가를 죽이는 운명을, 엘레나는 삼십 대 후반까지만 살 수 있는 운명을 타고났다면⋯⋯ 그들의 또 다른 결혼 생활을 상상하며 그들의 운명에 대해 생각하다 보면 끔찍한 결말로 생각이 흐르기도 한다. 그건 어쩌면 우리가 세간의 수근거림에 오르내린 수많은 여성들의 이야기를 듣고 경험하며 알고 있기 때문인지도 모르겠다.

고노 다에코는 2014년에 여성 작가로는 6번째로 일본 문화 훈장을 수여 받았다. 일본 문화 훈장은 학문, 예술 등 문화의 향상 발전에 크게 공헌한 사람에게 수여하는 훈장으로 1937년에 제정되었다. 문화 훈장을 수상한 후 고노 다에코는 인터뷰에서 소설에 대해 이렇게 말했다. '소설의 역할은 독자가 이 세상의 인간과 인생에 애착을 가지고 키워갈 수 있게 하는 데 있다. 소설이란 인간이라는 비밀을 표현한 것이라고 말하고 싶다.'

천 명이 햄릿을 읽으면 천 명의 햄릿이 탄생한다고 한다. 마지막으로 이 소설을 읽은 많은 독자들을 통해 제각각 다른 하얀 코 여자 엘레나의 이야기가 탄생하기를, 그리고 그 이야기들은 조금 더 희망적이고 행복하기를 소망해 본다.

옮긴이 부윤아

하얀 코 여자

펴낸날   초판 1쇄   2024년 8월 1일

지은이   고노 다에코
옮긴이   부윤아
펴낸이   홍성욱
펴낸곳   톰캣
출판등록   2023년 2월 21일(제 2023-000043호)

주소   경기도 고양시 고봉로 20-32
전화   031-811-4774
팩스   0504-372-4774
이메일   tomcat-book@naver.com

ISBN   979-11-985754-4-9   03830

※ 값은 뒤표지에 있습니다.
※ 잘못 만들어진 책은 구입하신 서점에서 바꾸어 드립니다.

책임편집·교정교열 이은찬

톰캣은 열정적인 작가분들의 투고를 기다립니다.
이메일로 작품과 간단한 소개를 보내주세요.